Perry Rhodan

Die Sterne voller Hass

Perry Rhodan

Die Sterne voller Hass

von

Hubert Haensel

Pabel-Moewig Verlag KG, Rastatt

www.moewig.de
Redaktion: Klaus N. Frick
Titelillustration: Swen Papenbrock
Druck und Bindung: GGP Media, Pößneck
Printed in Germany 2003
www.perry-rhodan.net
ISBN 3-8118-7519-1

Ein Held ist,
wer das Leben Großem opfert.
Wer's für ein Nichts vergeudet,
ist ein Tor.

Franz Grillparzer
(altterranischer Dichter)

1.

Reginald Bull rannte um sein Leben. Mit weiten Sprüngen floh er, während um ihn herum Thermoschüsse einschlugen und glutflüssiges Metall nach allen Seiten spritzte.

Raus hier! Dieser eine Wunsch beherrschte Bullys Denken mit aller Macht. Alle anderen Gedanken überschlugen sich in diesem Moment, und dieses Gefühl war etwas, das Bull nicht kannte, das er nie für möglich gehalten hätte: *Er empfand Panik.*

Blutige Schleier wogten vor seinen Augen. Er war halb geblendet, und sein Gesicht tat ihm weh. Die Hitze musste zumindest Teile seiner Haut verbrannt haben. Es konnte nur Zufall sein, dass ihn der erste Schuss nicht bereits getötet hatte.

Bully befand sich inmitten der Fertigungsstraße. Leitschienen und schmale Gräben durchzogen den Boden, Antigravtraktoren, Projektoren für Energiegitter und Versorgungsaggregate wuchsen vor ihm auf.

Wieder verfehlte ihn ein sonnenheißer Glutstrahl um Haaresbreite. Die gebündelte Energie floss an einem der Projektoren auseinander und ließ vor ihm eine Glutwand aufsteigen. Bully konnte nicht mehr ausweichen, sondern riss instinktiv die Arme vors Gesicht, bevor er brüllend durch die Flammen hindurchstürmte. Die Hitze wurde schier unerträglich, und für einen Augenblick wuchs der Gedanke, sich einfach fallen zu lassen.

Nie hätte der Terraner innerhalb der sublunaren Werft mit einem Angriff gerechnet. Er wusste noch nicht einmal, wie viele Gegner es geschafft hatten, in die Hallen einzudringen, in denen sich kilometerweit automatische Produktionsanlagen aneinander reihten.

Etwas explodierte. Eine mörderische Druckwelle riss ihn von den Beinen. Reginald Bull stürzte, schlug schwer auf. Dennoch schaffte er es irgendwie, sich abzurollen. Zwischen ihm und den Verfolgern zuckten plötzlich Lichtbogen auf; eine der Hochenergieröhren war getroffen worden.

Taumelnd kam Bully hoch und hastete weiter. Er trug keinen Schutzschirmprojektor, weil der Erdmond nicht zum Risikobereich gehörte. Überhaupt hatte das Solsystem als sicher gegolten. Die Invasoren waren zurückgeschlagen, nur noch 92 ihrer kampfstarken AGLAZAR-Schlachtschiffe verbargen sich in der Milchstraße. Und mit Arkon kämpfte die Liga Freier Terraner Seite an Seite gegen die Inquisition der Vernunft. Dabei handelte es sich nur um ein Zweckbündnis, mehr konnte und wollte Reginald Bull daraus nicht ableiten.

Ich traue Imperator Bostich nicht weiter, als ich ihn sehen kann! Grimmiger Zorn stieg in ihm auf. Weit hinter sich glaubte er für einen Augenblick, die Silhouette eines arkonidischen Kampfroboters zu erkennen. Aber schon verwischten dichter Rauch und Glutwolken die Wahrnehmung.

Wann?, dröhnte jeder Pulsschlag in seinen Schläfen. *Wann, verdammt noch mal, erscheinen endlich die Wachmannschaften?* Erneut zuckte ein Thermoschuss auf ihn zu – und floss wenige Meter vor ihm an einem Formenergiegerüst auseinander. Ein solches Gerüst hatte ihm schon zuvor das Leben gerettet, vor nicht einmal zwei Minuten.

Reginald Bull warf sich zur Seite. Hitze und Schweiß brannten stark in seinen Augen, und jeder Lidschlag schien sich schmerzhaft tief in sein Inneres einzufressen. Einen Moment lang glaubte er, Bostichs triumphierendes Lachen zu hören, aber dieses Gelächter entstand nur in seiner Einbildung. Seit Jahren verfolgte es ihn wie ein böser Schatten und erinnerte ihn hartnäckig an die Gefangenschaft in Golkana. Zu vergessen, was Bostich ihm damals angetan hatte, fiel ihm unendlich schwer.

»Du willst nicht vergessen!«, hatte Perry Rhodan ihn erst

vor wenigen Wochen zurechtgewiesen. »Warum versuchst du nicht, auf den Imperator zuzugehen und …?«

»Nein!« Er hatte auf dem Absatz kehrtgemacht und Rhodans Arbeitsraum verlassen. »Ich werde nicht den Anfang machen, ganz gewiss nicht. Ich habe auch meinen Stolz.«

Und nun das … Arkonidische Roboter auf dem Mond. Bully brauchte nicht zu fragen, wer den Auftrag dazu gegeben hatte – er glaubte, es bereits zu wissen.

Ein großer Schatten wuchs vor ihm auf, schlank und voll verhaltener Kraft: einer der neuen Paradimjäger, von denen Tausende in der Werft produziert wurden. Ihre Bewaffnung hatte den Invasoren eine entscheidende Niederlage beigebracht.

Ein grimmiges Lachen rang sich über Bullys Lippen. Er rannte auf den Jäger zu. Das Schott hinter dem Cockpit war geschlossen. Wertvolle Zeit verging, bis es endlich zusammen mit der Innenwand der engen Schleuse aufglitt. Bei unterschiedlichen Druckverhältnissen hätte die Automatik das verhindert.

»Schließen!«, keuchte Bull.

Er wandte sich bugwärts. Hier war es eng, verdammt eng sogar. Er schrammte an der Wand entlang und stieß eine Verwünschung aus, aber wenigstens konnte er sich den Kopf nicht anschlagen. Dafür war er einige Zentimeter zu klein.

In den Pilotensitz musste er sich ebenfalls hineinzwängen. Auch dieser war viel zu eng für seine Statur. Aber er hätte sich auch nie mit den jungen Kadetten verglichen, die diese Maschinen flogen.

»Energiesysteme aktivieren!«

Kontrollskalen erwachten zu verheißungsvollem Leben. Ein Holoschirm stabilisierte sich und zeigte einen Ausschnitt der Werfthalle.

Die feindlichen Roboter kamen näher …

Bulls Rechte klatschte auf die berührungsintensiven Displays. Für Sekundenbruchteile schienen sich seine Finger in dem aufflammenden grellen Licht aufzulösen, dann hatte der

Steuersyntron alle sensorischen Reaktionen der groben Behandlung angepasst.

Neue Symbole erschienen ... Erst die Waffensysteme, dann der Defensivbereich ...

Mit einem halb gequälten, halb triumphierenden Lachen auf den Lippen aktivierte Bully die Schutzschirme. Was im Einsatz gegen die AGLAZAR-Schlachtschiffe der Inquisition wenigstens einem gegnerischen Volltreffer standhielt, würde erst recht dem Dauerfeuer aus arkonidischen Roboterwaffen widerstehen.

Die Einsatzkontrolle des Paradim-Panzerbrechers begann zu pulsieren. Er verbannte sie als Symbolanzeige in eine Ecke des Hauptholos.

Mehrere Kampfroboter näherten sich dem Jäger. Jeden Moment konnten sie wieder das Feuer eröffnen.

»Na los doch, haut ab!«, stieß Bully schwer atmend hervor. Sie hörten ihn nicht. Aber das war ihm egal. Es tat schon gut, den Frust lautstark abzuladen.

Die Atmosphärentriebwerke liefen an. Noch hatte Bully Probleme mit der Kompaktheit der Anzeigen. Im Gegensatz zu den großen Raumschiffen war in den Paradimjägern wirklich alles auf engstem Raum komprimiert und abgespeckt.

Ein harter Ruck durchlief den Deltaflügler. Mit einem knappen Kommando schaltete Bull die Absorber zu. Bull bedauerte, dass außer dem Panzerbrecher keine weitere Bewaffnung vorhanden war. Er hätte sonst all den Kampfrobotern das syntronische Lebenslicht ausgelöscht.

Bodenkontakt verloren. Die Maschine stieg Zentimeter um Zentimeter in die Höhe und drehte dabei.

Nichts überstürzen, mahnte sich Bully. *Hier drin bin ich vorerst sicher.*

Ein Rascheln erschreckte ihn und zwang ihn, sich im Sitz halb umzuwenden. Alles war ungewohnt eng, die Sicht nach hinten stark eingeschränkt. Aber wer legte in einem Ein-Mann-Jäger schon Wert auf solche Dinge?

Die flirrende Projektormündung eines Strahlers schob sich in sein Blickfeld. Die Waffe verharrte höchstens vierzig Zentimeter von seinem Kopf entfernt.

»Du wirst erwartet, Reginald Bull«, sagte eine befehlsgewohnte Stimme.

Bullys Gedanken überschlugen sich. Halb eingepfercht im Pilotensitz, die Magnetgurte geschlossen, hatte er gegen den Arkoniden nicht den Hauch einer Chance. Selbst wenn dieser die Waffe zur Seite gelegt hätte.

Die Hand des Arkoniden schloss sich um seinen Nacken und drückte schmerzhaft zu. »An deiner Stelle, Terraner, würde ich nicht einmal daran denken, den Jäger zu Schrott zu fliegen. Warum willst du dich umbringen – und mich dazu?«

Bully schwieg.

»Ich sage dir, wohin wir fliegen werden. Du wirst genau das tun, was ich von dir verlange!«

»… und wenn nicht?«, stieß Reginald Bull widerwillig hervor.

Der Arkonide wusste genau, wo die Nervenstränge verliefen. Die Schmerzen, die er mit seinem Griff hervorrief, lähmten Bully sekundenlang und ließen die Erinnerung an Golkana wieder aufbrechen. Und seinen Hass.

Tief im Unterbewusstsein hatte Reginald Bull nie aufgehört, Hass zu empfinden.

2.

Es war ein erhabenes und überwältigendes, zugleich aber auch bedrohliches Bild: Über dem sanft abfallenden Horizont spannte sich die samtschwarze Unendlichkeit mit Myriaden von Sternen. Nur die dünne Atmosphäre und der Energieschirm, der die künstliche Lufthülle am Entweichen hinderte, verursachten einen Hauch von Unschärfe.

Imperator Bostich I. lächelte kalt.

Inzwischen stand ihm alle Zeit des Universums zur Verfügung. Seit er den Aktivatorchip trug, gehörte er zu den potenziell Unsterblichen. Was bedeuteten noch Jahre oder Jahrzehnte für die Verwirklichung seiner Pläne? Die Zeit und die Wirtschaftskraft des Göttlichen Imperiums arbeiteten Hand in Hand, und langfristige Planungen durften nun Jahrhunderte und mehr umfassen.

Das Lächeln um Bostichs Mundwinkel gefror. Den Aktivatorchip hatte er gegen den Widerstand des terranischen Verteidigungsministers erhalten. Er war von Anfang an informiert gewesen, wie sehr Reginald Bull sich der Zustimmung widersetzt hatte. Aber letztlich hatte Bulls Widerstreben seinen Siegeszug nicht aufhalten können.

Und das war erst der Anfang.

Er, Bostich, hatte das im Siechtum liegende arkonidische Imperium zu neuem Glanz geführt und die größte Militärmacht der Milchstraße entstehen lassen. Versuche, ihn aufzuhalten, hatte es genug gegeben, aber seine Macht war dadurch eher noch gefestigt geworden.

Ein Stern stieg über dem Horizont auf, entfernte sich langsam und durchstieß die schützende Hülle über der THEKLAKTRAN. Bostich identifizierte das ferne Funkeln als eines der Zubringerboote, die die Gäste zum Bankett gebracht hatten.

Sein Blick schweifte über den weitläufigen Kristallgarten mit den eingebetteten Seen. Er mochte diese künstliche Welt, den mobilen Ableger des Kristallpalasts und neben der ZHYM'RANTON das wichtigste Schiff seiner Thronflotte.

Bis zum Beginn des Arbeitsessens war noch ausreichend Zeit. Die ersten Gäste kamen schon sehr früh.

Entweder werden sie vom schlechten Gewissen getrieben, oder sie wollen sich meines Wohlwollens versichern, dachte Bostich. Beides gefiel ihm nicht sonderlich. In letzter Konsequenz bedeutete es, dass längst nicht alles im Bereich des Göttlichen Imperiums nach seinen Vorstellungen verlief.

Das Leben besaß unzählige Facetten. Es wirklich zu genießen schien eine besondere Kunst zu sein – aber darüber dachte der Imperator erst bewusst nach, seit er den Aktivatorchip unter der Haut trug.

Alle problembeladenen Gedanken meldeten sich wieder, als er die Prunkuniform anlegte. Bostich wusste, dass Freunde und Feinde ihn mit einer Spinne verglichen, die im Zentrum ihres Netzes auf Beute lauerte. Der Vergleich amüsierte ihn sogar. Er fragte sich, was falsch daran sein sollte, solange er dabei die Fäden fest in der Hand hielt.

Die Terraner trauten ihm nicht. Insbesondere der Residenz-Minister für Liga-Verteidigung, Reginald Bull, hegte eine ausgesprochene Aversion gegen ihn. Aber das beruhte auf Gegenseitigkeit.

»Eines Tags ...«, murmelte der Imperator im Selbstgespräch. Seine Fäuste schlossen und öffneten sich ruckartig.

Mit einem kurzen Blick auf die vom Syntron generierte Teilnehmerliste vergewisserte sich Bostich, dass bis auf zwei Flottenadmirale alle eingetroffen waren.

»Der Anlass dieser Zusammenkunft ist schnell erklärt.« Seine Erhabenheit Imperator Bostich I. ließ den Blick über die Tafel schweifen. Fünfundvierzig Männer und Frauen widmeten ihm ihre volle Aufmerksamkeit, alles hoch gestellte Persönlichkeiten der Flotte und des Geheimdienstes.

»Die Liga Freier Terraner im Allgemeinen sowie Terra im Besonderen haben Geheimnisse vor dem Göttlichen Imperium.« Seine Stimme war schneidend scharf. »Das ist eine Tatsache, die wir nicht hinnehmen können. Wie sicherlich alle mittlerweile erfahren haben«, er wechselte über zu beißendem Zynismus, »verfügt das Solsystem inzwischen ebenfalls über einen systemumspannenden Schutzschirm, und es waren ausschließlich die AGLAZAR-Schlachtschiffe der Inquisition, die uns diesen Umstand vor Augen führten. Warum habe ich davon nicht eher erfahren?, frage ich. Wozu verfügen wir über Spionageschiffe neuester Fertigung? Das sind unverzeihliche Fehler!«

Niemand antwortete. Aber der Imperator erwartete auch keine Antwort. Lauernd registrierte er die Betroffenheit in vielen Gesichtern, in einigen Blicken flackerte sogar Furcht auf.

»Ich habe Arkon aus der Lethargie vieler Jahrtausende herausgerissen«, fuhr Bostich dröhnend fort. »Ich dulde nicht, dass all das durch Unfähigkeit wieder zunichte gemacht wird. Sofern es nur Einzelne betrifft, befürworte ich eine schnelle Lösung des Problems: Sie heißt Celkar!«

Der Gerichtsplanet Celkar war nicht weniger gefürchtet als die infinite Todesstrafe. Die Drohung des Imperators konnte also nicht missverstanden werden. Wer einmal in die Mühlen der Gerichtsbarkeit geriet, durfte seine Karriere als beendet betrachten und sein Leben womöglich ebenfalls.

Bostichs ohnehin kantiges Gesicht wirkte mit einem Mal noch eckiger, geradezu bedrohlich. Seine tief liegenden roten Augen fixierten die Anwesenden der Reihe nach. Kaum einer der Gäste hielt dem forschen Blick Seiner Erhabenheit stand, sondern wandte den Blick bereits nach Sekundenbruchteilen ab.

Um die Mundwinkel des Imperators zuckte es verächtlich. »Falls jemand anderer Meinung ist, so kann er sich hier und jetzt dazu äußern!«

Niemand meldete sich zu Wort. Bostich nahm das regungslos zur Kenntnis, er hatte ohnehin nichts anderes erwartet.

»Das zweite Problem wird uns noch einschneidender treffen, falls wir nicht vorbereitet sind«, fuhr der Imperator fort. »Bislang habe ich nicht den Eindruck, dass Terra dem große Aufmerksamkeit widmet. Warum auch? Das Staatsgebiet der Liga Freier Terraner und der assoziierten Systeme umfasst nur einen Bruchteil der Ausdehnung des Göttlichen Imperiums. Insofern ist die Bedrohung durch die verschollenen 92 AGLAZAR-Schlachtschiffe für Arkon am größten. Das Einzige, was die LFT-Regierung unternimmt, ist die Serienproduktion der Paradimjäger. Dass ausschließlich diese kleinen Schiffe die letzte Schlacht entschieden haben, steht dabei außer Frage.«

»Die Terraner haben einige tausend Jäger über ihre wichtigsten Systeme verteilt«, raunte jemand im Hintergrund. Offenbar rechnete der Betreffende nicht damit, dass der Imperator sein Flüstern hörte.

»So ist es, Keon'athor da Tanlagoth«, bestätigte Bostich I. spöttisch. »Hat Verteidigungsminister Bull angefragt, ob Arkon an Paradimjägern interessiert ist? – Nein, das hat er nicht. Dabei hatte er mehrere Tage lang Zeit, sich mit uns in Verbindung zu setzen. Stattdessen zog er sich nach Terra zurück und hüllt sich seither in Schweigen, als gäbe es für ihn die verbündeten Flotten Arkons überhaupt nicht. Jeder kann sich seine eigene Meinung dazu bilden – sie wird allerdings nicht gut ausfallen, was die terranische Politik betrifft.«

»Wir sollten mit Reginald Bull über eine Aufteilung der Jägerflotte sprechen. Ihm bleibt keine andere Wahl, als dem zuzustimmen. Andernfalls ziehen wir unsere Flotte vom Sternenfenster ab.«

Bostich bedachte den Sprecher mit einem vernichtenden Blick. »Nein!«, sagte er mit Eiseskälte in der Stimme. »Solche Vorschläge sind Gift für das Ansehen des Imperiums. Wir haben eine Beschützerrolle zu spielen, der wir nicht gerecht werden, sobald wir uns vom Brennpunkt des Geschehens zurückziehen. Abgesehen davon werde ich uns nicht von der weiteren Entwicklung abkoppeln! Reginald Bull um etwas zu bitten kommt jedoch ebenfalls nicht in Betracht. Nicht ihn und auch keinen anderen Terraner! Wer bittet, gesteht seine Schwächen ein.«

Der Imperator machte eine kurze Pause. »Ich will einen AGLAZAR«, fuhr er bedeutungsvoll fort. »Dann sind wir den Terranern einen entscheidenden Schritt voraus. Ich erinnere an die überlegene Technik des Sternenfensters und die Unangreifbarkeit der Inquisitions-Schlachtschiffe für konventionelle Waffensysteme ... Das alles solltet Ihr nur als Einleitung betrachten. Ich werde in der Folge mit jedem Einzelnen reden und sie oder ihn wissen lassen, was ich persönlich von dem Betreffenden erwarte. Aber nun lasst Euch das Essen munden. Erlesene Gaumenfreuden aus den entferntesten Regionen der Galaxis wurden herbeigeschafft. – Es lebe das Göttliche Imperium!«

»Für den Ruhm und die Ehre Arkons!«, hallte die Grußformel vielstimmig zurück.

»Euer Erhabenheit, ich vermisse Admiralin Ascari da Vivo auf diesem Empfang.«

Imperator Bostich I. schaute überrascht auf. Er begegnete Tarus da Tanlagoths forschendem Blick. Der Zweisonnenträger und Flottenadmiral stand allein neben ihm. Die Haltung des hageren, hoch aufgeschossenen Mannes verriet angespannte Aufmerksamkeit.

Mit drei Fingern drehte Bostich eine garrusische Flussmuschel aus ihrem gewundenen Gehäuse heraus, tauchte sie in die Pfeffersoße und wartete darauf, dass die letzten Zuckungen der Sinnesfäden endeten. Dann schob er sich das daumenlange Tier genüsslich in den Mund.

Sein Gegenüber war einer der ältesten Admirale, ein erfahrener und hoch dekorierter Mann. Bostich spürte mit untrüglichem Instinkt, dass da Tanlagoth mehr auf dem Herzen hatte als nur die Frage nach Ascari da Vivo.

»Die Admiralin«, sagte der Imperator langsam, »wurde mit anderen Aufgaben betraut.«

»Hinter vorgehaltener Hand wachsen manche Gerüchte …«

Imperator Bostichs Blick wurde frostig. »Unqualifiziertes Geschwätz«, wehrte er schroff ab.

»Die Mascantin soll gezielt gegen Rhodan eingesetzt werden?«

»Ist das alles, Keon'athor …?«

»Verzeiht, Euer Erhabenheit, aber während der vergangenen Stunde wurde viel über die AGLAZAR-Schlachtschiffe gesprochen. Letztlich verdanken wir es Terra, dass nicht einmal hundert von ihnen in der Galaxis verblieben sind. Die Kadetten in den Paradimjägern haben einen heroischen Kampf geliefert.«

»Sie haben es zum Selbstschutz getan«, wehrte der Imperator ab. »Das war ihr einziger Beweggrund in dieser Schlacht. Aber sie haben versagt, denn nicht ein einziges der Doppelrumpfschiffe hätte entkommen dürfen.« Ein scharfer Zug grub sich um seine Mundwinkel ein. »Ich erwarte, dass unsere Flotten wettmachen, was die Terraner versäumt haben.«

Der Keon'athor deutete eine knappe Verbeugung an. Er spürte wohl, dass ihn bereits ungeduldige Blicke trafen. Dem einen oder anderen redete er schon zu lange mit dem Imperator.

»Fast alle Gespräche drehen sich um die Schiffe der Invasoren, Euer Erhabenheit«, fuhr er fort. »Die Galaxis ist riesig, und wir haben wenig Möglichkeiten, sie aufzuspüren, solange sie sich ruhig verhalten. Erst im Fall eines Angriffs …«

»Wann, Keon'athor? Sagt mir, wann das sein wird. Zeigt mir die Katamare, und ich werde nicht zögern, unsere Vorteile zu nutzen.«

In seiner weißen, ordengeschmückten Paradeuniform zog Bostich alle Blicke auf sich. Dabei wirkte sie nicht so protzig wie die Kleidung anderer, und gerade die elegante Schlichtheit hob ihn von der Menge ab.

»Wir haben 150.000 eigene Schiffe durch das Sternenfenster geschickt«, sagte der Imperator. »Mascantin Ascari da Vivo befehligt unsere Flotte. Weitere Einheiten stehen im Hayok-Sektor in Bereitschaft – ich werde sie dort nicht abziehen. Unter diesen Voraussetzungen kann eine umfassende Suche nach den verschwundenen AGLAZAR-Schlachtschiffen aber nicht Erfolg versprechend durchgeführt werden. Also müssen wir Köder auslegen, die von der Inquisition angenommen werden. Ich bin überzeugt, dass auch Reginald Bull Befehl gegeben hat, einen Katamar aufzubringen.«

Der Blick des Imperators hatte etwas Zwingendes bekommen, dem sich niemand entziehen konnte. »Wir werden den Terranern zuvorkommen!«, sagte er mit unmissverständlicher Betonung. Das war keine Feststellung, sondern ein Befehl.

3.

Fünfzig Meter hoch schwebte der Paradimjäger über der Montagestraße. Bully konnte die arkonidischen Kampfroboter erkennen, die an allen neuralgischen Positionen Stellung bezogen hatten.

Warum? Der Gedanke stieg aus seinem Unterbewusstsein auf und ließ sich nicht vertreiben. *Ausgerechnet jetzt, da Arkon und die Liga Freier Terraner am Sternenfenster auf die Zusammenarbeit angewiesen sind …*

»Wir fliegen über den Krater aus!«, bestimmte der Arkonide.

»Ich denke nicht daran.« Demonstrativ verschränkte Reginald Bull die Arme vor dem Leib.

Als der Mann hinter ihm erneut zugriff, hatte Bully das Gefühl, in siedendes Wasser getaucht und auf einer Eisscholle ausgesetzt zu werden. Seine Nervenbahnen tobten. Nur dem Aktivatorchip verdankte er es, dass der irrwitzige Schmerz ebenso schnell wieder nachließ, wie er begonnen hatte.

»Du solltest kooperieren, Bull«, erklang es drohend. »In letzter Konsequenz sind wir nicht auf dich angewiesen.«

»Wer ist *wir?*«, brachte der Terraner schwer atmend hervor.

»Das erfährst du noch früh genug.«

Er weicht mir aus, durchzuckte es Bully. Andererseits konnte er es sich an den zehn Fingern abzählen, dass Bostich hinter alldem steckte. Daran zweifelte er nicht eine Sekunde lang. Er hatte immer geahnt, dass auf den Imperator nicht wirklich Verlass war. Für Bostich zählten nur sein eigener Vorteil und das Göttliche Imperium, egal in welcher Gewichtung.

»Ich sagte, wir verlassen die Werft. Und keine Dummheiten – ich würde nicht zögern, dich zu töten.«

Wieder diese Berührung, die ihn innerlich erstarren ließ. Auf gewisse Weise war es wie damals im Golkana-Hochsicherheitsgefängnis auf Arkon, als er psychisch und physisch gefoltert worden war. Sosehr Bully sich auch bemüht hatte, es war unmöglich, zu vergessen, was ihm auf Arkon angetan worden war. Sein Weltbild war deshalb nicht ins Wanken geraten, er glaubte nach wie vor daran, dass alle Intelligenzen Freunde sein konnten, das sogar sein mussten, aber er brauchte mehr Zeit, als bislang vergangen war, um mit sich selbst ins Reine zu kommen. *Vielleicht,* versuchte er, sich abzulenken, *ist alles nur eine Frage des Alters.* Doch im Augenblick konnte er nicht einmal über den eigenen Witz lachen.

Langsam stieg der Paradimjäger höher. Nahezu im Stand ließ Bully die Nase der Maschine herumschwenken, bevor er die Innenstrom-Triebwerke zündete. Auf dem Panoramaschirm schien das Ende der Werfthalle heranzuspringen.

Ein klein wenig mehr Schub, dachte Bully, *und ich habe keine Probleme mehr.*

Er ließ sich jedoch nicht verleiten, seine Gedanken in die Tat umzusetzen. Solche Überlegungen waren keine Lösung, sie halfen ihm nicht und schon gar nicht den Menschen. Solange er mit dem Arkoniden allein in dem engen Cockpit war, würde er eine Möglichkeit finden, sich zu behaupten.

Sein Blick wanderte zu den Kontrollen des Hyperfunks. Noch war die Automatik nicht auf seine Pupillenbewegungen geeicht, aber mit ein wenig Geduld musste er es auch so schaffen, den Sender zu aktivieren.

»Denk besser nicht daran, Bull!«, erklang es hinter ihm. »Sobald jemand versucht, den Jäger abzufangen, wirst du der Erste sein, der das bitter bereut.«

Über ihnen wich die Hallendecke zurück. Der Zugang zum Krater öffnete sich.

Bully ließ die Maschine senkrecht in die Höhe steigen. Verbissen belauerte er jede Regung des Gegners und wartete auf einen Moment der Unachtsamkeit.

Hoch über ihnen befand sich der Kraterboden, ein Geflecht aus massigen Stahlträgern und energetischen Verstrebungen. Ein Zugstrahl erfasste den Paradimjäger und setzte ihn in einer knapp hundert Meter durchmessenden Schleusenkammer ab.

Kurz darauf setzte der Druckausgleich ein, da die hochgewölbte Kuppel über dem Krater bereits geöffnet war. Es würde also keine weitere Verzögerung geben, die Bully vielleicht für sich hätte nutzen können.

»Wir werden erwartet«, sagte der Arkonide. »Du solltest also nicht allzu überrascht reagieren.«

Reginald Bull schwieg. Er beherrschte seine Neugierde. Schon gar nicht wollte er dem Gegner durch Fragen ein Überlegenheitsgefühl vermitteln.

Die Koordinaten, die der Mann nannte, bezeichneten eine nicht weit vom Mond entfernte Position. Bully beschleunigte den Jäger. Lunas zernarbtes Antlitz fiel zurück, und die Erde stieg über dem Mondhorizont empor. Terra funkelte im Sonnenlicht wie ein blaues Juwel.

In der Ortung erschien die ROALD AMUNDSEN in nicht einmal einer halben Lichtsekunde Distanz. Bullys Blick glitt zu den Kontrollen des Hyperfunks, doch der Arkonide reagierte ebenso schnell und hielt ihm die Hand vor die Augen. »Ich hab das nicht gern!«, fauchte er.

»Du kannst mich mal«, platzte Bull heraus. Er erwartete, dass der andere zuschlug, aber der lachte nur.

»Du wirst dich noch wundern, Terraner, und mich auf den Knien anflehen … Achte auf den Kurs! Zwölf Lichtsekunden voraus …«

Da war nichts. Zumindest zeigten die Ortungen keinen Reflex. Erst bei weiterer Annäherung glaubte Bully, einen verwaschenen Schatten wahrzunehmen. Aber das konnte auch ebenso gut Einbildung sein. Er vermutete, dass ein arkonidisches Großkampfschiff auf sie wartete. Und wahrscheinlich lauerte der Raumer unter einem hervorragenden Ortungsschutz.

Der Schatten schien deutlicher zu werden, eine unwirkliche Silhouette, die sich schwach gegen den sternenübersäten Hintergrund der Milchstraße abzeichnete.

Eins wurde Bully in diesem Moment klar: Es handelte sich nicht um einen Kugelraumer, gleichgültig, wie groß das Schiff sein mochte. Was er sah, erinnerte an einen lang gestreckten, zigarrenförmigen Körper.

Sein Atem stockte, so ungeheuerlich erschien allein schon der Verdacht. *Das ist unmöglich!,* schrie alles in ihm. *Sie können den Schutzschirm um das Sonnensystem nicht überwinden.* Er wünschte sich, aufzuwachen und festzustellen, dass er geträumt hatte. *Ein Albtraum.* Aber so einfach war das nicht.

»Die Geschwindigkeit verringern!«, befahl der Arkonide.

Bullys Finger huschten über die Kontrollen. Für einen Augenblick war er versucht, den Hyperfunk manuell zu aktivieren, doch er beließ es bei der Vorstellung. Sein Entführer sollte glauben, dass er sich mit seinem Schicksal abzufinden begann.

Aus der optischen Vergrößerung heraus und ohne funktionierende Ortung war schwer zu erkennen, wie weit das Ziel noch entfernt lag. Zwei, allerhöchstens drei Lichtsekunden, schätzte Reginald Bull, und er musste sich nicht einmal dazu zwingen, endlich auch das Positive an seiner Situation zu erkennen. Das Schicksal spielte ihm in die Hand. Wie sonst hätte er herausfinden können, dass sich ein AGLAZAR-Schlachtschiff der Invasoren im Sonnensystem aufhielt?

Hatten sie den Schutzschirm aus eigener Kraft durchdrungen? Der Verdacht, dass ausgerechnet Bostich daran beteiligt war, lag nahe. Wo hatte der Imperator seine Hand nicht im Spiel?

Reginald Bull schnaubte gequält. Als Verteidigungsminister brauchte er Beweise für einen derart ungeheuerlichen Verdacht. Zwischen *zu wissen glauben* und *beweisen können* lagen Welten. Allerdings hinderte ihn das nicht daran, Imperator Bostich I. in den hintersten Winkel der Hölle zu wünschen.

Schleusenschiffe ermöglichten mit Hilfe gezielt eingesetzter Kraftfelder das Passieren des Kristallschirms, der in seiner Grundstruktur auf dem Staudruck des Sonnenwinds basierte. Den hochkomplizierten technischen Erklärungen für diesen Schutzschirm lag eine im Grunde simple Idee zugrunde. Falls arkonidische Wissenschaftler eine Möglichkeit gefunden hatten, *jeden* Kristallschirm durchlässig zu machen …

Bully brachte den Gedanken nicht zu Ende, weil der Schatten voraus endlich Gestalt annahm. Es erschien ihm, als wirkte der Ortungsschutz nur bis zu einer gewissen Distanz.

Die eben noch vagen Konturen hatten sich verdichtet. Sowohl die Optik als auch die Ortung zeigten die Umrisse eines der Doppelrumpfraumer, die allgemein nur als »Katamar« bezeichnet wurden.

Bully hielt den Atem an. Noch 90.000 Kilometer. Die Geschwindigkeit des Paradimjägers war auf dreitausend Sekundenkilometer gefallen und sank weiter. Bis zu 50.000 Kilometern betrug die Reichweite des Paradim-Panzerbrechers.

Eine grimmige Entschlossenheit stieg in ihm auf.

Dann ging alles wahnsinnig schnell.

Seine Linke zuckte vor und fegte die transparente Abdeckung davon, die über den Feuerleitkontrollen des Panzerbrechers lag. Die automatische Zielerfassung begann zu pulsieren, ihre Werte liefen konzentrisch ineinander.

Gleichzeitig drehte Bully sich im Pilotensitz zur Seite und winkelte den rechten Ellenbogen an. Im letzten Moment konnte er so den Zugriff des Arkoniden abwehren, der ihn vielleicht sogar getötet hätte.

Die Zielerfassung war beendet. Er musste nur noch den Zündimpuls geben, aber der Arkonide reagierte ebenso schnell und riss Bullys Arm zur Seite. In seinen Augen standen Überraschung und lodernder Zorn zu lesen.

Bullys linker Haken verpuffte nahezu wirkungslos, weil der

Sessel ihn behinderte und der Arkonide fast gleichzeitig einen Dagorgriff anbrachte. Bully schrie auf, als er schon glaubte, sein Schultergelenk splittern zu hören. Gurgelnd sackte er zurück. Blutige Schleier wogten plötzlich vor seinen Augen.

Der Arkonide setzte nach, doch in dem Moment bekam Bully endlich ein Bein frei und rammte dem Gegner das Knie in den Unterleib. Sekundenlang kämpfte der Arkonide um sein Bewusstsein.

Auf dem Panoramaschirm war der Katamar ins Riesenhafte angewachsen, nur noch Details der Außenhülle wurden wiedergegeben. Überdeutlich waren eine offene Schleuse und flackernde Lauflichter zu sehen ...

Reginald Bull kam nicht mehr an die Steuerung des Jägers heran. »Kurskorrektur!«, keuchte er. Vergeblich.

Für einen einzigen schrecklichen Augenblick wurde das AGLAZAR-Schlachtschiff bedeutungslos. *Perry!,* schrien Reginald Bulls Gedanken. *Ich habe versagt. Es tut mir Leid.*

Er spürte den Aufprall nicht, der massiven Stahl wie Papier zerfetzte und atomare Glut entfachte. *Das ist das Fegefeuer!,* war sein letzter, vielleicht sogar amüsierter Gedanke.

Dann war nichts mehr.

»Negativer Abschluss der Szenerie.« Eine dröhnende Stimme fraß sich in sein Bewusstsein. »Das gesteckte Ziel wurde nicht erreicht.«

Atemlose Stille umfing ihn. Schließlich begann eine nervtötende Wiederholung: »Negativer Abschluss der Szenerie ...«

»Ich weiß«, stieß Reginald Bull zornig hervor. »Ich habe versagt.«

»... das gesteckte Ziel wurde nicht erreicht.«

»Ach was. Ich habe versagt, Punktum! Weil ich mich zu ungeschickt angestellt habe. Aber das Szenario war irreal. Ich möchte den Arkoniden sehen, der heute noch auf Luna ...« Bully unterbrach seine Schimpftirade. »Schon gut«, fuhr er in ruhigerem Tonfall fort. »Ich weiß, ich habe ausdrücklich jedes denkbare Detail erbeten. Aber unter denkbar verstehe ich … Ach, was soll's. Nimmt mir endlich irgendjemand die Kontakte ab?«

»Ein Fehlerprotokoll wurde erstellt«, fuhr die mechanische Stimme gnadenlos fort. »Wenn du einen Mnemo-Speicher für die Nachbearbeitung benötigst …«

»Nein. Ich kenne meine Fehler. Ich habe mich von Gefühlen leiten lassen. Aber ich kann Bostich auf den Tod nicht ausstehen – er ist unberechenbar und größenwahnsinnig. Und gefährlicher, als jeder glaubt.«

»Du möchtest dich aussprechen, Reginald Bull?«

»Was ich will, ist, Bostich mal wirklich die Meinung zu sagen. Euer Erhabenheit, werde ich ihm sagen, du bist ein …«

»Warum redest du nicht weiter?«

»Damit du Psychoheini mir eine Analyse vorlegst, die sich gewaschen hat, und akribisch meine Schwächen auflistest? Nein, mein Lieber, ich kann mich beherrschen. Und nun lass mir endlich die Kontakte abnehmen, oder ich vergesse mich.«

»Du widersprichst dir selbst«, behauptete der Syntron.

Reginald Bull schwieg. Er hatte schon zu viel von sich preisgegeben. Die Zeitanzeige sprang soeben auf 17:58 Uhr um. Pünktlich zur Besprechung zu erscheinen, würde er nicht mehr schaffen.

Endlich beugte sich ein Medoroboter über ihn und löste die Sensoren von seinen Schläfen und vom Hinterkopf. Auf gewisse Weise fühlte Bully sich danach erleichtert. Trotzdem fragte er sich, ob das erweiterte XMPL-Szenario der richtige Weg war, Spannungen abzubauen.

Was in vorangegangenen Szenarien brauchbare Ergebnisse gebracht hatte, war diesmal aus dem Ruder gelaufen. Vielleicht, weil er unterbewusst auf eine Begegnung mit Bostich gehofft hatte? Eine Konfrontation, nur zwischen ihnen beiden, ohne den Hofstaat des Imperators und politische Konventionen. Die Zwänge des diplomatischen Parketts erschienen Bully oft genug wie eine Zwangsjacke. Ein reinigendes Gewitter konnte weit bessere Ergebnisse erzielen, als sich freundlich lächelnd Unwahrheiten zu sagen.

»Du darfst aufstehen«, sagte der Medoroboter. »Alle Körperfunktionen sind bestens.«

Ganz in Gedanken versunken, hatte der Aktivatorträger nicht bemerkt, dass alle erforderlichen Checks schon abgeschlossen waren. Schwungvoll setzte er sich auf der Antigravliege auf und ließ sich zu Boden sinken.

Etliche Holos zeigten noch Ausschnitte der lunaren Werft sowie des Paradimjägers. Irgendwo dazwischen entdeckte er sogar das Konterfei des Imperators. Bostich schien ihn herausfordernd anzugrinsen.

Ein kleines, nur zwanzig Quadratmeter messendes Labor, das war die Welt, in der heutzutage Träume entstanden – oder auch Albträume. Was sich an Bord der ROALD AMUNDSEN befand, war eine Weiterentwicklung der gebräuchlichen XMPL-Einrichtungen. *Xenomorph Personal Library* – ursprünglich eine Bibliothek fremdgestaltiger Persönlichkeiten, ein Freizeitvergnügen. Das eigene Bewusstsein wurde stimuliert und in die Lage versetzt, sich für eine gewisse Zeitspanne mit einer fremden, virtuellen Erscheinung zu identifizieren.

Reginald Bull hörte noch die marktschreierischen Werbeslogans früherer Jahrhunderte: »Du bist groß und stark – aber das genügt dir nicht. Du willst ein Held sein! Werde ein Ertruser. Von einer Sekunde zur anderen wirst du erfahren, was es heißt, wirklich stark zu sein.« Oder, auf Kinder abzielend, was jedoch wegen potenzieller psychischer Folgeschäden sehr schnell verboten worden war: »Gucky und die sieben Siganesen. – Sei einer dieser sieben, lebe, lache und freue dich mit den kleinen Grünhäuten.«

Nicht alles war ungefährlich gewesen. Sich in die Psyche von Wesen hineinzuversetzen, die andere körperliche Voraussetzungen mitbrachten, mehrgliedrige Intelligenzen zum Beispiel, Arachnoide oder auch Vogelabkömmlinge, hatte etlichen Probanden die Koordinationsfähigkeit geraubt. Einige waren sogar daran zerbrochen.

Inzwischen erlahmte das Interesse der breiten Bevölkerung an XMPL. In Zeiten permanenter Bedrohung gab es für die Menschen andere, weit wichtigere Themen. Für die Ausbildung von Agenten, die sich perfekt unter Fremdvölkern bewegen mussten, existierten dennoch kaum bessere Trainingsmöglichkeiten.

Davon hatte Bully seit langem wieder einmal Gebrauch gemacht. Seine Mentalstabilisierung war kein Hinderungsgrund, sich in eine Scheinrealität versetzen zu lassen. Nur das Ergebnis behagte ihm nicht.

Eine permanente Optimierung der eigenen Unzulänglichkeit ... Glaubte er wirklich daran? *Ich will nur vorbereitet sein,* sagte er sich, während er das Labor verließ und den nächsten Antigravschacht betrat. *Ansonsten bin und bleibe ich Reginald Bull mit allen Ecken und Kanten.* Glatt und angepasst zu sein, nein, das behagte ihm nicht.

Er ertappte sich dabei, dass er routinemäßig den Weg zur Hauptzentrale einschlug, als er den Antigravschacht verließ. Der kleine Konferenzraum lag jedoch am Rand der inneren Kugelsektion.

4.

Nach zweieinhalb Stunden löste Imperator Bostich I. das Bankett auf, weil es nichts mehr zu besprechen gab, was nicht schon gesagt worden war. Er hätte die Oberbefehlshaber der Flotte ebenso über Hyperfunk instruieren können, doch hatte er den persönlichen Kontakt und die Nähe zum Sternenfenster vorgezogen, dem Gigant-Transmitter der Inquisition, der kosmische Entfernungen auf ein Nichts zusammenschrumpfen ließ. Vor allem weckte die fremde Technik Begierde. Und der Imperator hatte bislang stets alles erreicht, was er sich vorgenommen hatte.

Aufbruchstimmung herrschte.

Bostich zog sich in die weitläufigen Palastanlagen der THEK-LAKTRAN zurück. Er hatte weder sonderlich viel gegessen noch getrunken. Gerade so viel, wie sein Körper brauchte, um schlagkräftig zu bleiben.

Keiner der zahlenmäßig großen Dienerschaft begegnete ihm auf dem Weg durch die enger werdende Korridore, als er sich dem Zentrum der Anlage näherte. Holowände simulierten einen ungehinderten Ausblick über den Kristallgarten hinweg auf das Sternenmeer. Dennoch: Die damit kaschierten stählernen Wände ließen sich nicht verleugnen.

Akustiksperren dämpften alle Geräusche.

Unvermittelt öffnete sich eine weite Landschaft vor Bostich. Er hielt inne und lauschte. Sein Blick schweifte über eine von schroffen Findlingen übersäte Wüste. Nur das Wispern des Sandes und das Raunen des steten Windes waren zu vernehmen. Im Hintergrund verloren sich die Dünen im flirrenden Dunst ferner Luftspiegelungen.

Es gab nur wenig Grün. Die Pflanzen verdorrten in der sengenden Hitze zweier im Zenit stehender Sonnen. Die Luft brannte in den Lungen.

Hoch über Bostich, im Grau des Himmels kaum zu erkennen, zogen fremde Vögel ihre Kreise. Aasfresser. Bostichs Rechte zuckte zur Hüfte, seine Finger schlossen sich um den Griff des Kombistrahlers, aber er zog die Hand sofort wieder zurück.

Bis über die Knöchel versank er im heißen Sand. Die Schwerkraft war höher als gewohnt – 1,3 Gravos zeigte das Multifunktionsarmband an.

Vor ihm lauerte Gefahr. Das war nicht schwer abzuschätzen. Sein Blick taxierte die Felsen und glitt weiter über die in steter Bewegung befindliche Sandfläche.

Bostich stand wie angewurzelt da. Auf den ersten Blick erschienen die Felsen wie Oasen inmitten der Ruhelosigkeit. Doch bei genauerer Betrachtung fiel auf, dass das spärliche Grün die Felsen mied und meterweit Abstand hielt.

Der Imperator riss einige der dickblättrigen Pflanzen heraus und schleuderte sie in Richtung des nächsten Findlings. Nichts geschah – und trotzdem hatte er sich einen Augenblick zu lange ablenken lassen. Im allerletzten Moment bemerkte er die vage Bewegung unter dem Sand und warf sich zur Seite. Wo er eben noch gestanden hatte, stieg ein auf den ersten Blick undefinierbares Etwas aus dem Sand empor.

Ein grässliches Fauchen erklang, als das Ding in den Sand zurückfiel. Der Körper, eben noch lang gestreckt und nur ein konturloser Schemen, bildete lange Spinnenbeine aus.

Bostich hob den Strahler, doch bevor er abdrücken konnte, wirbelte ihm ein schmerzhafter Schlag die Waffe aus der Hand. In der nächsten Sekunde war das Vieh über ihm. Durch eine blitzschnelle Drehung zur Seite verhinderte der Imperator, dass die vorschnellenden Kieferzangen seine Schulter aufrissen.

Ein Sandläufer von Trimedes XVII, eine aggressive und bedingt wandelbare Lebensform. Bostich zog die Beine an und trat mit aller Kraft zu, als die Zangen erneut nach ihm schnappten.

Die Fressöffnung war die einzige empfindliche Körperstelle eines Sandläufers. Von Ganglienknoten und Sinnesfäden umgeben, ermöglichte sie dem Tier die Orientierung unter dem Sand.

Als Bostichs Absätze zielgenau trafen, erstarrte das Biest. Die Lähmung würde minutenlang anhalten. Bostich hatte demnach genug Zeit, dem Tier die Beine zu brechen. Nur dann konnte der Sandläufer ihm nicht mehr folgen.

Der Imperator verzichtete allerdings darauf. Weshalb hätte er die Robotkonstruktion schädigen sollen?

Abrupt richtete er sich auf. »Neue Szenerie!«, klang sein Befehl über die Wüste.

Der für das Trainingsprogramm zuständige Syntron reagierte prompt. Die Landschaft veränderte ihr Aussehen. Sekundenlang entstand der Eindruck zweier einander überlagernder Holofilme. Sogar der Sand war nur eine Täuschung gewesen, das Zusammenspiel perfekter 3-D-Simulation mit wechselnden Energiefeldern.

Es wurde kalt, bitterkalt sogar. Schon stand der Atem wie eine dichte weiße Wolke vor Bostichs Gesicht. Leichter Schneefall setzte ein.

Welten wie diese gab es zu Hunderttausenden. Unmöglich, sie alle zu kennen und sich rechtzeitig auf eine bestimmte Gefahr einzustellen. Die Auswahl konnte Bostich nicht beeinflussen. Er selbst hatte das so veranlasst. Sogar auf schmerzhafte Verletzungen musste er vorbereitet sein. Wenn schon Ertüchtigung, dann mit allen Konsequenzen – Kompromisse, die ihn nicht wirklich forderten, ging Bostich niemals ein.

Die Kälte lähmte ihn. Dass er sie überhaupt ertrug, verdankte er ausschließlich dem Aktivatorchip.

Etliche Schritte entfernt musste der Strahler liegen, den ihm der Sandläufer entrissen hatte. Bostich suchte nach der

Waffe – und konnte den mit einem primitiven Speer geführten Angriff gerade noch mit dem linken Arm abwehren.

Sekundenlang glaubte er, dass der mörderische Hieb seinen Oberarm zerschmettert hätte. Der Angreifer war ein zotteliges Wesen, halb Urmensch, halb bärenartige Kreatur, und der Speer trug eine klobige, mit Pflanzenfasern befestigte Steinspitze.

Sofort setzte der Gegner nach. Beidhändig stieß er die Waffe nach vorne. Bostich sprang zur Seite, griff blitzschnell nach dem Schaft und verstärkte die Vorwärtsbewegung des Angreifers noch.

Der Steinzeitmensch wurde von der Reaktion völlig überrascht. Er taumelte vorwärts, ließ dabei ein kehliges Gurgeln vernehmen – und erstarrte jäh, als Bostich ruckartig den Speer zurückstieß und ihm das stumpfe Schaftende in die Magengrube rammte.

Ein zweiter, noch heftigerer Ruck entriss dem Wilden die Waffe vollends. Mit über zwei Metern Länge war der Speer nicht nur klobig, er war vor allem schlecht austariert. Astknorren verrieten die primitive Bearbeitung.

Bostich wirbelte die Waffe dennoch herum, als hätte er nie etwas anderes getan. Erneut krachte das Schaftende gegen den Oberkörper des Urmenschen und bohrte sich in Höhe des vermuteten Brustbeins ins Fell. Unglaublich schnell flossen die Bewegungen des Imperators ineinander. Rechts und links krachte der Speerschaft gegen den Hals des Angreifers, der zwar abwehrend die Arme hochgerissen hatte, aber nicht mehr in der Lage war, die auf ihn herabprasselnden Hiebe abzufangen.

Für den Bruchteil eines Augenblicks schien die Waffe dem Imperator zu entgleiten, doch packte er sie nur am äußeren Ende und führte die begonnene Bewegung fort. Mit aller Kraft traf er die Kniekehlen des Gegners und fegte ihn von den Beinen …

… und in derselben Bewegung wirbelte er herum, den Speer weit von sich gestreckt.

Er hatte richtig vermutet. Weitere drei dieser zotteligen Wesen stürmten heran. Den Vordersten traf die Steinspitze in die Brust und hinterließ eine klaffende Wunde. Doch kein Blut färbte das schneeverkrustete Fell; denn es handelte sich um Robotkonstruktionen, die Verhaltensweisen und körperliche Stärke der jeweiligen Kreaturen bis ins Detail nachbildeten.

Den Kampf schnell zu beenden wäre Bostich ein Leichtes gewesen, aber darum ging es ihm nicht. Er kannte die eigene Stärke und Reaktionsschnelligkeit. Der Trainingsraum war konstruiert worden, um seine Ausdauer unter Extrembedingungen auszuloten. Oft genug entschieden nur Reflexe über Leben und Tod. Vor allem in Situationen wie dieser durfte bewusstes Denken nicht zum Hemmnis werden.

Den vordersten Angreifer hatte Bostich gestoppt, ohne ihn jedoch zu Fall zu bringen. Grollend griff sich das Wesen mit beiden Pranken an die Brust und versuchte, die klaffende Wunde zusammenzudrücken.

Bostich beachtete den annähernd zweieinhalb Meter großen Riesen nicht länger. Die beiden anderen drangen von zwei Seiten auf ihn ein.

Den heranzuckenden Speer parierte er mit der eigenen Waffe, die er fest auf den Boden rammte. Gleichzeitig stieß er sich kraftvoll ab. Das Holz knackte bedrohlich, doch es hielt der Belastung stand und verstärkte die Aufwärtsbewegung zudem.

Zwei Meter über dem Boden hing der Imperator nahezu waagerecht in der Luft und krachte, mit den Füßen voran, gegen einen der Angreifer. Seine Stiefel schrammten über das bepelzte Gesicht, während ihn ein kräftiger Hieb traf und zur Seite fegte.

Bostich verlor den Speer, rollte sich ab und entging einem wütenden Tritt. Irgendwie bekam er dennoch die Waffe wieder zu fassen und stieß sie mit der Steinspitze nach rückwärts. Der splitternde Widerstand verriet ihm, dass er instinktiv richtig vermutet hatte, wo der zweite Angreifer stand.

Der abgebrochene Schaft maß nicht einmal mehr einen halben Meter. Bostich drosch damit auf die zupackenden Pranken, die sich um seine Knöchel schlossen und ihn über den Boden schleiften.

Ein wütendes Knurren beantwortete seine Aktion. Im nächsten Moment entriss ihm der Gegner den Prügel und stieß ebenso jäh zu.

Bostich wälzte sich herum. Neben ihm bohrte sich das abgesplitterte Schaftende in den Boden. Einen Augenblick später krallte sich eine behaarte Pranke in seine Schulter und zerrte ihn hoch – mit einer Leichtigkeit, die ungeahnte Kräfte erkennen ließ.

Sekundenlang hing der Imperator in dem erbarmungslosen Griff. Stinkender Atem schlug ihm entgegen und ließ ihn fast vergessen, dass er nicht wirklich gefährdet war. Der Bio-Roboter würde rechtzeitig jede bedrohliche Aktion abbrechen. Aber gerade das hätte Bostich I. als persönliches Scheitern angesehen.

Seine Welt hatte sich verändert, seit er den Zellaktivator trug, der ihm die relative Unsterblichkeit verlieh. Der Chip stoppte nicht nur den Alterungsprozess auf unbestimmte Zeit, er schützte zugleich vor Krankheit, absorbierte Gifte und mobilisierte die Selbstheilungskräfte des Körpers. Eine Zeit lang hatte Bostich sogar gefürchtet, künftig keine Risiken mehr eingehen zu können, sich hinter einem Schutzschirm verkriechen und furchtsam jeder Gefahr aus dem Weg gehen zu müssen. Wer riskierte schon aus Unachtsamkeit oder Leichtsinn das ewige Leben?

Das Gegenteil war der Fall. Er hatte festgestellt, dass er mehr als zuvor die Herausforderung suchte. Für ihn wäre ein ängstliches Dasein in einem energetischen Käfig kein Leben mehr gewesen.

Seit dieser Erkenntnis verstand er besser, was in Perry Rhodan, Reginald Bull und den anderen terranischen Aktivatorträgern vorging, deren Spuren sich unauslöschbar durch die galaktische Historie zogen. Zu seinen Freunden waren sie dennoch nicht geworden, weil sie Emporkömmlinge auf der galaktischen Bühne blieben, denen bestenfalls die Rolle eines Vasallenvolks zustand. Eines Tags würden sie sich unterordnen müssen, egal ob in hundert, fünfhundert oder tausend Jahren.

Sie hatten geglaubt, das arkonidische Erbe antreten zu können. Doch Arkon war heute lebendiger als je zuvor. Das Göttliche Imperium stellte die größte und schlagkräftigste raumfahrende Macht in der Galaxis.

In den Sekundenbruchteilen, in denen er den Griff des Angreifers spürte, war Bostich all das durch den Sinn gegangen. Nun gruben sich seine Finger in den sehnigen Hals des Gegners. Tastend fand er unter dem dichten Fell die Druckpunkte, die jede Blutzufuhr ins Gehirn abschnürten.

Mühelos befreite er sich aus dem schlaff werdenden Griff und fuhr herum. Die beiden anderen Wilden waren noch mit sich selbst beschäftigt. Während der erste sich die abgebrochene Speerspitze aus dem Leib zerrte, schien der zweite gerade erst die Lähmung abzuschütteln …

»Das Programm beenden!«, befahl der Imperator ohne hörbare Anstrengung in der Stimme. Er rückte die Paradeuniform zurecht. Der Schmutz abweisende, knitterfreie Stoff ließ keine Spuren des Kampftrainings erkennen. Mit beiden Händen fuhr er durch sein bis an den Kragenansatz reichendes weißblondes Haar.

Niemand würde ihm ansehen, was er während dieser halben Stunde gemacht hatte. Der Trainingsraum war ausschließlich ihm vorbehalten, damit er Kraft und Reaktion schulte. Von Freunden ebenso wie von Feinden unterschätzt zu werden war die beste Lebensversicherung. Bostich liebte es, andere zu überraschen.

Der Syntron hatte alle Holoprogramme beendet. Kahle, rötlich graue Wände bestimmten das Bild, sie wirkten trister als der Laderaum eines altersschwachen Frachters.

Mit einem tiefen Atemzug sog der Imperator die Stille und Abgeschiedenheit des Raumes in sich auf. Er glaubte, das Pulsieren des Aktivatorchips zu spüren, das neue Kraft durch seinen Körper schickte – eine ungeheure Verlockung.

Sein Weg hatte gerade erst begonnen. Er würde sich von nichts und niemandem aufhalten lassen.

Nur wenige Schritte entfernt lag der Kombistrahler. Bostich hob die Waffe auf, überprüfte den Ladezustand und schob sie unter die Uniform zurück.

»Besondere Vorkommnisse?« Seine Stimme hallte im dumpfen Echo von den kahlen Wänden zurück.

»Keine, Euer Erhabenheit.« Die syntronische Antwort schien aus allen Richtungen gleichzeitig zu kommen. »Im Bereich des Sternenfensters herrscht absolute Ruhe.«

»Schiffsbewegungen der Terraner?«

»Nur zwei Frachter sind vor kurzer Zeit angekommen. Die BOSTON und die INDEPENDANCE fliegen Flottentender an, auf denen die Schiffe der ENTDECKER-Klasse mit den neuen Distanznadlern ausgerüstet werden können.«

»Nachricht von Ascari da Vivo?«

»Die Mascantin hat sich nicht gemeldet. Soll unsererseits Verbindung aufgenommen werden?«

»Das ist nicht nötig«, wehrte der Imperator ab. »Ich glaube nicht, dass die Inquisition in absehbarer Zeit eine neue Entscheidung erzwingen will.«

5.

»Das ist Wahnsinn, und du weißt das. Ich bestehe darauf …!« Sherm Hollmer schnappte nach Luft und knetete seine Hände. Längst war sein Gesicht puterrot angelaufen. Ein wenig erinnerte er an einen altertümlichen Dampfkessel kurz vor der Explosion.

»Lass Dampf ab!«, forderte Morril Brackham dann auch.

»Ich soll …?« Hollmer fuhr sich mit beiden Händen unter den Kragen, und für einen Moment sah es so aus, als wolle er sich das Hemd vom Leib reißen. Keiner der Mannschaft hätte das für sonderlich bemerkenswert gehalten. Sherm Hollmer galt als cholerisch und unberechenbar, ein Mann, den man lieber von weitem sah, als mit ihm Geschäfte zu machen.

Dummerweise hatte er einen riesengroßen Vorteil, der viele Menschen zwang, über ihren eigenen Schatten zu springen und seine Überheblichkeit sowie die regelmäßigen Wutanfälle zu ignorieren: Sherm Hollmer besaß die Schürfrechte an einer ergiebigen Mine, in der Schwingquarze gefördert wurden. Da er keine vertraglichen Verpflichtungen eingegangen war, konnte er seine Abnehmer nach Belieben gegeneinander ausspielen. Und er hatte damit auch noch Erfolg.

»Was ist?«, herrschte er Brackham an. »Warum stehst du tatenlos herum? Ich erwarte, dass die WILD WOMAN umgehend startet.«

»Nein«, sagte der Kommandant. Er hatte die Arme vor der Brust verschränkt und blickte mitleidig auf den zwei Köpfe kleineren Mann hinab.

Hollmer starrte zu ihm hoch, seine Wangen blähten sich auf wie ein Kugelfisch. Fauchend stieß er den Atem aus. »Was heißt das: *nein?*«

»Wir starten nicht, ganz einfach.«

»Das ist Meuterei!«

Brackham zuckte mit den Achseln. Er wusste, was gleich geschehen würde. Sein Blick schweifte in die Höhe, glitt über die mittlerweile geschlossene untere Ladeschleuse des 200-Meter-Frachters und wanderte weiter über das stählerne Rund bis hinüber zu dem schäumenden und tosenden Wasserfall, der sich über den schmalen Ringwulst in die Tiefe ergoss. Wochenlang regnete es nicht, aber sobald der Himmel seine Schleusen öffnete, war das wie eine Sintflut. Dann mutierten die Vögel auf *Yellow Forrest* zu Fischen. So jedenfalls hatte Hollmer sich während eines seiner Tobsuchtsanfälle ausgedrückt.

Momentan wirkte der Minenbesitzer erstaunlich gefasst. Ruhig sogar. Gefährlich ruhig. Er lächelte, als er sagte: »Du bist entlassen, Morril! Ich lasse mir nicht auf der Nase herumtanzen.«

Für einen kurzen Moment sah es so aus, als wolle Brackham noch etwas sagen, aber dann schob er den »Giftzwerg« einfach zur Seite und ging kommentarlos.

Hollmer starrte ihm hinterher. Er bebte vor Zorn.

Ein Schatten zeichnete sich jenseits der Wasserwand ab, verzerrt und schemenhaft wie ein urzeitliches Ungetüm. Er glitt näher und entpuppte sich als schwerer Lastengleiter. Zwei weitere Maschinen folgten dichtauf.

Sherm Hollmer machte seinem Spitznamen alle Ehre. Breitbeinig und leicht vornübergebeugt stand er da, die Ellenbogen an den Leib gepresst, aber die Unterarme ausgestreckt und die Hände zu Fäusten geballt. Dazu hatte er den Kopf zwischen die Schultern gezogen, und in seinem Blick loderte ein verzehrendes Feuer. Er erinnerte wirklich an einen Giftzwerg.

»Was soll das?«, schrie er außer sich, als die Gleiter landeten. »Verschwindet! Ihr behindert den Start des Frachters.«

Eine Luke glitt auf. »Die WILD WOMAN startet nicht

ohne unsere Ladung!«, rief der Gleiterpilot. »So viel ist schon mal sicher.«

»Was habt ihr geladen, verdammt?« Sherm Hollmer wusste es, schließlich war das der Grund für seinen Streit mit dem Kommandanten. Er wollte es nur noch einmal aus anderem Mund hören.

»Raumtorpedos! Neueste Fabrikation.« Der Pilot sprang aus seiner Maschine und kam federnd auf der Piste auf, die sich unaufhaltsam in einen riesigen See verwandelte. Das Wasser stand schon zentimeterhoch. »Unterschiedliche Kaliber, aber ...«

»Wie viel?«, donnerte Hollmer und schaute dem im Regen verschwindenden Kommandanten hinterher.

»Fünf Dutzend.«

»Fünf? Ist der Kerl größenwahnsinnig geworden? Ich will keinen Krieg anfangen, ich ...« Sherm Hollmer brach gurgelnd mitten im Satz ab. Aus weit aufgerissenen Augen starrte er sein Gegenüber an und rang sichtlich um Fassung.

Der Gleiterpilot war kaum größer als er selbst, einen Meter sechzig vielleicht. Er war ein Mensch, kein Zweifel, aber sein Gesicht ... Hollmer schluckte krampfhaft und bemühte sich, den anderen nicht zu offensichtlich anzustarren. Trotzdem schaffte er es nicht, den Blick abzuwenden.

Schuppenhaut bedeckte das Gesicht – glänzende, blaugrüne Schuppen, jede so groß wie ein Daumennagel. Schräg zogen sie sich über die Stirn, ließen die Augen frei, bedeckten die Nase und die rechte Wange ebenso wie das Kinn. Auch der Hals des Piloten war bedeckt mit Schuppen. Mehr ließ sich durch die einfache Kombination, die der Mann trug, nicht erkennen. Die andere Gesichtshälfte war mit normaler Haut überzogen, ein wenig grobporig vielleicht, aber völlig menschlich. Das zentimeterkurz geschnittene Haar schimmerte in allen Regenbogenfarben, ja es schien sogar aus sich heraus zu leuchten.

Hollmer brachte nur ein Ächzen über die plötzlich blutleeren Lippen. Übergangslos wedelte er mit der Hand, als müsse er ein lästiges Insekt verscheuchen.

»Ich beiße nicht«, erklärte sein Gegenüber und fügte nachdenklich hinzu: »Du warst lange nicht mehr draußen, oder?«

»Draußen, wo draußen ...?«

»Im Gebiet der LFT.«

»Was soll ich da?«, blaffte der Kleine. »Meine Mine ist hier. Alles andere interessiert mich nicht.«

»Ich habe schon gehört, dass du weltfremd sein sollst.« Die Schuppen raschelten leise, als der Pilot das Gesicht zu einem spöttischen Grinsen verzog.

»Wer sagt das?«

»Alle.«

»Neider!«, bellte Hollmer. »Gesindel, das nicht verstehen kann, weshalb andere Tag und Nacht schuften. Weißt du, wieso, Echsenmensch? Die Schwingquarze sind wichtig, der Bedarf wächst rapide und ...«

Entgeistert starrte er auf die aufgleitenden Frachtluken. Auch im Kugelraumer hatte sich ein Schott geöffnet. Massige Container schwebten im Antigravfeld in die Höhe.

»Das reicht«, keuchte Hollmer am Rand eines Herzanfalls. »Packt den Krempel wieder ein und verschwindet! Ich will nichts davon mehr sehen.«

Eine Klauenhand legte sich auf seinen Arm. Der Handrücken und die Finger waren ebenfalls mit Schuppen überzogen, die Fingernägel bogen sich zu kräftigen Krallen. Zumindest sie waren kein Implantat, sondern echt.

Impulsiv griff Hollmer nach der Hand und versuchte, einige Schuppen abzureißen. Es gelang ihm nicht, sie waren fest mit dem Handrücken verwachsen.

»Was geht in der Liga Freier Terraner vor?«, keutchte er tonlos. »Eine Invasion von Echsen? Gehörst du zu den Invasoren aus Tradom? Natürlich – ihr wollt *Yellow Forrest* für euch. Der Planet ist keinem der großen Machtblöcke angegliedert.«

»Aber das ist doch Unsinn.«

»Hör auf!«, brüllte der Giftzwerg. »Ich weiß, was in der Politik läuft: Intrigen, Lügen und Machtansprüche. Unsereins wird nie die Wahrheit erfahren. Wir werden und wurden verkauft, an Thoregon, an diese seltsamen Lichtkugeln, diese … diese …«

»Helioten«, half der Pilot aus.

»Genau die«, nickte Hollmer. »Aalglatt sind sie; ich traue ihnen nicht.«

»Thoregon ist eine positive Macht.«

»So positiv, dass wir deswegen die Inquisition der Vernunft am Hals haben. Ist es nicht so? Erzähl mir nichts anderes. Und jetzt will ich wissen, was in der LFT vorgeht! Was ist mit deinem Gesicht?«

»Die neueste Mode«, sagte der Pilot.

Sherm Hollmer blickte ihn entgeistert an.

»Es ist so. Du kannst es mir glauben. Es gefällt nicht allen, das gebe ich zu. Ich möchte es jedoch nicht mehr missen. Du fühlst dich … irgendwie freier.«

»Kosmisch?«

»Ja, genau. Als würden plötzlich zwei Herzen in deiner Brust schlagen. Für jeden, der sich ein Stück Schuppenhaut implantieren lässt, wird der Kosmos zur neuen Heimat. Wir Menschen haben uns weiterentwickelt, eine Welt allein ist für viele zu wenig. Manche nennen es schon das Saedelaere-Syndrom.«

»Hä?«

»Saedelaere, Alaska Saedelaere …«

»Ich weiß, wer das ist«, brauste Hollmer auf. »*Yellow Forrest* ist kein Hinterwäldlerplanet, auf dem sich Marschiere-Viel und Okrill die Hand geben.«

»Es heißt, dass Saedelaere als Träger der Haut für den Trend Pate stand«, fuhr der Pilot ungerührt fort. »Kummerogs Haut, die zweifellos etwas wie ein eigenständiges Wesen ist. Zuerst wollten ihm nur einige Jugendliche auf Terra nacheifern, aber das hat Kreise gezogen. Saedelaere, um den es lange Zeit still war, ist wieder ein Idol geworden.«

»Kein Grund für Selbstverstümmelung«, fauchte Hollmer. Er schüttelte sich und deutete mit einem knappen Kopfnicken auf die Hand des Piloten. »Sind die Krallen etwa echt?«

»Genetisch verändert. Wachstumszeit vier Standardwochen. Gen-Design wird der boomende Wirtschaftszweig der kommenden Jahrzehnte.«

Der Mineneigner fror innerlich, das war ihm anzusehen. Angewidert spuckte er aus. »Arme Menschheit«, sagte er verächtlich. »Bin ich froh, dass ich das alles nicht täglich ertragen muss.« Mühsam riss er sich vom Anblick seines Gegenübers los. »Trotzdem ist das kein Grund, mir sündhaft teure Waffen zu verkaufen!« Seine Stimme wurde laut und schrill und überschlug sich schier. »Raus mit dem Zeug aus meinem Raumschiff! Sofort!«

Die letzten Container aus den Lastengleitern schwebten soeben empor.

»Ausgeschlossen«, widersprach der Pilot. »Die Waren wurden ordnungsgemäß geordert.«

»Von wem?«, schrie Hollmer.

»Morril Brackham. Als Kommandant der WILD WOMAN hat er seit Jahren die Vollmacht.«

»Jetzt nicht mehr. Ich habe ihm soeben alle Berechtigungen entzogen.«

»Die Waffen sind zudem schon bezahlt. *Rücknahme ausgeschlossen,* so steht es im Vertrag.«

Sekundenlang sah es so aus, als wolle der Kleine dem Piloten an die Kehle gehen, aber dann sackte er kraftlos in sich zusammen. »Wie viel?«, ächzte er tonlos.

Die Summe, die der Pilot nannte, trug nicht gerade zu einer gesunden Hautfarbe bei.

»Ein Komplott«, quoll es stockend über Hollmers Lippen. »Die ganze Galaxis hat sich gegen mich verschworen. Natürlich. Der letzte freie Produzent soll fertig gemacht werden.

Weil ich die Preise verderbe. Aber nicht mit mir! Wenn es sein muss, nehme ich es mit jedem auf. Mein Leben lang habe ich um alles kämpfen müssen.«

Hollmer machte auf dem Absatz kehrt und hastete auf die Wasserwand zu, die unvermindert heftig aus der Höhe herabstürzte.

»Was ist jetzt?«, rief der Gleiterpilot hinter ihm her.

Sherm Hollmer antwortete nicht. Er tauchte in den Regen ein und war Sekunden später verschwunden.

Er war längst klatschnass, als er die Kuppel am Rand des Raumhafengeländes betrat. Das Haar hing ihm in wirren Strähnen in die Stirn, und die zähe Nässe verschleierte seinen Blick. Der Regen auf *Yellow Forrest* besaß eine eigentümliche Konsistenz. Die wissenschaftliche Erklärung hatte Hollmer längst vergessen. Er mochte den Regen nicht, hasste ihn geradezu, denn der Regen machte ihn depressiv.

Zielstrebig ging er am Rand der Tanzfläche entlang zur Bar. Grelle Lichtbündel umschmeichelten die Tänzerin, deren akrobatische Verrenkungen sehenswert waren. Ihr hüftlanges Haar mochte echt sein oder nicht, eingeflochtene Sensoren ließen einzelne Strähnen jedenfalls wie Schlangen züngeln.

Ein Lächeln umfloss ihre Mundwinkel, als sie den Neuankömmling bemerkte. *Sherm,* schienen ihre Lippen zu flüstern, zugleich wurden ihre Bewegungen obszöner. Wie zufällig glitten ihre Hände zwischen die drei Brüste, die der Kleine so sehr an ihr mochte.

Trotz des frühen Vormittags war die Hafenkneipe gut besucht. Der Regen schien jeden in die Kuppeln getrieben zu haben. Wesen aller Völker trafen sich hier gerne. Dröhnendes Lachen im Hintergrund verriet, dass Springer anwesend waren. Die Galaktischen Händler waren bekannt für ihre Lautstärke und Rücksichtslosigkeit.

Hollmers Blick huschte quer durch den Raum.

Zwei Aras diskutierten heftig. Die Galaktischen Mediziner schienen vergessen zu haben, wo sie sich befanden. Am Tisch neben ihnen saßen Gurrads und mehrere Twonoser, die einen heruntergekommenen Eindruck machten. *Yellow Forrest* lockte mit seiner Unabhängigkeit. Viele Abenteurer, aber auch lichtscheues Gesindel war hier anzutreffen. Hollmer mochte diese Glücksritter nicht, die ohne Arbeit auf den großen Reichtum hofften. Sein Weltbild war enger, vielleicht sogar antiquiert und angestaubt.

Ein Schweberobot transportierte ein Tablett voll Essen haarscharf an ihm vorbei. Dutzende fingerlanger Würmer waren im Begriff, sich aus der Blasen werfenden Soße herauszuwühlen. Hollmer drehte sich beinahe der Magen um, doch für die Blues auf der anderen Seite der Tanzfläche waren die Muurt-Würmer eine Delikatesse. Deshalb kamen immer mehr Tellerköpfe auf den Planeten.

Hollmer fand seinen Frachterkapitän an der Theke. »Kommandant« war ein hochtrabender Titel, den Morril sich schon vor Jahren zugelegt hatte.

Morril Brackham saß mit dem Rücken zur Tanzfläche. Er sah nicht, dass die dreibusige Zaliterin die Gesellschaft eines klobigen Naats bekommen hatte, der heftig auf sie einredete. Auch bemerkte er den Minenbesitzer nicht, der sich hinter ihm die Hände rieb.

»Dachte ich es mir doch, dass ich dich hier finde!« Hollmer legte eine Lautstärke in seine Stimme, dass etliche Köpfe herumruckten.

Brackham reagierte nicht. Er hatte den Kopf auf die Hände gestützt und starrte in das halb leere Glas vor sich. *Original marsianischer Sandkriecher,* registrierte Hollmer. *Als ob er mit dem Gebräu den Regen vergessen könnte.*

»Ich rede mit dir, Morril!«

Ein Fausthieb in die Nierengegend wirkte Wunder. Brackham drehte den Kopf nur ein Minimum zur Seite. »Ah, Sherm«, murmelte er.

»Wir müssen miteinander reden!«

Der Kommandant verzog den Mund zu einem säuerlichen Grinsen. »Du hast mich gefeuert. Schon vergessen?«

»Die Fracht muss raus!«

Brackham trank einen kräftigen Schluck.

»Verdammt, Morril, besauf dich nicht!«

»Du bist nicht mein Kindermädchen«, protestierte Brackham.

»Aber dein Freund …«

Der Kommandant betrachtete Hollmer eine Weile. »Davon merke ich nichts. Soll ich dir sagen, was du bist?« Brackham verstummte.

Hollmers Augen begannen gefährlich zu funkeln.

Dass sie Freunde waren – oder zumindest etwas Ähnliches –, stimmte sogar. Seit Jahren scheffelten sie gemeinsam ihren Reichtum an, Hollmer ein wenig schneller, aber dafür hatte Brackham die größere Freiheit und konnte den Planeten, sooft er wollte, verlassen.

Brackhams Traum waren stets die Sterne gewesen. Hollmer wusste das. Und eines nicht mehr fernen Tages würde Brackham sich eine eigene kleine Jacht kaufen und einfach nur hinausfliegen. Ohne Ziel. Weiter und immer weiter hinaus …

»Was ist?«, drängte Hollmer ungewöhnlich ruhig.

»Die Waffen …?«

Hollmer seufzte tief. »Sind an Bord.«

Der Kommandant schürzte anerkennend die Lippen, denn genau daran hatte er gezweifelt.

»… obwohl sie mich ein Vermögen kosten«, setzte Hollmer bissig hinzu.

»Sie sind gut angelegtes Kapital. Du weißt, warum, Sherm?« Brackham wartete eine Antwort gar nicht erst ab, sondern beugte sich vor und raunte in verschwörerischem Tonfall: »Ich sag's dir, wenn wir wieder bei der WILD WOMAN sind. Hier haben die Wände Ohren, und das ist nicht gut.«

Erst eine Standardwoche lag es zurück, dass eine Springer-Delegation die Mine besucht hatte. Die Galaktischen Händler hatten sich sehr finanzkräftig gezeigt und einen extrem hohen Abschluss in Aussicht gestellt – zu groß für Brackhams Dafürhalten. Gegen Hollmers Willen hatte der Kapitän anschließend Auskünfte eingeholt und herausgefunden, dass die Enron-Sippe mit allem handelte, nur nicht mit Schwingquarzen. Bis zu der Befürchtung, dass kriminelle Elemente ein Auge auf die wertvolle Fracht geworfen hatten, war es dann nur noch ein sehr kleiner Schritt gewesen.

»Du fliegst also«, stellte Hollmer erleichtert fest.

»Das habe ich nicht gesagt.«

»Treib's nicht auf die Spitze«, warnte der Minenbesitzer. »Was willst du noch?«

Der Kommandant spreizte drei Finger in die Höhe. »Dreitausend mehr!«

»Ist das alles?«

»Plus zwei Space-Jets als Geleitschutz.«

Hollmer lachte heiser. »Warum?«, stieß er hervor.

»Weil mir mein Leben lieb ist.«

Sein »Freund« blickte ihn durchdringend an. »Gehen wir«, sagte Hollmer schwer. Immer noch tropfte Wasser aus seinen Haaren. Rund um seine Füße hatte sich längst eine ansehnliche Pfütze ausgebreitet.

Brackham nickte. »Hier gefällt es mir ohnehin nicht mehr.«

Es hatte zwei Stunden gedauert, bis Hollmer damit einverstanden war, die beiden Space-Jets zu organisieren. Im Vergleich zu den damit anfallenden Kosten waren Brackhams weitere dreitausend Galax Honorar geradezu lächerlich unbedeutend.

Der Frachter flog mit einer Minimumbesatzung von fünfzehn Personen. Jeweils drei Crewmitglieder waren in die Jets abkommandiert worden.

»Du hast meinen vollen Respekt, Morril«, erklärte der Pilot grinsend, als der Kugelraumer die äußere Atmosphäre hinter sich ließ und den einzigen Mond des Planeten in einem Abstand von zwanzigtausend Kilometern passierte. »Keiner hätte geglaubt, dass du den Alten überzeugen kannst.« Van'd Stiin legte die Stirn in Falten. »Wie ernst ist die Bedrohung wirklich?«

»Ungewöhnliche Zeiten erfordern eben ungewöhnliche Maßnahmen«, antwortete der Kommandant ausweichend. »Ich weiß es nicht, Van'd. Vielleicht geschieht überhaupt nichts, und Hollmer reißt mir in einigen Tagen dafür den Kopf ab.« Beide lachten.

Die Transportflüge waren längst Routine geworden. Ein Start im Monat, wenn es hoch kam, vielleicht auch zwei. Mehr konnte momentan nicht geschürft werden, zumindest nicht ohne den Einsatz besserer technischer Mittel. Doch gegen eine solche Verschwendung sträubte sich Hollmer. Die einzige Abwechslung für die Besatzung brachten die häufig wechselnden Zielsysteme.

»Wohin diesmal?«, fragte Van'd Stiin. »Mir geht die Geheimnistuerei langsam auf die Nerven.«

Brackham grinste säuerlich, als er dem Piloten die daumengroße Kapsel reichte, die Hollmer ihm erst vor dem Start übergeben hatte. Abschätzend wog Van'd Stiin die versiegelte Order in der Hand. »Terra?«, vermutete er hoffnungsvoll. »Wie lange waren wir nicht mehr im Solsystem? Ich habe schon keine Ahnung mehr, wie der Blaue Planet wirklich aussieht.«

Er erwartete keine Antwort. Seine Hände huschten über die sich verändernden farbigen Kontaktflächen. Die WILD WOMAN beschleunigte mit weit geringeren Werten als die Space-Jets. Ein Hauch von Sehnsucht lag in seinem Blick, als er die Ortungsanzeigen verfolgte.

Der letzte Funkspruch einer orbitalen Außenstation traf ein. Das war, ebenso wie der Wunsch, *Yellow Forrest* bald wieder zu beehren, syntrongesteuerte Routine.

Zehn Minuten nach dem Start löste sich die Kapsel in einem irrlichternden Flimmern auf. Übrig blieb ein zwei Zentimeter langer, durchscheinender Datenträger.

Van'd Stiin nahm ihn mit spitzen Fingern auf und legte ihn auf die Lesefläche. Die Datenübertragung dauerte nur Sekundenbruchteile, danach löste sich auch der Stift rückstandsfrei auf.

»Kurs Hayok-Sternenarchipel diesmal.« Van'd Stiin reagierte überrascht. »Das bringt uns bis an den Brennpunkt galaktischen Geschehens.«

»Und wenigstens in die Nähe Terras.« Brackham grinste breit.

»Neuntausend Lichtjahre sind alles andere als nahe«, widersprach der Pilot. »Aber ein Gutes hat der Kurs: Angesichts der im Hayok-Sektor versammelten Flottenpräsenz droht kaum Gefahr. Allerdings ...«

»Ja?«

»Ich frage mich, warum der Alte dann unseren Forderungen zugestimmt hat.«

»Vielleicht, weil unser Ziel trotz allem rund viertausend Lichtjahre vor Hayok liegt.«

Van'd Stiin nickte verbissen. »So wird es sein«, murmelte er, mehr zu sich selbst als für die Zentralecrew bestimmt. Lauter fügte er hinzu: »Erster Hyperraumeintritt in fünf Minuten!«

»Ortung?«

»Kein Schiff näher als drei Lichtminuten. Wir empfangen auch keine Funksprüche mehr.«

Morril Brackham ließ sich endlich im Kommandantensessel nieder. Mit beiden Händen massierte er seinen Nacken. »Ich gebe die Daten an unseren Geleitschutz weiter.«

6.

Es war der 9. März 1312 NGZ, 17:22 Uhr Standardzeit, als die WILD WOMAN nach 3328 Lichtjahren den Hyperraum verließ. Nur wenige Lichtwochen vor dem Frachter loderte eines der großen galaktischen Leuchtfeuer, ein Doppelsternsystem ohne Planeten. Ein roter Riesenstern und sein kleiner weißer Begleiter umkreisten den gemeinsamen Schwerpunkt, und der Weltraum schien in diesem Bereich aufzubrechen und in glühenden Farben zu brennen. Gewaltige Gasschleier, aus beiden Sonnen herausgerissen, verwirbelten auf ihren Bahnen.

»Keine Besonderheiten!«, meldete die Ortung. »Wir haben nicht einmal die Space-Jets verloren.«

Van'd Stiin grinste vielsagend, schwieg aber dazu. Fast jeder hatte sich darum gerissen, auf die Diskusschiffe abkommandiert zu werden. Er nahm sich da nicht aus. Es war etwas völlig anderes, die schnellen Jets zu fliegen als den angejahrten und schwerfälligen Frachter, der einer Baureihe entstammte, die sich nicht durchgesetzt hatte.

Weder Fisch noch Fleisch, hatte der Kommandant vor Jahren bemerkt. Die Metagrav-Triebwerke waren im Ringwulst untergebracht, dem ein Hauch von Nostalgie anhaftete – aber wirklich nur ein Hauch, denn im Vergleich zu den frühen Kugelraumern war der Wulst zu schmal ausgefallen, eher ein »Gürtel«, der das Schiff am Auseinanderbrechen hinderte. Das behaupteten jedenfalls spöttische Zungen. Wie dem auch sei, die WILD WOMAN passte zu *Yellow Forrest,* zu dem abgelegenen Sektor hoch über der galaktischen Hauptebene und vor allem zu Sherm Hollmer.

Der Frachter beschleunigte wieder. Wenig mehr als fünftausend Lichtjahre würde er mit der zweiten Metagravetappe überwinden und tief in den Sternendschungel der Milchstraße eindringen.

Der Alarm kam völlig überraschend.

Kollisionswarnung!

Ein noch unbekanntes Objekt näherte sich auf eindeutigem Kurs.

Die WILD WOMAN flog bislang nur mit einem einfachen Prallfeld, das ausreichte, kleinere kosmische Gesteinsbrocken zu eliminieren. Doch jetzt baute sich der fünfdimensionale Paratron-Schutzschirm auf.

Die Ortungsbilder überlagerten die optische Wiedergabe auf dem Panoramaschirm. Was immer auf den Frachter zukam, es war verdammt schnell. Zumal sich beide Geschwindigkeiten summierten.

Morril Brackham stockte der Atem. Vier, allerhöchstens fünf Sekunden benötigte er, um zu erkennen, was sich der WILD WOMAN näherte. Im gleichen Moment kippte die Space-Jet-2 aus dem Kurs und raste höchstens zwei Kilometer am Frachter vorbei. Mit Irrsinnsgeschwindigkeit entfernten sich die beiden Schiffe schon wieder voneinander.

Brackham schaltete eine Funkverbindung. »Was soll der Scheiß, Aguila?«, brüllte er los. »Ich hoffe, du hattest wenigstens die Syntronsteuerung aktiv.«

»Handsteuerung, Morril.« Die Antwort kam rein akustisch, ohne Bildübertragung. »Irgendwie muss ich lernen, mit dem Ding richtig umzugehen.«

Es kam selten vor, dass dem Kommandanten die Stimme versagte. Das war ein solcher Fall. Mit einer knappen Geste unterbrach er die Hyperkomverbindung wieder. Jesus Aguila mochte sich im Moment stark fühlen, aber auch wenn der Frachter »nur« ein privates Schiff war, eine Disziplinarstrafe blieb unerlässlich.

Die Space-Jet kehrte in einer weit geschwungenen Kurve zurück und setzte sich bis auf zweitausend Kilometer Distanz neben die WILD WOMAN. Auf der anderen Seite flog die SJ-1.

Offenbar war es doch eine verrückte Idee gewesen, Geleitschutz anzufordern. Morril Brackham wartete beinahe sehnsüchtig darauf, dass alle drei Schiffe wieder in den Überlichtflug gingen.

Fünftausend Lichtjahre diesmal. Das bedeutete 57 Minuten bis zum nächsten Zwischenstopp.

Die WILD WOMAN beendete die Etappe inmitten einer dichten Sternenballung. Die Sonnen standen kaum weiter als jeweils ein Lichtjahr auseinander. Obwohl es sich nur um wenige tausend Sterne handelte, war ihr Anblick auf den Schirmen atemberaubend. Zudem verlieh ihr Licht einem nahen planetaren Nebel, der als filigranes Gespinst den halben Panoramaschirm ausfüllte, zusätzliche Farbenpracht.

Weit griffen die Ortungen des Frachters in den Raum hinaus. Aus der Richtung des Sternenfensters zeichneten sie ein unruhiges Hintergrundrauschen auf.

»Keine Ahnung, was die Ursache dafür ist«, meldete der Mann hinter den Ortungen. »Wahrscheinlich die hyperphysikalische Aufrissfront … – Achtung! Soeben sind zwei größere Schiffe voraus materialisiert. Distanz fünfzehn Millionen Kilome…«

»Identifizierung?«

»Läuft. Das sind größere Kolosse!«

Brackham zögerte nicht. Er löste Alarm aus. »Gefechtspositionen einnehmen!«, hallte sein Ruf über Interkom bis in die hintersten Bereiche der Frachträume.

»… walzenförmig«, kam es von der Ortung, »vierhundert Meter lang, Durchmesser achtzig Meter.«

»Springerschiffe?« Brackhams düsterste Befürchtungen begannen sich zu bewahrheiten. »Ich gehe jede Wette ein, es handelt sich um Raumer der Enron-Sippe. Van'd, Ausweichmanöver!«

»Ist eingeleitet!«

»Wie schnell können wir in den Überlichtflug gehen?«

»Einhundertsiebzig Sekunden. Aber wir kommen lange vorher in den Feuerbereich.«

Die WILD WOMAN hatte zwei schwer bewaffneten Walzenraumern wenig entgegenzusetzen. Andererseits bestand die Hoffnung, dass die Springer das Wirkungsfeuer erst eröffnen würden, sobald sie den Frachter ausgeplündert hatten. Sie wollten die Schwingquarze und würden den Teufel tun, sich selbst um die Rendite ihrer Anstrengungen zu bringen.

»Sie werden uns entern«, stellte Brackham fest. »Aber das sollen sie erst mal versuchen.«

Die Walzenraumer flogen eine Zangenbewegung. Das Abfangmanöver war eindeutig.

»Anruf von Aguila.«

»Was will er?«

Der Funker zögerte einen gequälten Atemzug lang. »Jesus fragt an, ob er Feuerfreigabe hat.«

»Nein, um Himmels willen! Wieso sollten wir unsererseits angreifen? Sag ihm das wörtlich.«

Die Entfernung betrug noch zehn Millionen Kilometer. In mehreren Schirmsegmenten zeigte der Syntron die fortlaufend aktualisierten Positionsdaten. Im spitzen Winkel näherten sich die Schiffe einander.

Mit einem Fingerschnippen holte der Kommandant ein Mikrofonfeld vor seine Konsole. »Richtstrahl!«, befahl er dem Funker, dann begann er zu reden: »Hier spricht der freie Frachter WILD WOMAN, Kommandant Brackham. Ich rufe den Springer-Patriarchen, der so unverfroren auf Kollisionskurs geht. Ich fordere Sie auf, jegliche Gefährdung zu unterlassen und …«

»Was *und,* Brackham?« Ein lebensgroßes Holo entstand neben dem Kommandantenpodest. Der Springer war ein Muskelpaket von gut zwei Meter zwanzig Größe. Sein dunkelrotes Haupthaar stand wirr nach allen Seiten ab, lediglich der bis zum Bauch reichende wallende Vollbart wirkte gepflegt. Howalgoniumfäden waren in den Bart eingewebt, ein Statussymbol, das längst nicht für jedermann erschwinglich war. »Wir sind im Begriff, einen Frachter aus Raumnot zu retten«, dröhnte die Stimme des Rotbarts durch die Zentrale. »Also hindert uns nicht daran.«

»Raumnot?« Brackham glaubte, nicht richtig gehört zu haben. »Wir haben niemanden um Hilfe gebeten.«

»So etwas kann sich sehr schnell ändern.« Der Springer brach in schallendes Gelächter aus.

Noch siebzig Sekunden bis zum Übertritt in den Hyperraum. Ein vorzeitiges Metagravmanöver kostete aberwitzig hohe Energiemengen, die dem Frachter nicht zur Verfügung standen.

»Die Space-Jets«, erinnerte der Funker.

Morril nickte bitter. »Sie sollen sich bereithalten, aber erst auf meinen Befehl hin feuern. Das gilt auch für unser Polgeschütz.« Er drosch mit der zur Faust geballten Rechten in die linke Handfläche. »Ich wusste es, verdammt, ich habe es geahnt. Aber irgendwie müssen wir da durch. Presly: Notruf absetzen! Dauerwiederholung!«

Augenblicke später meldete der Funker ein starkes Störfeld. Die Springer-Parias überließen offenbar nichts dem Zufall. Wahrscheinlich war der Notruf schon in der ersten Sequenz gestört worden.

Noch vierzig Sekunden ... Brackham fixierte die Zeitanzeige, als könne er sie allein mit seinem Blick beschleunigen.

Die Walzenraumer eröffneten das Feuer. Mehrere schwere Transformexplosionen flammten im Kurs des Frachters auf. Wie Novae schwollen die Glutbälle an, und dann tobten ihre verwehenden Energien im Schirmfeld der WILD WOMAN.

Van'd Stiins Ausweichmanöver provozierte gezielten Beschuss. Zwei Transformtreffer ließen die Schutzschirmbelastung in die Höhe schnellen; die Anzeige verharrte bei 95 Prozent.

»Stoppen!«, brüllte der Springer, von Störungen überlagert.

Noch fünfundzwanzig Sekunden …

»… und Abbruch des Überlichtmanövers! Sofort!«

Alle Blicke fraßen sich an Brackham fest. Stumm, geradezu verbissen schüttelte er den Kopf.

Bis auf vier Millionen Kilometer waren die Walzenraumer heran. Sie feuerten im Salventakt. Die sonnenheißen Energien entfesselten ein Chaos im Paratronschirm des Frachters. Aufrissfronten zum Hyperraum breiteten sich wie ein bizarres dunkles Netz aus und leiteten die tödlichen Energien ab. Noch. Für Sekunden verharrten die Belastungsanzeigen bei einhundert Prozent – dann kletterten sie weiter in die Höhe.

Thermo- und Impulsstrahlen fraßen sich durch die Explosionswolken hindurch.

108 Prozent …

»Metagravmanöver abbrechen!«, befahl Brackham. »Wenn wir die verwehenden Energien mitschleppen …« Er brachte den Satz nicht zu Ende. Ohnehin wusste jeder, dass sie Gefahr liefen, für immer im Hyperraum zu verschwinden. Der Metagrav hüllte das Schiff während des Fluges durch das übergeordnete fünfdimensionale Kontinuum in die so genannte Grigoroff-Schicht. In ihrem Innern galten die gewohnten physikalischen Bedingungen. Falls diese Struktur durch den Beschuss aufgebrochen wurde, waren die Folgen für Schiff und Mannschaft schwer abschätzbar.

119 Prozent … Als kurzfristige Belastungsspitze mochten die Paratronprojektoren mit solchen Werten noch fertig werden, ein längeres Andauern führte unweigerlich zum Zusammenbruch.

Tief im Schiff tobten die Energieerzeuger. Ihr Dröhnen durchschlug alle Schallisolierungen, die auf dem Frachter ohnehin nicht optimiert worden waren. Selbst in der Zentrale steigerte sich der Lärm. Jede neue Explosion schien eine Rückkoppelung zur Schiffshülle zu verursachen.

»Feuerfreigabe erteilt!«, rief Brackham. »Das gilt auch für die Space-Jets!«

Vorübergehend verlor er die Diskusse aus den Augen. Ihre Ortungsreflexe auf dem Schirm verwischten, als der äußere Paratron zusammenbrach. Die Meldung über Projektorschäden überhörte er. Zum einen konnte er momentan denkbar wenig dagegen tun, zum anderen hielt der innere Schirm noch. Und das Feuer der Walzenraumer verlor endlich an Intensität. Die Springer-Parias wollten ihre sichere Beute nicht vernichten.

Beide Space-Jets hatten sich mit wachsender Beschleunigung von der WILD WOMAN abgesetzt, nun stießen sie mit einer Geschwindigkeit auf die Angreifer herab, die nahe am Dilatationsbereich lag. Gleichzeitig mit dem Polgeschütz des Frachters feuerten ihre MVH-Kanonen.

Punktbeschuss auf den vorderen Walzenraumer. Die Impuls- und Thermostrahlen ließen im Schirmfeld der Springer Strukturrisse entstehen, schafften es aber nicht, den Paratron wirklich aufzubrechen.

Dann der erste Transformtreffer. Der im Innern der SJ-1 materialisierende Sprengsatz verwandelte den Diskus in eine expandierende Glutwolke. Der Tod war in Sekundenbruchteilen über die Crew gekommen.

»Hank hat's erwischt!«, brüllte Jesus Aguila über Funk. »Diese verfluchten Hunde … Denen zahlen wir es heim!«

Einen Augenblick lang hatte es den Anschein, als wolle er den nächsten Walzenraumer rammen. Erst in der allerletzten Sekunde zog er die Jet steil hoch, vorbei am Abwehrfeuer, das dem halsbrecherischen Manöver nicht schnell genug folgen konnte.

Vierhundert Meter Schiffslänge waren ein Nichts in Anbetracht der aberwitzigen Geschwindigkeit. Kein exakt berechneter Treffer war unter solchen Umständen anzubringen, und das galt gleichermaßen für die Springer wie für die Crew der Space-Jet.

Aguila zog die SJ-2 wieder auf Distanz. Eine Million Kilometer, zwei Millionen … Er wusste nicht, ob sein Funkspruch auf dem Frachter empfangen wurde, doch er redete einfach drauflos, vielleicht sogar, um sich selbst Mut zu machen. Dass die Jet allein gegen die Walzengiganten keine Chance hatte, war ihm klar. »Wenn wir hier heil rauskommen, Morril, dann hauen wir in der Hafenkneipe von *Yellow* über die Stränge. Geht endlich in den Hyperraum, egal ob die Maschinen das aushalten oder nicht. Wir fliegen noch einen oder zwei Angriffe, dann verschwinden wir, bevor die Rotbärte uns ebenfalls erwischen. Ich wünschte, Rhodans Flotte wäre hier …«

Die Ausläufer zweier Explosionen griffen nach der Space-Jet und warfen sie aus dem Kurs. Mit flackerndem Schutzschirm geriet der kleine Diskusraumer ins Trudeln und stürzte der nächsten Walze entgegen.

Dass der vernichtende Aufprall ausblieb, war nur eine glückliche Fügung. Aguila bekam den Diskus erst bei einer Distanz von einer halben Million Kilometern wieder unter Kontrolle. Das Aufheulen der Andruckabsorber verhieß nichts Gutes, doch gerade der jähe Ausbruch der SJ-2 aus dem trudelnden Flug ließ ein halbes Dutzend Impulsstrahlen ins Leere zucken.

Unter der Sichtkuppel in der kleinen Zentrale der Jet war nur ein flüchtiges Aufblitzen wahrzunehmen. Jesus Aguila lachte hell.

»Hörst du mich, Morris? Verschwinde endlich! Wir ziehen auch gleich den Schwanz ein. Diese Halunken schleusen Beiboote aus; eins davon kaufen wir uns noch, und dann …«

Die Stimme brach ab.

Nur mehr ein expandierender Glutball raste den Springern entgegen, ein Aufblitzen, das sich so schnell verflüchtigte wie eine Sternschnuppe in der Atmosphäre eines Planeten.

Die eigene zweite Schutzschirmstaffel war soeben zusammengebrochen.

Morril Brackham wusste, wann er verloren hatte. Das eingefrorene Ortungsbild der explodierenden zweiten Space-Jet sagte ihm genug. Sechs Menschen hatten sterben müssen. Das Schlimmste daran war, dass sie ihm vertraut hatten.

Kein Muskel zuckte in Brackhams Gesicht. Wie er sich fühlte, ging niemanden etwas an. Da war der Kommandant Brackham, hart, kompromisslos und vorausblickend – doch wohin ihn seine Vorahnung gebracht hatte, zeigte sich jetzt. Das andere Ich war der Privatmann, ein romantischer Schwärmer, der in Gedanken oft mit allen Mitteln durchgriff, in Wirklichkeit aber nie in eine Situation geraten war, die ihn zum Töten zwang. Auge in Auge einen Gegner auszuschalten, das brachte er nicht fertig. Aber einen Befehl zu geben oder nur einen Sensor zu berühren, das war etwas anderes, anonym …

Aus zusammengekniffenen Augen fixierte er die näher kommenden Beiboote der Springer. Ein eisiger Schauer überlief ihn.

»Raumtorpedos abschussfertig?« Die eigene Stimme erschien ihm in diesem Moment mechanischer als die eines Roboters.

»Torpedos sind klar!«

»Zielerfassung?«

»Zweimal zwei Torpedos auf Punktbeschuss. Ziel sind die beiden vorderen Beiboote.«

»Distanz?«

»Noch vierhunderttausend …«

Brackhams Hände verkrampften sich um die Sessellehne. Tief im Innern wuchs das Gefühl, losbrüllen zu müssen. Aber er beherrschte sich. Intelligente Wesen hatten sich immer unter Kontrolle, irgendwie, selbst wenn sie im Begriff waren, andere zu töten.

»Zweihundertfünfzigtausend …«

Warum protestierte niemand? Warum starrten alle wie er nur auf die Schirme? *Wir sind schon tot,* erkannte Brackham betroffen. *Das ist es. Egal, was wir tun, die Parias werden uns als Zeugen ihres Verbrechens nicht am Leben lassen.*

Die anfliegenden Beiboote verzögerten mit hohen Werten. Ein Enterkommando.

Hart und kantig traten Brackhams Wangenknochen hervor. *Jesus Aguila,* dachte er bitter, *wir werden nie wieder zusammen in einer Bar sitzen – aber ich lasse nicht zu, dass diese Parias ihren Erfolg feiern werden.*

Jedes Zögern war wie weggewischt, als er die Zielerfassung auf seine Konsole holte. Ein eisiger Zug grub sich um seine Mundwinkel ein, dann senkte er die Hand auf die Zündmarkierung. Vier Torpedos jagten mittschiffs aus dem Rumpf der WILD WOMAN. Sekunden nur bis zur Explosion. Mit starrem Blick verfolgte Brackham die Glutbälle, die er im Detail gar nicht wahrnehmen konnte.

Scheinbar unbeschadet stießen die Beiboote der Angreifer hindurch, zogen lediglich verwehende Glutschleier hinter sich her.

Brackham zerbiss eine Verwünschung zwischen den Zähnen. Er feuerte die nächste Salve ab – und diesmal durchschlugen die beiden letzten Torpedos die Schutzschirme. Ihre Sprengköpfe fraßen sich weit in die Schiffsrümpfe hinein, ehe sie explodierten.

Unwillkürlich spannte Brackham die Muskeln an. Weil er darauf wartete, dass die Springer mit Paralysatorgeschützen antworteten und die Besatzung der WILD WOMAN lähmten. Hatten sie wirklich nicht mehr mit einer Gegenwehr gerechnet?

Die Syntronstimme verkündete, dass der innere Paratronschirm soeben wieder aufgebaut worden war. Zu spät, um die verbliebenen Beiboote auf Distanz zu halten. Tränen verschleierten Brackhams Blick, aber die vielfältigen Warnanzeigen waren nicht zu übersehen: Außenkontakt; zwei Zwanzig-Meter-Beiboote im Bereich der Hauptschleusen verankert.

Und noch etwas geschah. »Ein Raumschiff!«, hallte der Ausruf von der Ortung durch die Zentrale. »Es ist soeben materialisiert. Es greift die Springer an!«

Auf den Schirm damit!, wollte Brackham befehlen, aber da sah er es bereits. Ein riesiges Raumschiff hatte knapp siebzehn Millionen Kilometer entfernt den Hyperraum verlassen. Der Scan zeigte eine längliche Struktur. Ein zigarrenförmiges Schiff, aus zwei identischen Rümpfen bestehend.

»Ein Katamar!«, stieß Brackham ungläubig hervor.

Das fremde Schlachtschiff griff an. So kompromisslos, wie es überall berichtet wurde.

»Fluchtkurs! Höchste Beschleunigung!« Brackham ballte die Hände zu Fäusten und biss sich die Unterlippe blutig. Sein Wissen über die Schiffe der Inquisition bezog er aus den galaktischen Nachrichtensendungen. Waren die Katamare anfangs noch als nahezu unbesiegbar erschienen, gab es inzwischen doch Waffensysteme, die ihnen gefährlich werden konnten. Nur hatte die WILD WOMAN keinen Distanznadler an Bord. Und schon gar keinen Paradim-Panzerbrecher. Das waren Schlagworte, die Brackham außer Hoffnung wenig gaben.

Ein eigenartiges blaues Leuchten umfloss eine der Springerwalzen, die gleich darauf von innen heraus aufbrach. Die Optik holte das Bild nahe heran. Erst entstanden nur Risse in der Außenhülle, doch innerhalb von Sekunden weiteten sie sich aus und wurden zu meterbreiten Schründen, in denen grell lodernde Energien tobten.

Heftige Ausbrüche stanzten weiß glühende Löcher in den Rumpf. Von den Schirmfeldern waren ohnehin nur mehr verwehende Schleier zu erkennen, und dann brach der Walzenraumer auseinander. Dutzende großer Fragmente verglühten in immer neu aufflackernden Eruptionen wie in einer Kettenreaktion.

Vorübergehend verwischte das Ortungsbild des AGLAZARS im Schatten mehrdimensionaler Strahlenschauer.

»Alle Energie auf den Metagrav!«, brüllte Morril Brackham mit sich überschlagender Stimme. »Wenn wir hier nicht rechtzeitig wegkommen …« Auch ohne dass er den Satz zu Ende brachte, wusste jeder in der Zentrale, dass der neue Gegner weit gefährlicher als die Springer war. Das Schicksal gewährte ihnen Aufschub – aber sie würden den Frachter zu Schrott fliegen müssen, um wirklich davonzukommen.

Der zweite Walzenraumer ging ebenfalls auf Fluchtbeschleunigung. Zu spät. Schon fraß sich das blaue Leuchten durch seine Schirmfelder hindurch.

»Metagravmanöver, egal was geschieht!«, keuchte Brackham, während das Schiff der Springer auseinander gerissen wurde.

Noch war die WILD WOMAN zu langsam. Trotzdem weitete sich das virtuelle Schwerkraftzentrum, das der Metagrav in Flugrichtung projizierte, zum Pseudo-Black-Hole. Durch diesen Metagrav-Vortex stieß der Frachter in die übergeordnete Dimension vor; zugleich baute sich das Hüllfeld der Grigoroff-Schicht auf, die alle mehrdimensionalen Einflüsse während des Überlichtflugs vom Schiff fern hielt.

Das Letzte, was die Ortungen erkennen ließen, war der näher kommende Katamar. Unglaublich starke Traktorfelder wurden angemessen, doch sie konnten den Frachter nicht mehr halten.

7.

Reginald Bull traf mit fünf Minuten Verspätung zu der schon lange geplanten Besprechung ein. Die anderen warteten bereits. Da war Jani Keitz, die Kommandantin der ROALD AMUNDSEN, des 1800 Meter durchmessenden Kugelraumers der ENTDECKER-Klasse; neben ihr Phil McGroham, Kosmopsychologe und Dozent an der Universität von Terrania.

Der bärtige, kräftige Typ vor ihnen musste Rey c'Stor sein, absoluter Kenner des arkonidischen Imperiums in allen Facetten. Bully hatte ihn noch nicht persönlich kennen gelernt, gleichwohl sehr viel Gutes über ihn gehört. Der Mann schien ein fotografisches Gedächtnis zu haben, anders war es wohl nicht zu erklären, dass er von den Ursprüngen der Besiedlung des Kugelsternhaufens M 13 bis hin zu den Auswirkungen des Göttlichen Imperiums auf die benachbarten Sternenreiche Daten und Fakten mit der Präzision eines Syntrons herunterbeten konnte.

Rey c'Stor, das wusste Bull, achtete Bostich I. als treibende Kraft galaktischer Politik. Vermutlich würden sie im Verlauf der Diskussion aneinander geraten. Bully war nicht geneigt, Bostichs unstillbaren Ehrgeiz als etwas Positives zu sehen, und die Geschehnisse, die der Ausrufung des Göttlichen Imperiums vorangegangen waren, hatten für ihn einen bitteren Beigeschmack. Dutzende von Todesurteilen säumten den Aufstieg des Imperators, zudem hatte er einen Filz aus Korruption und Vetternwirtschaft durch den nächsten ersetzt. Punktum. Und immer nur gute Miene zum bösen Spiel zu machen behagte Reginald Bull sowieso nicht.

Die anderen Anwesenden, Männer und Frauen, gehörten

zu gleichen Teilen dem strategischen Planungsstab und der Kosmopsychologie an. Sie saßen sich im Halbkreis gegenüber, nur ein Sessel war noch frei.

Bully begrüßte alle mit einem knappen Kopfnicken. »Ich bedauere die Verspätung.«

»Ernsthafte Probleme?«, wollte McGroham wissen. Bully fühlte sich vom Blick des Kosmopsychologen seziert; er kratzte sich an der Augenbraue.

»Nichts, was für dich von Bedeutung wäre, Phil«, antwortete er. »Ich gehe davon aus, dass jeder das übermittelte Datenmaterial bereits sichten konnte. Unser Brückenkopf auf der Tradom-Seite steht, wir haben die letzten Kämpfe siegreich, wenn auch mit hohen Verlusten geschlagen. Das Sternenfenster befindet sich in unserer Hand, die Umrüstung der Flotte mit der neuen Waffentechnik ist angelaufen und wird hoffentlich in zwei, allerspätestens drei Wochen abgeschlossen sein. Dann hängt zwar immer noch sehr viel von den Jägern ab, aber nicht mehr um jeden Preis.«

»Wir haben junge und hoffnungsvolle Talente in der Ausbildung«, sagte c'Stor.

»Sehr richtig«, bestätigte Bull. »Und nicht nur deshalb tut mir jedes verlorene Leben weh.«

»Wir befinden uns im Krieg ...«

»Den wir schnellstmöglich beenden sollten. Die Paradim-Panzerbrecher und Distanznadler sind nur ein erster Schritt in Richtung eines baldigen Friedens.«

»Dabei handelt es sich wohl eher um Wunschdenken«, wandte eine Psychologin ein. »Hinter der Inquisition der Vernunft – ein völlig irreführender Name meiner Meinung nach – stehen die Macht und Wirtschaftskraft vieler Galaxien. Wir befinden uns in der Situation des Ritters, der gegen Windmühlenflügel kämpft.«

»Dann halten wir eben den Wind an!«, sagte Reginald Bull schroff. Fordernd schaute er in die Runde. »Meine Damen und Herren, das muss möglich sein. Ich will kein Jahrtausend der Kriege, wie es prophezeit wurde, selbst ein Jahrzehnt wäre unerträglich. Ich will ein Ende dieses Zustands, und zwar so schnell wie möglich.«

Seine Miene verriet, dass er entschlossen war, alles dafür zu tun. »Die Macht der Inquisition basiert auf Unterdrückung und Ausbeutung. Wie viele Völker, mit denen wir in absehbarer Zeit vielleicht noch konfrontiert werden, opfern sich, weil ihnen keine andere Wahl bleibt? Wir kennen das aus der eigenen Geschichte. Nein, keiner von euch hat so viel historisches Wissen, das ist wahr.« Er machte eine wegwerfende Handbewegung. »Aber ich kann mich gut erinnern. Allein das 20. Jahrhundert alter Zeitrechnung ist in der Hinsicht eine Fundgrube.«

»Ist es auch ein Vorbild?«, fragte McGroham zögernd.

»Wenn es um die Erkenntnis geht, dass stets nur eine Hand voll Unruhestifter unsagbares Leid verbreiten, dann schon. Was Tradom betrifft, müssen wir die Vorherrschaft der Inquisition brechen.«

»Wir wissen noch viel zu wenig über die Inquisition.«

»Das lässt sich ändern. Außerdem will ich wissen, wie das Göttliche Imperium im Allgemeinen und Bostich im Besonderen darauf reagieren werden.«

»Imperator Bostich I. ist unter anderem ein eiskalter Rechner«, sagte c'Stor. »Er wirft seine Flotten nicht in eine verlustreiche Schlacht, verspräche er sich keinen Vorteil davon.«

»Dieser Vorteil«, bemerkte Jani Keitz, »sind zweifellos neue Sonnensysteme, die dem Göttlichen Imperium eingegliedert werden.«

»Natürlich zeichnet Bostich sich durch eine gewisse Großmannssucht aus«, sagte c'Stor. »Vor allem ist es die potenzielle Unsterblichkeit, die ihn in seinem Expansionsstreben unterstützt. Aber er wird sich erinnern, welche Probleme schon der Zusammenhalt des arkonidischen Reichs mit sich brachte. Seine früheren Berater nutzten die Größe des Imperiums ebenso wie die Völkervielzahl, um Bostich in permanenter Abhängigkeit zu halten.«

»Dafür wurden sie alle einen Kopf kürzer gemacht«, entfuhr es Bully. Einen Augenblick später verriet sein Gesichtsausdruck, dass er den spontanen Ausspruch gerne zurückgenommen hätte.

»Du magst Bostich nicht, das ist ein offenes Geheimnis«, schwächte McGroham ab.

»Ob ich ihn mag oder nicht, spielt keine Rolle. Es geht einzig und allein darum, eine für alle Völker würdige Zukunft zu schaffen. Und ich will wissen, was wir in dieser Hinsicht von Bostich zu erwarten haben. Wirft er uns Knüppel zwischen die Beine, oder ...?«

Reginald Bull verstummte. Er hatte bemerkt, dass Jani Keitz einen Anruf über ihr Armbandgerät erhalten und sich halb umgewandt hatte. Sie wechselte nur einen oder zwei Sätze im Flüsterton, danach wandte sie sich ihm zu.

»Ein AGLAZAR wurde geortet!«

Janis Ausruf sorgte für Totenstille im Konferenzraum.

»Wann und wo?«

»Im Außenbereich des Hayok-Sektors, Richtung galaktisches Zentrum. Vor ungefähr zwanzig Minuten.«

»Was ist mit den anderen?«

Jani Keitz schüttelte den Kopf. »Es war nur von einem Katamar die Rede. Allerdings ist das Schlachtschiff schon wieder verschwunden. Die Untersuchungen laufen erst an, aber schon jetzt scheint sicher zu sein, dass zwei Wracks in dem betreffenden Gebiet auf das Konto der Valenter gehen. Zwei Walzenraumer der Springer.«

Reginald Bull nickte schwer. Die Fragen, die ihn plötzlich beschäftigten, konnte er vom Konferenzraum aus schwerlich klären. »Ich bin gezwungen, mich auszuklinken«, sagte er. »Das Gleiche gilt für Jani. Natürlich steht euch frei, das Gespräch fortzuführen. Sollte die ROALD AMUNDSEN das Solsystem verlassen, informieren wir euch rechtzeitig. Danke, das war's.«

Kurz darauf erreichte Reginald Bull die Hauptzentrale des ENTDECKERS. Eine Hyperfunkverbindung über 13.700 Lichtjahre hinweg baute sich gerade auf.

»Bull spricht.«

»Smurzkey, Schwerer Kreuzer KATALANIA. Wir stehen hier mit acht eigenen Schiffen und einem Fragmentraumer.« Er sah das Zucken um Bulls Mundwinkel. »Drei Schiffe wurden bereits mit Distanznadlern nachgerüstet, außerdem führen wir zwei Paradimjäger mit.«

»Gut. Weiter.«

»Es war ein Katamar. Zwei Springerwalzen wurden vernichtet. Wir wissen noch nicht, warum. Wie es aussieht, gibt es keine Überlebenden. Die Fernortung, restliche Energieschleier und die Art der Zerstörungen sind eindeutig. Von den anderen 91 AGLAZAR-Schlachtschiffen haben wir aber nach wie vor keine Spur.«

»Ich gehe davon aus, dass die Ortungen jedes Sonnensystem im Umkreis untersuchen.«

»Natürlich. Wir richten uns auch auf Patrouillenflüge in den nächsten Tagen ein.«

»Ich gewähre jede sinnvolle Unterstützung, Smurzkey. Sobald ein AGLAZAR auftaucht, will ich umgehend informiert werden.«

»Natürlich, Minister Bull. Aber da ist noch etwas.« Der Mann kaute für einen Moment auf seiner Unterlippe. »Zwei Beiboote der Springer wurden ebenfalls zerstört.«

»Sie werden versucht haben, den Angreifern zu entkommen.«

Smurzkey schüttelte den Kopf. »Vielleicht, vielleicht aber auch nicht«, antwortete er orakelhaft. »Beide Boote fielen konventionellen Sprengkörpern zum Opfer. Raumtorpedos, sagen unsere Spezialisten.«

Bully legte die Stirn in Falten. Er wusste sofort, worauf der andere abzielte. Da nicht anzunehmen war, dass die Springer ihre eigenen Beiboote abgeschossen hatten und die Valenter dafür ebenso wenig in Betracht kamen, blieb nur die Anwesenheit eines weiteren, bislang unbekannten Raumschiffs. Andererseits war von einer weiteren Trümmerwolke nicht die Rede gewesen. Also hatte es entweder rechtzeitig fliehen können, oder – der Gedanke mutete absurd an – seine Besatzung sympathisierte mit der Inquisition.

Reginald Bull atmete tief ein.

»Ich sehe dir an, dass du zu demselben Schluss gekommen bist wie wir«, sagte Smurzkey offen. Als müsse er noch tiefer in der entstandenen Wunde stochern, fügte er hinzu: »Die Torpedos dürften terranischer Fabrikation entstammen.«

»Wie groß ist die Wahrscheinlichkeit dafür?«

»Achtundneunzig Prozent.«

Bully Gesichtszüge wurden streng. »Ich will das Schiff«, brachte er tonlos hervor. »Smurzkey, ich warte auf einen brauchbaren Hinweis. Am besten gestern schon.«

8.

Irgendetwas war anders als sonst.

Es betraf nicht die WILD WOMAN, die mit vierzigmillionenfacher Lichtgeschwindigkeit durch den Hyperraum raste. Alle Systeme arbeiteten fehlerfrei. Solch ein ähnliches Gefühl des Unbehagens, wie er es jetzt wahrnahm, hatte der Kommandant nie zuvor verspürt. Er fühlte sich beobachtet, von tausend fremden Augen nicht nur angestarrt, sondern schier seziert.

Das Schiff raste einem unbestimmten Ziel entgegen. Van'd Stiin hatte keine Gelegenheit mehr gefunden, den Metagrav-Vortex zu vektorieren. Aber das blieb zweitrangig. Viel drängender war die Frage, ob der Katamar dem Frachter folgte.

Warum sollte er?, hoffte Brackham. *Wir sind unbedeutend.*

Niemand redete. Sogar der Kommandant schwieg minutenlang. Mittlerweile glaubte er, die Bedrohung fast körperlich zu spüren.

»Die Außenschotten ...?«

»Sind verriegelt. Ohne Gewaltanwendung kommt kein Springer ins Schiff.«

Dumpf der Klang der Stimmen, wie aus großer Tiefe widerhallend. Gleichzeitig ein gurgelnder Aufschrei des Funkers. Vor seinem Platz wogte ein düsteres, wesenloses Nichts – als hätte der Stahl begonnen, sich zu zersetzen.

Dieses Etwas pulsierte ...

... und weitete sich aus. Im letzten Moment, bevor sein Kontursessel von dieser Erscheinung verschluckt wurde, warf sich Presly herum.

Ringsum schienen Boden und Wände in Auflösung begriffen zu sein. Das wesenlose Wallen des Hyperraums drang in den Frachter ein.

Ausfall der Grigoroff-Schicht!, durchzuckte es den Kommandanten noch, dann spürte er einen grauenvollen Entzerrungsschmerz, weit schlimmer als während eines Transmittersprungs über große Entfernungen hinweg.

Er sträubte sich nicht gegen die Bewusstlosigkeit, die ihn gnädig umfing.

Hell … dunkel … hell …

Von irgendwo erklang ein dumpfes Stöhnen. Er nahm es nur unbewusst wahr und reagierte nicht darauf.

Wieder tauchte er in Finsternis ein. Der stete Wechsel hatte etwas Gleichmäßiges, für das die Erklärung fehlte. Mühsam versuchte er, sich zu erinnern. Es fiel ihm schwer; das dumpfe Ziehen im Schädel, das sich weit bis in den Nacken erstreckte, unterdrückte jeden forschenden Gedanken.

Er schwebte. Das war die einfachste und zugleich treffendste Umschreibung für seinen Zustand.

Der Wechsel hielt an. Grelle Helligkeit durchdrang erneut seine geschlossenen Lider, sie brachte einen Hauch von Zuversicht.

Langsam kehrte ein prickelndes Gefühl in seine Glieder zurück. Tief sog er die Luft in die brennenden Lungen. Der Sauerstoff schmeckte steril, ließ bestenfalls eine Beimengung desinfizierender Substanzen erkennen. Er atmete die Luft eines Raumanzugs.

Jäh zuckten seine Hände hoch und stießen gegen das harte Rund des Helms. Noch hatte er Mühe, die verklebten Augen zu öffnen. Wahrscheinlich war er zu lange ohne Besinnung gewesen. Nur einen Spalt weit bekam er die Lider auf.

Finsternis umfing ihn …

Endlich kehrte die Erinnerung zurück. Der Angriff der

Springer, dann das andere Schiff, die Flucht in den Hyperraum mit viel zu geringer Eintrittsgeschwindigkeit.

Neue Helligkeit überstrahlte seine Gedanken und ließ ihn vage erkennen, was mit ihm geschehen war: Wahrscheinlich trieb er im Raum, allein, nur von seinem Anzug geschützt – ein Schiffbrüchiger fernab aller bekannten Routen. Der Eintritt der WILD WOMAN durch den Metagrav-Vortex war unkontrolliert erfolgt; er hatte nicht den Schimmer einer Ahnung, wo er sich befinden konnte.

Überrascht registrierte er, dass die Helligkeit endlich Bestand hatte. Außerdem hörte er ferne und verzerrte Stimmen. Im nächsten Moment war da eine Berührung, jemand hantierte an seinem Raumanzug.

»Dein Funk war abgeschaltet, Morril. Bist du in Ordnung?«, fragte Preslys Stimme.

»Natürlich«, brachte der Kommandant hervor.

»Gut. Die Energieversorgung scheint wieder stabil zu sein. Wir hatten verdammtes Glück.«

»Fragt sich nur, wohin es uns verschlagen hat«, überlegte Van'd Stiin laut.

»Hauptsache, wir leben noch.« Die dritte Stimme konnte Brackham nicht auf Anhieb zuordnen. Er vermutete, dass sie einem der Triebwerkstechniker gehörte.

Endlich schaffte er es, die Augen zu öffnen. Sein erster gezielter Griff galt dem Raumanzug; er klappte den Helm auf und faltete die Folie im Nackenwulst zusammen. Die Luft in der Zentrale roch anders als gewohnt, nach sehr viel Ozon und Rauch.

»Die Springer …?«, entsann er sich. »Was ist mit Schadensmeldungen?«

»Nichts Gravierendes. Wir scheinen höllisches Glück gehabt zu haben.«

»Wir schon«, sagte Brackham bitter. »Aber die Männer in den Space-Jets leider nicht.«

»Es hätte jeden von uns erwischen können.«

»Sie sind tot!«, betonte der Kommandant. »Hätte ich nicht darauf bestanden, dass wir nur mit Geleitschutz fliegen …«

»Was dann, Morril? Niemand außer den Springer-Parias ist dafür verantwortlich.«

»… wir haben sie nach wie vor am Hals«, erklang es von der Ortung. »Sieht ganz so aus, als würden sie zu neuer Aktivität erwachen.«

Gleich darauf stabilisierten sich die Bilder der Außenbeobachtung. Mehrere Springer hatten ihre Beiboote verlassen und hantierten bereits an den Schleusen des Frachters. Sie brachten Haftladungen an, Thermit vermutlich, das selbst molekular gehärteten Stahl schmolz.

»Die Innenschotten verriegeln!«, befahl Brackham. »Und Waffenausgabe an die Crew. Wenn wir dazu gezwungen werden, kämpfen wir eben.«

»Gegen alles und jeden?«, erklang es von der Ortung.

Im ersten Moment verstand niemand, was gemeint war, doch Sekunden später sahen es alle: Das AGLAZAR-Schlachtschiff war nicht einmal zwei Millionen Kilometer entfernt materialisiert.

»Sie sind unserer Spur durch den Hyperraum gefolgt.«

Jemand fluchte inbrünstig. In dem Moment griffen wieder die starken Traktorstrahlen nach dem Frachter.

»Dagegen kommen wir nicht an«, meldete Van'd Stiin. »Unser Beschleunigungsvermögen ist zu gering.«

»Wenn wir nicht fliehen können, rücken wir ihnen eben auf den Pelz. Falls sie so etwas haben. Wir gehen auf Kollisionskurs!«, entschied der Kommandant und fügte hinzu, als er irritierte Blicke auf sich ruhen fühlte: »Nur auf diese Weise erhalten wir vielleicht eine Möglichkeit, uns aus dem Zugstrahl zu lösen.«

Auf den Schirmen wuchs der Katamar zu imposanter Größe.

»Jetzt!«, bestimmte Brackham bei einer Distanz von nur noch zweihunderttausend Kilometern. »Ausbruch mit allem, was wir haben! Auch wenn der Antrieb dabei draufgeht.«

Das Tosen der Energieerzeuger schwoll an. Ein Ächzen schien den Frachter zu durchlaufen. »Sie ist bockig, unsere alte Frau«, stellte jemand fest. Trotzdem schüttelte das Schiff die energetischen Fesseln ab. Mit wachsender Geschwindigkeit entfernte es sich von den Invasoren. Aber noch war ein erneuter Übertritt in den Hyperraum ausgeschlossen.

Jeder zählte die Sekunden. Viel zu träge flossen sie dahin, jede für sich eine kleine Ewigkeit.

Die Absorber wimmerten. Das war das einzige Anzeichen dafür, dass ein neues Traktorfeld zugriff.

»Wir sind durch, sie können uns nicht mehr halten.«

Kurz darauf die Enttäuschung. Der Abstand zum AGLAZAR verringerte sich schneller als zuvor.

»Alle Energie auf den Metagrav!«

Der Schutzschirm erlosch. Auch das leise Summen der Lufterneuerung erstarb. Danach fiel die Beleuchtung aus. Was blieb, war das Flackern einiger Deckenplatten, die zum Notsystem gehörten. Es war derselbe stete Rhythmus von Hell und Dunkel, den Morril Brackham während seines Erwachens wahrgenommen hatte.

Das alles half nichts. Mit unwiderstehlicher Gewalt wurde die WILD WOMAN von dem riesigen Doppelrumpfraumer angezogen.

Eine Hangarschleuse öffnete sich, groß genug, um den Frachter aufzunehmen. Für einen Augenblick spielte Brackham mit dem Gedanken, jetzt, aus unmittelbarer Nähe, das Polgeschütz und etliche Torpedos abzufeuern. Die im Hangar explodierenden Geschosse würden schwerste Schäden verursachen. Doch er reagierte zu spät; ein Großteil der zur Verfügung stehenden Energie floss bereits ab. Nicht einmal mehr die kleinen Desintegratorgeschütze, die für die Asteroidenabwehr gedacht waren, konnte er einsetzen.

Der Frachter schwebte in den Hangar ein. Hinter ihm schloss sich das Schott.

»Endstation«, sagte Presly bedrückt. »Von hier aus geht schon gar kein Notruf mehr nach draußen.«

»Und jetzt?«

»Ich vermute, man wird uns nicht lange im Unklaren lassen.«

In der Tat vergingen nur wenige Minuten, bis die Fremden erschienen.

9.

»Smurzkey?« Als der Hyperfunk zum zweiten Mal das holografische Abbild des Kommandanten der KATALANIA übermittelte – die Kennung wies den Lauf über zwei Relaisstationen aus –, wusste Reginald Bull endgültig, dass alle Planungen für diesen und die nächsten Tage Makulatur waren. Es würde Wichtigeres zu tun geben.

»Ihr habt den Katamar aufgespürt?«, drängte Bull ungeduldig.

»Ja und nein.« Der Mann blickte ihn vielsagend an.

»Was soll das heißen?«

»Wie schon gesagt: Raumtorpedos terranischer Fabrikation. Plasmaspuren haben das eindeutig bestätigt. Es sieht so aus, als hätten die Springer versucht, ein terranisches Schiff aufzubringen.«

»Ein Schiff, das terranische Torpedos verwendet«, schränkte Bully ein.

»Wir haben zudem die Überreste zweier Space-Jets aufgespürt. Beide wurden von Transformbomben vernichtet.«

Reginald Bulls Ungeduld wuchs. Sein Gefühl verriet ihm, dass die KATALANIA und ihre Begleitschiffe auf brisante Spuren gestoßen waren. Allerdings glaubte Smurzkey, sich in umständlichen Erklärungen ergehen zu müssen. Die Frage stellte sich, ob der Kommandant der Situation in jeder Hinsicht gewachsen war.

»Ich verstehe«, unterbrach Bully beinahe schroff. »Ein Schiff wurde von Springern angegriffen. Vermutlich hat es sich um einen Frachter gehandelt. Das erscheint plausibel, weil ausschließlich die Space-Jets mit Transformgeschützen zerstört wurden und die Angreifer offensichtlich versucht haben, den Frachter zu entern. Zu dem Zeitpunkt muss der Katamar erschienen sein. Während er die Walzenraumer unter Beschuss nahm, konnte der Frachter fliehen. Wo hat er die Metagravetappe beendet?«

Smurzkey blickte ihn überrascht an. »Wir haben in der Tat eigenartige Messungen vorzuweisen, knapp neunhundert Lichtjahre von unserer Position entfernt. Sie stammen von einer Relaisstation.«

»Und?«

Der Mann wirkte unschlüssig. »Möglicherweise der unkontrollierte Rücksturz des Frachters. Den Daten wurde anfangs wenig Bedeutung beigemessen. Erst nachdem die anderen Fakten geklärt waren, fiel uns der zeitliche Zusammenhang auf.«

»Neunhundert Lichtjahre.« Bully brauchte nicht nachzurechnen, solche Werte hatte er zumindest überschlägig im Kopf. »Nehmen wir einmal an, dass der Frachter mit zu geringer Energieleistung in den Überlichtflug ging, dann ergibt das mindestens fünfzehn Minuten Zeitdifferenz.«

»Genau siebzehneinhalb Minuten«, bestätigte Smurzkey. »Die Daten der Relaisstation weisen auf einen zweihundert Meter durchmessenden Kugelraumer hin.« Er schaute Reginald Bull an und atmete tief durch. »Es gibt noch eine zweite Messung.«

»Der AGLAZAR?«

Smurzkey nickte. Offensichtlich war er im Begriff, gänzlich den Faden zu verlieren. Bully fuhr fort, seine gute Meinung, die er anfangs von diesem Mann gehabt hatte, weiter zu revidieren. Der Kommandant schien detailverliebt zu sein und erkannte darüber den großen Zusammenhang nicht.

»Und? Weiter?«

»An der Position befindet sich kein Schiff mehr. Auch kein Wrack. Nur das schwache Echo eines neuen Hyperraumeintritts liegt vor.«

»Weitere Daten?«

»Nichts. Sollen wir …?«

»Weiter beobachten, Smurzkey! Obwohl ich nicht an Wunder glaube. Und ein Wunder wäre es wohl, wenn wir den Katamar da draußen aufspüren.«

Reginald Bull unterbrach die Verbindung von sich aus. Er wandte sich an die Kommandantin: »Ich weiß nicht, ob es auch zu Aktivitäten der anderen AGLAZARE kommt. Möglich, dass wir nur einen Einzelfall sehen. Aber ich habe nicht vor, irgendetwas dem Zufall zu überlassen.«

Jani Keitz schwenkte mit ihrem Sessel herum. Sie schaute Bull offen an. »Mit anderen Worten, wir kümmern uns selbst darum.«

»Genau das wollte ich sagen. Lass unsere Gäste von Bord bringen. Dann will ich sechs Paradimjäger in den Hangars haben.«

»Plus erhöhte Alarmbereitschaft für die Eingreifreserve. Außerdem informiere ich den Ersten Terraner und Julian Tifflor. Wie viele Schiffe begleiten uns?«

Bully schüttelte den Kopf. »Keine. Die Spur nehmen wir allein auf, Jani. Ich habe nicht vor, Bostich auf diesen Vorfall aufmerksam zu machen. Der soll doch einfach bleiben, wo er ist.«

Es geziemte sich weder für den Staatsmann Reginald Bull noch für den potenziell Unsterblichen und schon gar nicht für den kosmischen Bürger, der er sein wollte und dessen Beispiel mit Argusaugen wahrgenommen wurde, trotzdem wünschte Bully seinen erklärten Lieblingsfeind in die tiefste Hölle. Das war etwas, das ihm wenigstens ein klein wenig Genugtuung verschaffte.

Edel sei der Mensch, hilfreich und gut. Der Wunsch mochte auf alles und jeden zutreffen, aber ganz bestimmt nicht auf sein Verhältnis zu Bostich. Den Vers aus Goethes »Das Göttliche« hatte er noch in der Schule gelernt, damals, im 20. Jahrhundert.

Eine Ewigkeit war seither vergangen.

Für den Imperator hatte er eine andere Spruchweisheit parat, die ebenfalls von Goethe stammte.

Euch, Euer Erhabenheit, werde ich den Götz von Berlichingen zitieren, dachte Bully, so dickfellig, wie er immer gewesen war. *Vornehmlich eine spezielle Textstelle.*

10.

Sie wirkten martialisch und Furcht einflößend, zugleich aber auch zwiespältig. Morris Brackham fand ihre dunklen Brillen merkwürdig, irgendwie unpassend an Bord eines Raumschiffs. Er hütete sich jedoch vor allzu schnellen Festlegungen. Die Brillen mochten eine Bewandtnis haben, die er nicht ohne weiteres erkennen konnte.

Nur einen Meter sechzig waren die Fremden groß, humanoid und von kräftigem Körperbau. Ihre Schädel wurden von kugelförmigen weißen Helmen geschützt, die nur das Gesicht frei ließen. Während Stirn und Augen vielleicht noch menschlich wirkten, trat die Mundpartie weit vor. Der Kommandant dachte unwillkürlich an eine tierische Schnauze. Terranisches Damwild fiel ihm als Vergleich ein. Dazu passten die groben, dunklen Zähne, die er erkennen konnte, sobald eines dieser Wesen die Lippen verzog.

Sie trugen Rüstungen, und auf dem klobigen Brustharnisch schimmerte ein auffälliges Holosymbol. Brackham kannte die Abbildung aus verschiedenen Nachrichtensendungen: Es war das Zeichen der Truppen von Tradom.

Etwa zweihundert dieser Geschöpfe – eine Soldatenkaste, vermutete er prompt – hatten sich in den großräumigen Hangar ergossen, in dem mehrere Schiffe vom Typ der WILD WOMAN Platz gefunden hätten.

Fesselfelder hielten den Frachter am Boden und degradierten jeden Gedanken an einen Ausbruchsversuch zur Farce.

Das Flackern der Beleuchtung sowie ein kurzer Ausfall der meisten Bildsysteme erinnerten Brackham daran, dass der Frachter unaufhörlich Energie verlor. Die Fremden verhinderten einen Aufbau der Schirmfelder ebenso wie das Starten der Triebwerke.

Bislang hatte niemand versucht, über Funk Verbindung mit ihnen aufzunehmen.

Die Außenbeobachtung zeigte inzwischen mehrere Roboter der Fremden: schwarze, tonnenförmige Kolosse, die mit dreieinhalb Metern Höhe wohl eine enorme Vernichtungskraft in sich konzentrierten. Fünf schwere Strahlkanonen zählte Brackham, eine auf dem kuppelförmigen Dach jedes Robotboliden und vier an den leicht nach außen gewölbten Seitenflächen. Auch hier prangte das Symbol Tradoms, eine Art vielstrahlige Sonne, deren Innenbereich ein achtzackiger Stern bildete. Brackham sah das als zwei gegeneinander verdrehte Quadrate, die möglicherweise das Sternenfenster wiedergeben sollten. Ein Schwert durchstieß die Abbildung von unten nach oben, Synonym der Aggression, mit der die Fremden von Anfang an vorgegangen waren?

Brackham schob alle Überlegungen von sich, als in der Außenbeobachtung zwei rotbärtige Springer erschienen. Von den Antigravaggregaten ihrer Raumanzüge getragen, schwebten sie aus Höhe des Ringwulstes zum Boden herab.

»Ich hab sie!«, rief Presly fast gleichzeitig. »Ich hab die Frequenz ihrer Sprechverbindung.« Unaufgefordert legte er die Verbindung auf die Lautsprecher um.

»Wir sind nicht eure Gegner«, erklang der sonore Bass eines Springers auf Interkosmo. »Keines unserer Schiffe ist am Sternenfenster vertreten.«

Keine Antwort. Zumindest konnten sie in der WILD WOMAN keine empfangen.

Offenbar schwiegen die Fremden tatsächlich, denn der Springer begann nach wenigen Augenblicken von neuem: »Wir wehren uns nicht gegen die Inquisition, wir bieten vielmehr unsere Zusammenarbeit an. Die Terraner sind ebenso unsere Gegner wie die euren. Es kann euch nicht entgangen sein, dass wir mit ihnen im Gefecht lagen. Wir versuchen immer noch, ihr Schiff zu entern.«

»Mistkerl!«, fluchte Van'd Stiin. »Dir sollte jemand das Maul stopfen.«

»Der Katamar hat unsere Mutterschiffe zerstört«, fuhr der Springer fort. »Das muss ein Missverständnis gewesen sein.« Seine Stimme klang eine Nuance unruhiger. »Versteht ihr uns nicht? Was müssen wir tun, um …?«

Einer der Roboter feuerte. Für Sekundenbruchteile wurde der Springer von einem hellen Flirren eingehüllt, als es erlosch, verwehten seine Konturen.

Der andere Springer schaffte es gerade noch, seine Waffe hochzureißen, bevor ihn das gleiche Schicksal ereilte.

Ringsum schwebten jetzt Roboter und Tradom-Soldaten. Sie konzentrierten sich auf die beiden walzenförmigen Beiboote. Die Außenoptiken ließen erkennen, dass die Fremden auf alles feuerten, was sich bewegte. Die Springer hatten keine Chance zu überleben.

Weniger als fünf Minuten vergingen, bis die Walzenschiffe aus ihren Verankerungen gelöst und abtransportiert wurden. Die Soldaten begannen danach, einige Außenschotten der WILD WOMAN aufzubrechen.

»Was nun?«, fragte Presly tonlos. Die Furcht war ihm anzusehen, auf seiner Stirn standen dicke Schweißperlen.

»Wir haben gesehen, was uns erwartet«, antwortete Van'd Stiin. »Mehr muss ich wohl nicht dazu sagen.«

»Das können sie nicht machen«, stieß der Funker hervor. »Sie sind doch intelligente Wesen und wir auch.«

»Wer ist nicht alles intelligent«, antwortete Brackham schwer.

»Dann müssen wir kämpfen. Wir …«

»… haben keine Chance. Was sollen wir gegen solch eine Übermacht ausrichten?«

Presley war kreidebleich, als er den Kommandanten anstarrte. »Sag's mir!«, keuchte er. »Sag mir ins Gesicht, dass sie uns umbringen werden!«

»Ich fürchte, das ist so.« Jedes Wort kam Brackham nur stockend über die Lippen. »Aber fragt mich nicht, welcher Hass sie antreibt; ich weiß keine Antwort.«

»Sie sind bald durch!«, rief jemand.

»Dann müssen sie immer noch die Innenschotten überwinden.«

»Das hält sie auch nicht lange auf.«

»Mayday! Mayday! Mayday!«, brüllte Presly los. Vor ihm hing das Mikrofonfeld des Hyperkoms. »Hier ist die WILD WOMAN. Helft uns! Holt uns hier raus! Verdammt, hört uns denn keiner?« Von heftigem Schluchzen geschüttelt, sank er nach vorne auf die Konsole.

»Kümmere dich um ihn, Van'd«, bat Brackham. Mit einer knappen Bewegung löschte er alle Anzeigen seiner Arbeitsstation. Auch die Übertragungen der Optiken erloschen. »Ich kann das nicht mehr sehen.« Er erhob sich, wandte sich dem Hauptschott zu, drehte sich jedoch nach wenigen Schritten um. Mit beiden Händen fuhr er sich übers Gesicht und ließ ein tiefes Schnaufen vernehmen. »Wir sind am Ende unseres Weges angelangt, Freunde«, sagte er schwer. »Lebt wohl.«

»Was hast du vor?«

»Wenn wir schon sterben müssen, will ich so viele wie möglich von denen mitnehmen. Und es soll schnell gehen.«

Der Pilot starrte ihn aus weit aufgerissenen Augen an. Unglaube und Bestürzung mischten sich in seinem Blick – aber er hatte begriffen. Sein knappes, kaum merkliches Nicken fasste Brackham als Zustimmung auf.

»Presly?«

Der Funker warf sich im Sessel zurück und presste sich die Hände auf die Ohren. »Ich will nicht sterben«, ächzte er. »Ich will heim … auf die Erde. Bringt mich nach Hause, hört ihr?« Die letzten Worte schrie er wieder hinaus; er beruhigte sich erst, als Van'd Stiin auf ihn einzureden begann.

Ein letzter Blick zurück. Brackham spürte eine unglaubliche Wehmut. Das hier war seine Welt, seine Heimat, in der er sich geborgen gefühlt hatte. Bis heute jedenfalls. Aber irgendwann, das hatte er immer gewusst, hieß es Abschied nehmen. Die Zentrale wirkte so leblos und verlassen, als warte auch sie auf den Tod.

Er musste sich beeilen, wollte er den Tradom-Soldaten zuvorkommen.

Als er sich endgültig umwandte, hörte er Van'd Stiin beten. Wie lange hatte er solche Worte nicht mehr vernommen? Er entsann sich nicht. Seine Religion war der Weltraum, die unendliche Weite der Schöpfung. Eines Gottes menschlicher Vorstellung hatte er nie bedurft, sich aber auch nie gefragt, ob da noch jemand war, der über den kosmischen Mächten stand – etwas oder jemand, der sich dem menschlichen Zugriff permanent entzog. Vielleicht, weil die Menschheit längst nicht reif war, die Wahrheit zu erfahren.

Im Laufschritt eilte er den Hauptkorridor entlang und sprang in den abwärts gepolten Antigravschacht. Morril Brackham fragte sich, ob es wirklich richtig war, was er beabsichtigte. Durfte er sich anmaßen, Schicksal zu spielen und über Leben und Tod zu entscheiden?

Das Maschinendeck. Er schwang sich aus dem Schacht, machte zwei taumelnde Schritte vorwärts und hielt abrupt inne. Sein Herz hämmerte wie wild gegen die Rippen, in den Schläfen rauschte das Blut wie ein gigantischer Wasserfall.

»Herr«, murmelte er halblaut, »wenn es dich wirklich gibt, lass uns nicht verderben. Gib mir die Kraft, die ich brauche, und vergib mir meine Schuld.«

Von irgendwo weit über ihm erklangen dumpfe Explosionsgeräusche. Die Soldaten hatten soeben mindestens eine Außenschleuse aufgesprengt.

Eine eigenartige Ruhe umfing ihn, ein Gefühl zeitloser Geborgenheit. Es war die Stille des Universums, das lautlose Dahingleiten durch die nahezu unendliche Weite, nach der er sich immer gesehnt hatte.

Eines Tages!

Dieser Tag schien jetzt gekommen zu sein. Anders als erwartet, aber er sträubte sich nicht dagegen.

Morril Brackham lief schneller. Hier, im Herzen des Schiffes, waren die Korridore nicht mehr mit schallhemmendem Material verkleidet; das Echo seiner Schritte hallte von allen Seiten zurück.

Sein Ziel lag im Außenbereich. Zwei Schotten glitten nacheinander vor ihm auf. Die Automatik registrierte seine Individualschwingungen und ließ ihn passieren.

Die Maschinenräume lagen vor ihm. Brackham hatte keinen Blick für die monströsen Aggregate, die Magnetröhren mit dem pulsierenden Plasma und die vielen kleineren Schaltblöcke, die zu Redundanzsystemen gehörten. Er folgte den Leitlinien, die sogar einem Fremden den Weg gezeigt hätten.

Keiner der Techniker war zu sehen. Sie zu suchen, fehlte ihm die Zeit. Brackham könnte über Armbandfunk nach ihnen rufen, entschied sich jedoch dagegen. Der Gedanke, sie könnten ihn behindern, erschien ihm unerträglich.

Erstaunt registrierte er, dass es Rachegefühle waren, die ihn antrieben. Rache an den Fremden, die sich in der Milchstraße als Eroberer aufspielten. Wie viele Raumschiffsbesatzungen waren ihnen zum Opfer gefallen, wie viele Menschen trauerten deswegen?

Ein monströser, kugelförmiger Behälter wuchs vor ihm auf, eingepackt in Gittergerüste und Verstrebungen, von Kühlschlangen umgeben und mit Magnetröhren gespickt. Zwölf Meter durchmaß der Koloss, ein genormter Brennstoffbehälter, wie er in nahezu allen Raumschiffen Verwendung fand. Im Innern wirkten extrem starke Verdichtungsfelder, in denen das nukleare Gas zu einer Kugel von nur 2,2 Metern Durchmesser komprimiert und hermetisch von der Umgebung abgeschirmt wurde. Dieses Treibstoffvolumen entsprach der beachtlichen Masse von zweihunderttausend Tonnen. Ohne die Schutzfelder, die einen permanent gleich bleibenden Abstand zur Kugelwandung gewährleisteten, würden die isolierten Protonen in einer verheerenden Explosion auseinander streben.

Brackham zögerte. Er atmete hastiger und zitterte. Das war eine völlig neue Erfahrung für ihn. *Angst?* Er wusste es nicht, hatte nur erkannt, dass er ohnehin sterben würde. Übelkeit wogte in ihm auf und ließ ihn taumeln. Jäh presste er die Stirn gegen den eisig kalten Stahl.

Warum um alles in der Welt hatte er diesen letzten Flug übernommen? Sein angesammeltes Vermögen hätte ausgereicht, ihm einen ruhigen Lebensabend auf irgendeiner fernen und unbedeutenden Welt zu sichern.

Er keuchte und hatte Mühe, sein Zittern zu unterdrücken.

Er hatte mehr gewollt als nur einen ruhigen Lebensabend. Der Ruf der Sterne hatte ihn nie losgelassen …

»Morril«, heiser und kaum verständlich klang die Stimme des Piloten aus dem Armband, »wo bist du? Die Soldaten sind bald durch.«

Brackham stieß sich ab und hastete zu den Kontrollen hinüber. Der Nug-Schwarzschild-Reaktor arbeitete einwandfrei. Auch die Treibstoffkugel zeigte keine Probleme.

Die erste Sicherheitssperre überwand er mit einem Spezialkode. Dann gab er seine Anweisungen.

»Sicherheitsproblem!«, meldete eine automatische Stimme. »Die Schaltung wird annulliert.«

Brackham fröstelte. Ein neuer Kode. Zitternd glitten seine Finger über die Sensorfelder. Mit einem Mal war er nicht mehr überzeugt davon, dass er wirklich die richtigen Schaltungen vornahm. Stöhnend riss er die Hände hoch und wischte sich die Feuchtigkeit aus den Augen, eine Mischung aus Tränen und Schweiß.

Noch ein Versuch. Brackham schreckte zurück, bevor er die Schaltflächen berührte.

»Morril, melde dich!«, erklang es aus dem Armband.

Er schwieg. Sein Blick war starr geworden, seine Bewegungen erinnerten an die eines Roboters. Ruckartig riss er den Thermostrahler aus dem Holster und feuerte auf die Kontrollpulte.

Jeder Schuss zerstörte weitere Sicherheitseinrichtungen. Eine warnende Stimme erwachte zu plärrendem Leben – und erstarb ebenso schnell. Flammen breiteten sich aus, leckten gierig über die zerstörten Konsolen. Ein beißender, Übelkeit erregender Gestank legte sich auf die Atemwege und würgte den Kommandanten.

Dann gab es kein Zurück mehr.

Fünf Minuten blieben ihm für eine Flucht. Morril Brackham dachte nicht daran, davonzulaufen. Wohin hätte er sich auch wenden sollen? Er lehnte sich nur an eines der großen Aggregate und ließ sich langsam daran entlang zu Boden gleiten. Zum ersten Mal seit Stunden lächelte er wieder. Er war sicher, den richtigen Weg gewählt zu haben.

Der Nugas-Brennstoffbehälter war nun von jeder Energieversorgung abgeschnitten. Allein der autarke innere Speicher hielt die Antigravprojektoren, Fesselfelder und Inerter innerhalb der Zwanzig-Meter-Kugel noch für kurze Zeit aufrecht.

Seltsamerweise dachte Brackham in seinen letzten Minuten an Reginald Bull. Würde der Verteidigungsminister je erfahren, dass es einen Frachter namens WILD WOMAN gegeben und ein AGLAZAR-Schlachtschiff der Invasoren den Frachter aufgebracht hatte?

Natürlich. Ein vernichteter Katamar durfte Bull nicht entgehen. Brackham lachte leise.

»Morris, sie sind da! Sie stürmen die Zentrale! Sie ...« Van'd Stiins Stimme erstarb im kaum hörbaren Fauchen von Thermoschüssen. Danach war Stille.

Brackham wartete.

Eine Ewigkeit schien zu vergehen.

Schließlich kamen sie und stürmten das Maschinendeck. Der Kommandant starrte auf die flirrenden Projektormündungen ihrer Strahlwaffen, in ihre kantigen, weit vorspringenden Gesichter und begann zu lachen.

Fast gleichzeitig brach hinter ihm die interne Energieversorgung des Brennstoffbehälters zusammen. Das Verdichtungsfeld existierte nicht mehr, das komprimierte und von seiner Umgebung abgeschirmte Nugas weitete sich blitzschnell aus. Die ersten Protonen trafen auf den Stahl der Außenwand, durchdrangen ihn und setzten ihre Energie frei.

Ein sonnenheller Glutball flammte im Bauch des Frachters auf.

Morris Brackham nahm vielleicht noch den Lichtblitz wahr, nichts sonst. Er spürte keinen Schmerz und kein Bedauern.

Als Letztes verwehte sein Traum: Schwerelos durcheilte er den Raum …

… hin bis zur Grenze des Universums.

11.

Imperator Bostich I. hatte sich in seine Privatgemächer zurückgezogen, als ihn völlig überraschend ein Anruf erreichte. Im ersten Moment reagierte er schroff auf die Störung, als sich jedoch das Abbild des Chefwissenschaftlers Aktakul stabilisierte, verrauchte seine Verärgerung.

Nach Bostichs letztem Informationsstand befand sich der Ka'Marentis an Bord der ANO MARENTIS, die sich derzeit außerhalb des Hayok-Sternenarchipels aufhielt. Er war damit beschäftigt, Fernmessungen des Sternenfensters im mehrdimensionalen Bereich zu sammeln.

Aktakul war Kolonialarkonide, kantig gebaut und von kleinem Wuchs. Seine stechend roten Augen musterten den Imperator geradezu impertinent direkt. Doch Bostich achtete nicht darauf. Einzig, dass Aktakul seine extrem ausgeprägte Hakennase mit Daumen und Zeigefinger der rechten Hand massierte, zeigte ihm die Erregung des Wissenschaftlers und langjährigen Weggefährten und Vertrauten.

»Ich habe nicht viel Zeit«, begann der Imperator.

Aktakul kniff die Brauen zusammen. Eine steile Falte erschien auf seiner Stirn, die offensichtlich Verständnislosigkeit oder sogar Unwillen ausdrückte. »Euer vieltausendäugige Erhabenheit wurde offensichtlich noch nicht informiert.«

Bostich stutzte. »Heraus mit der Sprache!«, verlangte er schroff.

»Die Verbindung ist abhörsicher?«

Der Imperator gab einen knappen Befehl an den Raumservo. Das lebensgroße Hologramm des Chefwissenschaftlers schien kurz zu verblassen, baute sich aber sofort wieder auf.

»Also?«, drängte Bostich voller Ungeduld.

»Es geht um einen Katamar der Inquisition«, sagte der Ka'Marentis. »Wir sollten die fremde Technik für das Imperium sichern.«

Falls der Imperator überrascht war, ließ er sich das nicht anmerken. Er kannte Aktakul gut genug, um zu wissen, dass der Wissenschaftler weder übertrieb noch Unmögliches behauptete. »Wo?«, wollte er wissen.

Aktakul übermittelte eine stark vereinfachte Grafik, die einen Ausschnitt des galaktischen Spiralarms zeigte, in dem auch das Sternenfenster lag. »8437 Lichtjahre von Hayok entfernt, die Region weist eine vergleichsweise geringe Population auf. Jedoch sind mehrere Sonnen sehr starke Hyperstrahler – möglicherweise nicht unerheblich für den Rücksturz des AGLAZARS aus dem Hyperraum.«

»Nur *ein* gegnerisches Schlachtschiff? Was ist mit den anderen einundneunzig?«

Aktakul schüttelte den Kopf. »Es sieht nicht so aus, als würden sie sich in dem Bereich verbergen. Die Fernortungen ergeben kein Verdachtsmoment.«

Bostichs Augen glänzten. Eine nur mühsam verhaltene Gier zeichnete sich in seinem Blick ab. »Bei allen Sternengeistern, Aktakul, ich frage mich, ob die Terraner dich beeinflusst haben. Wo bleibt deine Präzision? Natürlich will ich einen Katamar, koste es, was es wolle. Aber sobald wir unnötig Zeit vergeuden, kommt dieser Emporkömmling Bull uns zuvor. Ich hoffe«, sein Tonfall wurde lauernd, »du willst nicht genau das erreichen. Was ist geschehen?«

Für einen flüchtigen Moment schien sich Erschrecken in Aktakuls Miene abzuzeichnen. Doch der Ka'Marentis hatte sich sofort wieder in der Gewalt. »Ich übermittle alle Daten. Zweifellos wird Eure Erhabenheit eine Bergung einleiten. Sie wird aber nicht einfach sein, weil wir wachsende fünfdimensionale Ausbrüche anmessen.«

»Was ist schon einfach?«, antwortete der Imperator. »Wie weit ist die ANO MARENTIS vom Geschehen entfernt?«

»Viereinhalb Lichtjahre.«

»Ich erwarte eine weitere Annäherung und detaillierte Messungen! Gibt es Funksignale?«

Aktakul machte eine einfache Geste der Verneinung. Sie wussten beide: Das war die Gelegenheit, auf die Bostich lange gewartet hatte. Einen Katamar der Inquisition ausschlachten zu können ... Dabei ging es ihm weniger um den schützenden Paradimpanzer, der ohnehin nicht mehr unüberwindbar war, als vielmehr um die Bewaffnung mit ihrer extrem hohen Reichweite und die hoch entwickelten Feldtriebwerke. Sie erlaubten den Doppelrumpfschiffen eine sagenhafte Beschleunigung. Zweifellos interessierten ihn zudem eine Reihe anderer Errungenschaften. Der Chefwissenschaftler glaubte nicht an eine Falle, was hätten die Invasoren damit bezwecken sollen? Vor allem war es nicht logisch, wenn man ihr bisheriges direktes Auftreten und das blinde Vertrauen auf ihre technische Überlegenheit betrachtete.

Die Daten entstammten der Permanentaufzeichnung der ANO MARENTIS und waren nicht einmal eine viertel Stunde alt. Aktakul hatte in der Tat schnell reagiert. Die Ortung zeigte einen ungewöhnlich heftigen Strukturaufriss in einer Region, in der das Raum-Zeit-Gefüge ohnehin von starken Verzerrungen geprägt wurde. Sekundenlang ließen die sich verdichtenden Werte einen beginnenden heftigen Hypersturm erwarten, aber dann materialisierte ein großes Raumschiff inmitten des energetischen Chaos.

Alarm heulte auf.

Unmengen von Messdaten kamen schon in den ersten Sekunden herein, die Meldungen überschlugen sich geradezu. Anfängliche Widersprüche waren vom Syntron der ANO MARENTIS klar als solche gekennzeichnet, der Imperator beachtete sie schon nicht mehr.

Was sich da abzeichnete, war kein normaler Rücksturz aus

dem Überlichtflug. Ein großes Raumschiff war gewaltsam aus dem Hyperraum herausgerissen worden. Nur langsam flauten die fünfdimensionalen Strahlungspegel ab, stabilisierten sich aber auf hohem Niveau.

Die Massetaster zeichneten allmählich ein klares Bild: die Bestätigung, dass es sich um ein AGLAZAR-Schlachtschiff handeln musste. Der Katamar war havariert. Immer neue Strahlungsausbrüche verrieten durchgehende Aggregate.

Wenn das Schlachtschiff der Inquisition – Wrack war womöglich der zutreffendere Begriff – nicht in Kürze ausbrannte oder von Explosionen zerrissen wurde, führte seine Flugbahn noch für mehrere Stunden von der nahen Sonne weg. Dann jedoch, diese Berechnungen hatte Aktakul schon vorgenommen, würde die Gravitation das Schiff in die Sonne stürzen lassen. Zwei Tage, kaum länger, bis der Katamar unweigerlich in den lodernden Protuberanzen des Sterns verglühen musste.

Bostich mochte es nicht, wenn ihm Entscheidungen aufgezwungen wurden; das war in der Vergangenheit zu oft geschehen. Doch diesmal gab es kein Überlegen. Und der erhoffte Gewinn rechtfertigte jeden Einsatz.

Noch von seinen Gemächern aus befahl der Imperator den Start der Thronflotte. Die acht Schlachtkreuzer mit jeweils fünfhundert Metern Durchmesser und die 1500 Meter durchmessende ZHYM'RANTON verfügten zusammen über eine beachtliche Schlagkraft. Die Palastplattform THEK-LAKTRAN konnte er aus dem Verbund nicht ausgliedern, ohne dass er die Terraner neugierig machte. Sie würden den Aufbruch der Thronflotte ohnehin registrieren und über kurz oder lang den havarierten Katamar entdecken ... Aber jede Stunde Vorsprung verwies sie auf die hinteren Plätze. Mehr stand ihnen nicht zu.

Die Schiffe beschleunigten bereits, als Bostich I. sich per Transmitter an Bord der ZHYM'RANTON begab.

12.

Ein hell strahlender, bläulich weißer Stern erschien auf der großen Panoramagalerie. Die Ortungen zeigten Ausbrüche fünfdimensionaler Energien, die weit in den interplanetaren Raum hinausgreifende Protuberanzen auslösten. Der Sonnenwind wies eine ungewöhnlich hohe Partikeldichte auf.

Zwei Planeten umkreisten den Stern, beide auf exzentrischen Bahnen, die einander überschnitten und vielleicht schon in wenigen Jahrzehntausenden zur Kollision führen würden. Extreme Jahreszeiten hielten den momentan äußeren Planeten im Griff, wobei er während seiner Aphel-Phase in kosmischer Kälte erstarrte und im Perihel zweifellos Seen aus geschmolzenem Blei aufwies.

Keine Monde, keine weiteren Himmelskörper, von kleineren Asteroiden abgesehen.

Mit 75 Prozent der Lichtgeschwindigkeit drang die Thronflotte ARK'IMPERION in das System ein, dessen nächster Sternnachbar fünfeinhalb Lichtjahre entfernt stand und das wegen seiner Position fern aller Schifffahrtsrouten bislang von keinem der galaktischen Machtblöcke beansprucht wurde. Im Sternkatalog war die Sonne lediglich mit einer Nummer und dem Vermerk »bedeutungslos« aufgeführt.

Masse- und Energieortungen zeichneten trotz der noch großen Distanz eine deutliche Wiedergabe des Katamars. Das Schlachtschiff würde nicht in die Sonne zurückstürzen, das wurde schnell deutlich, weil es noch eingeschränkt manövrierfähig war. Unregelmäßig zündeten die Feldtriebwerke in den Spitzen der Zeppelinkörper.

Angesichts der Schwere der sichtbaren Schäden überraschte es nicht nur, dass die überlebende Besatzung eine Landung versuchte, sondern dass noch genügend Energie für ein solches Manöver vorhanden war.

Eine unvorstellbar heftige Explosion hatte einen der Zeppelinrümpfe nahezu über die gesamte Länge hinweg aufgerissen. Außer den in Sonnenglut geschmolzenen und bizarr wieder erstarrten Deckstrukturen und den Fragmenten einer Rumpfspitze schien nicht mehr viel vorhanden zu sein. Dreieinhalb Kilometer Stahl, 1050 Meter an der dicksten Stelle durchmessend, waren weggebrannt. Auch der Koppelkörper zwischen beiden Rümpfen sowie Bereiche der zweiten Schiffszelle wiesen schwere Schäden auf. Bostich I. fragte sich, welche Kräfte dort wirksam geworden waren.

Die ANO MARENTIS hatte vor der Thronflotte das System erreicht und sich dem Katamar bis auf zwanzig Millionen Kilometer genähert.

Aktakul meldete sich über Hyperkom. »Wir haben einen guten Fang gemacht«, stellte er unumwunden fest. »Nach unseren Feststellungen verfügt der Katamar über keine Kommunikationsmöglichkeiten mehr. Die Schäden sind nicht nur auf Waffeneinwirkung zurückzuführen, da müssen Energiespeicher hochgegangen sein.«

Nur noch knapp zwei Lichtsekunden trennten das Wrack von dem Planeten. Die Feldtriebwerke zündeten unregelmäßig, aber sie zehrten die Geschwindigkeit weiter auf. Dass die ANO MARENTIS mit ihren Traktorstrahlen den Katamar nicht aufhalten konnte und die Schiffe der Thronflotte keinesfalls mehr rechtzeitig nahe genug herankommen würden, war auch ohne Hochrechnungen zu erkennen.

Der Imperator beschränkte sich aufs Beobachten.

Der innere Planet war keine lebensfeindliche Wüste wie der zweite Umläufer. Er verfügte über eine atembare Atmosphäre. Wolkenbänder, vor allem im Äquatorbereich, verschleierten die direkte Sicht. Die Relieftaster zeichneten das Abbild zweier großer Kontinente. Gebirgszüge, Grabenbrüche und weit gestreckte Ebenen prägten das Land. Dies war eine alte und unbewohnte Welt. Nicht einmal primitive Radiosignale wurden empfangen, die auf eine Zivilisation der Entwicklungsstufe C oder darunter hingewiesen hätten.

Der Imperator fragte sich, wie viele Besatzungsmitglieder des Katamars die Katastrophe überlebt haben mochten. Er würde es bald herausfinden, vorausgesetzt, dessen Landung verlief einigermaßen glimpflich. Aber davon ging er aus.

Die Beiboote des Schlachtschiffs schienen entweder vernichtet oder startunfähig zu sein. Andernfalls hätten die Überlebenden längst ihr Heil in der Flucht gesucht.

Die Restgeschwindigkeit war fast aufgezehrt, als das Schiff in die Ausläufer der Atmosphäre eintauchte. Der Katamar drehte sich und bot den Luftmolekülen nicht mehr nur den Bug, sondern die Längsseite. Sehr schnell zog er einen breiten Schweif ionisierter Moleküle hinter sich her.

Nahezu ununterbrochen erfolgten nun Korrekturstöße einzelner Triebwerke. In dreißig Kilometern Höhe drehte das Wrack aus der bislang stabilen Position, die Nase neigte sich, und dann schmierte es über die zerstörte Rumpfseite ab.

Mehr war selbst für die Ortungen nicht zu erkennen, weil der Aufprall auf der abgewandten Seite des Planeten erfolgte. Explosionen, die den AGLAZAR endgültig vernichtet hätten, wären jedoch angemessen worden.

Der Imperator ließ den Anflug auf den Planeten fortsetzen. Aber nur die ZHYM'RANTON und die ANO MARENTIS würden einen Orbit in angemessener Distanz einnehmen. Die übrigen Schiffe der Thronflotte bildeten die Eingreifreserve für den Fall, dass weitere Katamare im Bereich der namenlosen Sonne erschienen.

Bostich I. war begierig darauf, endlich eines der fremden Schlachtschiffe von innen zu sehen.

13.

Der Anruf der Kommandantin erreichte Reginald Bull in der Schiffsmesse bei seiner Lieblingsbeschäftigung. Fast ein wenig bedauernd wandte er den Blick von den beiden Technikerinnen ab, die sogar in den einheitlichen Overalls eine verdammt gute Figur machten. Mit vollen Backen kauend, fragte er: »Was steht an, Jani?«

»Bostichs Thronflotte hat vor kurzem den Hayok-Sektor verlassen.«

Bull zuckte mit den Schultern. »Hm«, machte er. »Solange Bostich nicht wieder über Terra …«, er stutzte, »… erscheint«, fügte er dann noch hinzu und fixierte Jani Keitz' Abbild aus zusammengekniffenen Augen. »Wann und mit welchem Kurs?«, wollte er wissen.

Dieser verdammte Hund hat Wind von der Sache bekommen!, erkannte er. *Der Imperator hat seine Spione wirklich überall.*

Was die Kommandantin sagte, schien seinen Verdacht zu bestätigen. Der Kursvektor der Thronflotte führte nur wenige Bogenminuten an Smurzkeys Position vorbei. In der Verlängerung verließ er den Spiralarm über die galaktische Hauptebene hinaus.

Die angeforderten Paradimjäger waren eingeschleust worden, einem sofortigen Aufbruch der ROALD AMUNDSEN stand nichts mehr entgegen. Bully entschied aus dem Bauch heraus, als er das Verlassen des erdfernen Orbits befahl.

Kurze Zeit später durchstieß der ENTDECKER eine Strukturlücke im Kristallschirm des Sonnensystems.

Verschlüsselte Hyperfunksprüche eilten hin und her. Smurzkeys Spezialisten hatten weitere Ortungen ausgewertet und eine nur Sekunden anhaltende Eruption fünfdimensionaler Energien als »vorläufig nicht klassifizierbar« eingestuft.

Reginald Bulls Blick strafte Smurzkey ab, als er davon erfuhr. Vor allem, als er die Ausgangskoordinaten der Ortung und den Kurs der Thronflotte in räumliche Überlappung brachte. Mit dem ausgestreckten Zeigefinger stieß er in die holografische Abbildung hinein. »Genau das«, schnaubte er, »hätte nicht geschehen dürfen. Seine Erhabenheit ist uns einen Schritt voraus.«

»Wir fliegen die Koordinaten an«, erklärte Smurzkey.

Bulls Blick wurde eisig, als er den Kopf schüttelte. »Bleib mit deinen Schiffen, wo du bist. Ich habe es nicht nötig, Bostich mit einer ganzen Flotte zu begegnen. Die ROALD AMUNDSEN genügt; er wird uns nicht abschießen lassen.«

Das war unvernünftig. Reginald Bull wusste das. Aber wie oft hatte er schon unvernünftig gehandelt und war dabei nicht schlecht gefahren. Er vertraute weit mehr auf seine Erfahrung und seine Gefühle als auf Logik und den Rat ausschließlich fachbezogener Experten. Vor allem wollte er sich keinen ellenlangen Monolog anhören, der Bostichs Beweggründe psychologisch hinterfragte.

Wenn wir immer nur auf Logik gehört hätten, wäre die Menschheit nie zu dem geworden, was sie heute ist. Dann wäre die Erde eine arkonidische Kolonie, vom Handelsmonopol der Springer geknebelt und von den Aras medikamentös ruhig gestellt. Reginald Bulls Züge erstarrten wie in Stein gemeißelt. *Vielleicht sollten wir wirklich versuchen, uns zusammenzusetzen, mein »Freund« Bostich,* dachte er bitter. *Ja, das bist du: ein ganz spezieller Freund. Aber wenn jemand den Anfang machen muss, dann du.*

Die maximale Überlichtgeschwindigkeit der ROALD AMUNDSEN lag bei 85 Millionen. In Regionen dichter Sternpopulation war das ein riskanter Wert. Trotzdem ließ Bully Höchstgeschwindigkeit fliegen. Das ergab eine zurückgelegte Entfernung von rund 9700 Lichtjahren in einer Stunde.

Als das Schiff endlich in den Einsteinraum zurückfiel, erfassten die Ortungen wenige Lichtminuten voraus arkonidische Kugelraumer.

»Wir erhalten die Aufforderung zu stoppen!«, meldete die Funkzentrale.

Reginald Bull schürzte die Lippen. »Ignorieren!«, befahl er. »Ortung: Ist der Katamar schon erfasst?«

»Ausschließlich arkonidische Einheiten. Es handelt sich um die ARK'IMPERION, die ANO MARENTIS ...«

Bull zog die Brauen hoch. »Sieh an, unser Freund Aktakul also ebenfalls. Mir kann niemand erzählen, dass er sich für ein Kaffeekränzchen mit dem Imperator in diesem sternenarmen Gebiet eingefunden hat.«

»Kaum.«

»Also, was ist? Wo bleiben exakte Daten?«

»Jede Menge fünfdimensionale Impulse vom inneren Planeten ...«

»Ich wusste es, sie sind da.«

»Die ZHYM'RANTON steht im Orbit, schleust soeben einen ihrer äquatorial eingedockten Zweihundert-Meter-Kreuzer aus.«

»Wir empfangen ein Ultimatum!«, meldete die Funkzentrale.

»Zu mir umlegen!«, bestimmte Bull.

Vor seinem Platz entstand das holografische Abbild des Kommandanten von Bostichs Flaggschiff. »Vere'athor Gerom ter Wayames«, stellte er sich knapp vor. »Ich fordere das terranische Schiff auf, die weitere Annäherung zu unterlassen. Andernfalls sehen wir uns gezwungen ...«

»Was?«, unterbrach Reginald Bull schroff.

Die roten Pupillen des Kommandanten Erster Klasse verengten sich. »Die Missachtung des Anflugverbots wird als kriegerischer Akt verstanden.«

»… missverstanden«, berichtigte Bully spontan und fügte hinzu: »Ich kann mich nicht entsinnen, dass dieses Sonnensystem zum Hoheitsgebiet des Göttlichen Imperiums gehört.«

»Minister Bull …«

»Na also.« Bully versuchte ein Lächeln, das ihm jedoch sehr schwer fiel. »Ich dachte schon, Vere'athor, mein Schiff wurde nicht erkannt und man hält mich für einen einfachen Frachterkapitän.«

Der Kommandant der ZHYM'RANTON deutete ein leichtes Nicken an. »Das Anflugverbot gilt für die ROALD AMUNDSEN wie für alle anderen Schiffe. Ich muss darauf bestehen.«

»Die Anordnung wurde von Seiner Erhabenheit getroffen?«

»Natürlich.«

»Dann wird der Imperator sie für mein Schiff zurücknehmen.« Ein unüberhörbares Vibrieren lag plötzlich in Bulls Stimme. »Schalte mich zu Bostich durch!«

»Die ROALD AMUNDSEN wurde aufgefordert, ihren Anflug zu beenden. Die Einhaltung dieser Anordnung hat Vorrang vor allem anderen.«

»Aus welchem Grund?« Bullys wasserblauen Augen verengten sich. Über seiner Stirn erschien eine steile Unmutsfalte. »Ich denke nicht daran«, erwiderte er scharf. »Eröffne das Feuer auf mein Schiff, Vere'athor, und die Folgen werden unabsehbar sein. Im Übrigen warte ich auf die Verbindung mit dem Imperator.«

Gerom ter Wayames starrte ihn ungläubig an. Nicht ein Muskel zuckte in seinem Gesicht. Die Situation überstieg seine Befugnisse, zumal der 1800 Meter durchmessende ENTDECKER ein durchaus ebenbürtiger Gegner war.

»Der Begam steht momentan nicht zur Verfügung«, erklärte der Vere'athor endlich.

»Seine vieltausendäugige Erhabenheit befindet sich demnach schon im Landeanflug auf den Planeten«, vermutete Reginald Bull unumwunden. »Selbstverständlich werden wir ihm behilflich sein, den gestrandeten Katamar zu bergen.«

Obwohl der Kommandant der ZHYM'RANTON zu einer Erwiderung ansetzte, kappte er einfach die Hyperkomverbindung.

Die ROALD AMUNDSEN passierte die ersten Schlachtkreuzer des Imperiums im Abstand von zwanzig Millionen Kilometern. Der Kurs zeigte geradlinig auf den inneren Planeten.

Einschließlich des erforderlichen Bremsmanövers würde es noch noch zehn Minuten dauern, bis der ENTDECKER ebenfalls den planetaren Orbit erreichte. Die Ortungen arbeiteten auf Hochtouren.

Vor Reginald Bull spannte sich schon eine erste Reliefkarte des Planeten. Der Kontinent, auf dem der Katamar der Inquisition niedergegangen war, besaß im Äquatorbereich mit etwa viertausend Kilometern seine größte Ausdehnung. Im Süden lief er in einer von gewaltigen Fjorden durchschnittenen Steilküste aus, während er sich nach rund dreitausend Kilometern im Norden in einer unüberschaubaren Zahl von Halbinseln und Inselketten verlor. Der Eindruck drängte sich auf, dass das Land dort eingebrochen und vom Meer überschwemmt worden war.

Die Zentralregion erwies sich als weite, sanft hügelige Ebene, deren Höhenunterschiede zweihundert Meter nicht überstiegen. Zwei Grabenbrüche bestätigten den Eindruck schwerer tektonischer Verschiebungen.

Darüber hinaus prägten ausgedehnte Wälder das Bild. Allerdings schimmerte nicht pflanzliches Grün, sondern Grau in allen Variationen auf den Bildschirmen. »Kristalline Vegetation«, lautete die Erklärung, und die Auswertung der Ortungsdaten brachte noch mehr Überraschendes zutage. Diese Wälder erstreckten sich in unterschiedlich großen Vegetationszonen über alle Kontinente. So, wie andere Pflanzen Licht für ihr Wachstum benötigten und ihnen Chlorophyll die

Fotosynthese ermöglichte, schien hier jedoch die extrem hohe fünfdimensionale Sonnenstrahlung in den Kristallstrukturen umgewandelt zu werden und das Wachstum dieser »Gebilde« zu bestimmen.

Von der wissenschaftlichen Abteilung wurde eine Karte der hyperdimensionalen Strukturen übermittelt. Der Planet erinnerte an einen Flickenteppich. Ähnlich der Granulation einer Sonne im Bereich ihrer Fotosphäre zeigte sich schon in der Verlaufswiedergabe weniger Minuten eine stete, brodelnde Veränderung. Hinzu kamen Erscheinungen wie düstere Flecken und mehrdimensionale, im normaloptischen Bereich nicht sichtbare Protuberanzen, in denen sich der Energiegehalt geradezu drastisch veränderte.

Zwei weitere solcher Eruptionen im 5-D-Bereich wurden während des Anflugs angemessen. Ihre Frequenz lag sehr nahe am Randbereich des Psi-Spektrums.

»Diese Welt oder besser dieses System in seinem Geflecht überdimensionaler Strukturen ist ein Phänomen«, erklärte der Leitende Wissenschaftler. »Gerade deshalb verstehe ich nicht, weshalb sich bislang niemand darum gekümmert hat. Ein fachübergreifendes Forschungsprojekt für Biologen, Astro- und Hyperphysiker ...«

»Dafür ist später Zeit«, unterbrach Reginald Bull ungeduldig. »Was spricht gegen eine Landung?«

»Wie ich schon sagte: Jedes Forschungsprojekt ...«

»Also nichts?«

»Ich kann mehrdimensionale Phänomene nicht ausschließen. Gib uns einen Tag Zeit für detaillierte Messungen und die Errechnung einiger Simulationsmodelle.«

»So viel Zeit haben wir nicht«, wehrte Bull ab.

Dichte Rauchwolken stiegen über dem Absturzgebiet auf und verwehten erst mit den Höhenwinden.

»Die Besatzung hat noch versucht, das Schiff einigermaßen

heil nach unten zu bekommen«, kommentierte Jani Keitz. »Trotzdem sieht alles eher nach einem Absturz als nach einer geglückten Notlandung aus.«

Reginald Bull war sich darüber im Klaren, dass überlebende Besatzungsmitglieder die Galaktiker bestimmt nicht als Retter begrüßen würden. Er musste auch davon ausgehen, dass sie das Wrack eher vernichten würden, als es den Gegnern zu überlassen.

Der Schwere Kreuzer der Arkoniden war fast fünfzig Kilometer entfernt vom AGLAZAR in der Savanne niedergegangen. Die Ortung registrierte, dass das Schiff die Paratronschirme aufgebaut hatte und alle Waffensysteme mit Energie beschickte. Offensichtlich misstraute auch der Imperator der trügerischen Stille am Absturzort.

»Ich hoffe, dass das nicht nur die Ruhe vor dem Sturm ist«, sagte Bully. »Andererseits versetzt uns diese Situation in die Lage, effektiv aufzutreten.«

»Eine Landung mit der ROALD AMUNDSEN wird die Thronflotte mobilisieren«, befürchtete Jani Keitz.

Bull nickte knapp. »Bei jeder Begegnung mit Bostich sollte die Devise gelten: Nicht kleckern, sondern klotzen. Der lacht doch nur, wenn wir ebenfalls mit einem Kreuzer ankommen.«

»Wir gehen ein großes Risiko ein«, warnte die Kommandantin nachdenklich.

»Bostich wird es sich hoffentlich zweimal überlegen, bevor er auf die ROALD AMUNDSEN schießen lässt. Bleibt der Katamar als Gefahrenquelle. Ich benötige ein komplettes energetisches Profil des Wracks, bevor wir landen. Sollte nur ein Hauch von Unsicherheit bestehen, bleibt der ENTDECKER im Orbit.«

»Ähnliche Gedanken werden den Imperator bewegt haben«, wandte Jani Keitz ein. »Ich denke doch, dass er ebenfalls am Leben hängt.«

Bully antwortete: »Mitunter habe ich den Eindruck, Bostich weiß nicht, was Leben wirklich ist.«

Inzwischen füllte der Planet die optische Bilderfassung vollständig aus. Bis auf zwei Lichtsekunden war die ROALD AMUNDSEN heran.

»Hyperfunkspruch von der ZHYM'RANTON!«

Bully schürzte die Lippen, als aus einem Funkenregen heraus das Konterfei des Vere'athors entstand.

»Zum letzten Mal: Unterlasst jede weitere Annäherung! Andernfalls sind wir gezwungen, das Feuer zu eröffnen!«

»Ist das alles, Kommandant? Ihr verweigert den offiziellen Vertretern der LFT tatsächlich den Zugriff auf einen Katamar? Was versprichst du dir davon außer einer weiteren Belastung des Verhältnisses zwischen Arkon und Terra? Das kann selbst der Imperator nicht wollen.«

Der Dreiplanetenträger starrte ihn wortlos an, dann erlosch die Verbindung. Sekunden später blitzten Impulsschüsse auf. Sie jagten gut zwanzig Kilometer vor dem ENTDECKER durch den Raum und waren eindeutig als Warnschüsse gedacht. Aber selbst ein Volltreffer hätte die Schirmfelder der ROALD AMUNDSEN nur unwesentlich belastet.

Eine zweite, näher platzierte Salve folgte. Die ZHYM'RANTON verfügte über vier Doppellafetten mit Multi-Variablen-Hochenergiegeschützen in jedem Polbereich, die Hauptbewaffnung bestand jedoch in ihren Transformkanonen.

»Sie haben tatsächlich nicht erwartet, dass ein terranisches Schiff erscheinen würde – zumindest kein Schiff eines Regierungsmitglieds«, stellte Reginald Bull fest. »Jetzt gilt es für den Kommandanten, das Gesicht zu wahren und zugleich keine diplomatischen Verwicklungen zu provozieren.«

»In seiner Haut möchte ich nicht stecken«, bemerkte Jani Keitz.

»Arkon wird sich zu gegebener Zeit offiziell entschuldigen und zur Tagesordnung übergehen. Ich kenne das zur Genüge, vor allem verabscheue ich diese Winkeldiplomatie.«

»Wir landen?«

»Natürlich.« Bull schürzte die Lippen. »Jetzt erst recht. Der Vere'athor hat seine Möglichkeiten schon ausgeschöpft. Mehr als diese Drohgebärden steht ihm nicht zur Verfügung; er wird sich hüten, auch nur ein einziges Transformgeschütz einzusetzen. Zudem ist Bostich da unten.«

Die ROALD AMUNDSEN stand nur mehr fünfzigtausend Kilometer von dem Planeten entfernt und schwenkte in eine Umlaufbahn ein, die sie langsam tiefer brachte.

Der Katamar und der gelandete Kreuzer würden binnen Minutenfrist hinter dem Horizont verschwinden. Aber noch holten die Ortungen beide Schiffe auf die Schirme.

Die ZHYM'RANTON stand in geringer Entfernung in einem geostationären Orbit und hüllte sich in Schweigen. Aktakuls ANO MARENTIS verschwand soeben hinter dem Planetenrund, und die übrigen Schiffe der Thronflotte warteten weit entfernt im Raum. Die ROALD AMUNDSEN würde unbehelligt landen können.

In dem Moment reagierten die Energieortungen. Hohe Messwerte lösten Alarm aus und aktivierten die vollständige Schutzschirmstaffel.

14.

Die Diagramme und Skalen zeigten die Energiewerte des Katamars in vielen Facetten. Hin und wieder schwollen die Spitzenwerte auf ein Mehrfaches an, doch immer nur für Sekundenbruchteile, als würden beschädigte Aggregate ihre Aufladung in unregelmäßigen Zyklen abgeben. Einige Messwerte ließen Plasmaströme vermuten, die jedoch keinen zusätzlichen Schaden verursachten. Offenbar verloren sie sich in den Hyperraum. Das Wrack lag eingebettet in eine flackernde Aura fünfdimensionaler Strahlung.

Der Zweihundert-Meter-Kreuzer durchbrach die letzte Wolkenfront. Ein Schwarm großer Tiere stob auf und floh vor dem aus dem Himmel herabsinkenden Ungetüm. Es mussten Tausende fledermausartige Kreaturen mit zwei Köpfen auf langen Hälsen sein. Nur schwerfällig gewannen sie an Höhe. Der Kreuzer streifte den Schwarm und riss viele dieser Tiere mit sich.

Dann kam das Schiff auf seinen Landefeldern zur Ruhe. Die Schutzschirme blieben aktiv.

Eine Analyse jagte die andere, die Auswertung der Ortungsdaten ergab allmählich ein dreidimensionales Abbild des gestrandeten Katamars.

Sehr dichte Strahlungswerte im Bereich der Bug- und Heckspitzen wurden ermittelt. Zumindest im Heckbereich ließ sich noch die kranzförmige Anordnung der Feldtriebwerke erkennen, der Bug selbst war durch den Aufprall deformiert und aufgerissen worden. Die kilometerlange Schneise, die das Schlachtschiff hinterlassen hatte, war von Rumpfplatten, zermalmten Decks und Aggregaten übersät.

»Fangen wir Funksignale auf, einen Notsender auf einer ungebräuchlichen Frequenz oder etwas Ähnliches?«

»Keine Feststellungen, Begam. Auf der gesamten Bandbreite registrieren wir nur die Störstrahlung beschädigter Aggregate.«

»Anzeichen für Überlebende?«

»Die Bioscans versagen aufgrund der Streustrahlung.«

»Sind die Sonden raus?«

»Die ersten dringen soeben in das Wrack ein, Begam. Die Bildübertragung wird alle Fragen beantworten.«

Bostich I. nickte. Er hatte einen leichten Raumanzug angelegt und überprüfte seinen Kombistrahler. »Sind die Flugpanzer und Mannschaften einsatzbereit?«

»Sie können sofort ausgeschleust werden.«

Das Bild auf dem Panoramaschirm wechselte. Hatte es eben noch die Umgebung des Landeplatzes gezeigt, erschien nun der aufgerissene Rumpf des AGLAZARS. Tief hatte sich das Wrack in den Boden gewühlt.

Eine der Robotsonden drang durch einen aufgerissenen leeren Hangar ein. Im Hintergrund tobten energetische Gewitter, dunkle Blitze, die wie Strukturrisse aufzuckten.

»Anruf von der ZHYM'RANTON, Begam!« Der Funker benutzte den militärischen Titel des Imperators.

Seine Erhabenheit nickte kaum merklich, schon stabilisierte sich das Abbild von Vere'athor ter Wayames.

»Mein Imperator ...«, begann er und presste die rechte Hand auf die linke Brustseite.

Bostichs Kopf ruckte hoch. Er hatte jeden Gedanken an den gemeldeten ENTDECKER-Raumer verdrängt und sich auf den Katamar konzentriert, aber die Geste seines Kommandanten drückte Bestürzung aus. »Ist ein einzelnes Schiff nicht aufzuhalten?«, fragte der Imperator zornig.

»Reginald Bull besteht auf einer Landung, Begam.«

»Bull?« Bostichs Augen funkelten. »Der Terraner entwickelt Talent für unerwünschte Auftritte.« Er zögerte, zugleich legte sich ein zynisches Grinsen um seine Mundwinkel. »Wenn er unbedingt landen will, warum sollten wir ihn daran hindern, Vere'athor? – Es ist seine Entscheidung, ob er sich in Gefahr begibt.«

»In diesem Fall, mein Imperator, wird der Terraner fragen, weshalb Ihr …«

Mit einer unmissverständlichen Handbewegung unterband Bostich I. jede weitere Diskussion. Die kurze Funkverbindung erlosch. Was er dann sagte, sagte er so leise, dass es nur der Kommandant des Kreuzers verstehen konnte: »Wir sind nicht Bulls Aufpasser. Falls ihm und seinen Leuten etwas zustoßen sollte, kann niemand Arkon zur Rechenschaft ziehen.«

Schneller als geplant verließ er die Zentrale. Das Erscheinen des ENTDECKERS war zwar zu diesem Zeitpunkt sehr ungünstig, er konnte es jedoch nicht ändern. Nun galt es, Bull und dessen zweifellos massiver Forderung auf Überlassung des Katamars zuvorzukommen.

Einer der peripheren Antigravschächte trug den Imperator bis zu den Landefelderzeugern. Die Shift-Hangars waren von da aus auf kurzem Weg zu erreichen.

Die Männer und Frauen der Landetruppen standen bereit. Breitbeinig, die rechte Hand auf die linke Brustseite gepresst, erwiesen sie ihm den Gruß. Bostich nickte nur knapp. »Die Roboter …?«

»Zwei Kontingente verlassen soeben das Schiff, Begam.«

»Gut.« Bostich I. musste sich bücken, als er die Luftschleuse seines Flugpanzers betrat. Die Maschine würde als Erste das Schiff verlassen.

Das Schott öffnete sich. Aufsteigende Nebelschwaden reichten bis an den Hangar heran und ließen mit bloßem Auge wenig erkennen. Die schemenhaften Umrisse einzelner Bäume vielleicht, aber auch sie schienen sofort wieder zu verwischen.

Lautlos startete der Shift. Die Ortungen zeichneten ein genaues Abbild der Umgebung bis hin zum fernen Wrack des Katamars. Die ersten Roboter flankierten den Flugpanzer.

Urplötzlich registrierte der Imperator ein Anschwellen der

Ortungswerte. In Gedankenschnelle jagte der Energiepegel hoch, dann brachen die Holos zusammen. Eine unheimliche Kraft erfasste den Flugpanzer und wirbelte ihn herum, wobei die Absorber nicht alle Belastungen auffingen. Bostich hatte das Gefühl, wie ein Blatt im Herbststurm davongetragen zu werden.

Ein grelles blaues Leuchten durchdrang die Wände des Shifts und sogar die Soldaten in ihren Sitzen. Für einen entsetzten Augenblick glaubte der Imperator, nur noch ihre in Auflösung begriffenen Skelette zu sehen. Schreie vermischten sich mit einem mahlenden, von allen Seiten herandringenden unheilvollen Knirschen. Zugleich ein blendend heller Blitz, begleitet von einer alles hinwegfegenden Druckwelle.

Bostich hörte sich selbst schreien, er spürte das Toben des Aktivatorchips in seiner Schulter, und dann glaubte er, trotz des Raumanzugs ersticken zu müssen. Eine unheimliche Kraft lähmte ihn und hielt seinen Atem und den Herzschlag an.

Nur seine Gedanken blieben.

Wie lange schon? Bruchteile eines Augenblicks – oder eine Ewigkeit?

Du musst wahnsinnig sein, hämmerte es unter seiner Schädeldecke. *Du riskierst alles, nur um den Terranern zuvorzukommen.*

Aber musste der Imperator eines riesigen Imperiums nicht alles riskieren? Sobald er sich zurückzog, würden andere ihm die Fäden aus den Händen nehmen. Dafür hatte er sich nicht die Unsterblichkeit erobert. Das Göttliche Imperium der Arkoniden wuchs oder starb mit ihm. Etwas anderes würde er nicht dulden.

Bostich I. starrte in ein blaues, waberndes Nichts, das ihn zu verschlingen drohte. Obwohl er spürte, dass er dieses Leuchten nicht besiegen konnte, kämpfte er mit aller Kraft dagegen an.

Weder Reginald Bull noch seine Terraner durften triumphieren.

15.

Die Zeit war viel zu kurz für eine Reaktion. Der gedankenschnelle Wechsel konnte von keinem menschlichen Gehirn nachvollzogen werden. Nicht einmal Nanosekunden hatte der Tod gebraucht, um sich auszubreiten.

Beinahe jeder in der Zentrale der ROALD AMUNDSEN starrte auf die Holos und die sich in rasendem Wechsel verändernden Messdaten, doch nur der optische Eindruck, vom Syntron über die Ortungsdaten gelegt, blieb in diesem Moment wirklich im Gedächtnis haften.

Ein grellblaues Leuchten wogte vom Zentrum des Kontinents empor – der Sekundäreffekt einer überlichtschnellen Waffenwirkung. Einer Waffe, die absolut tödlich war und der selbst modernste Schutzschirmstaffeln schwerlich widerstehen konnten.

In den Kämpfen gegen die AGLAZAR-Schlachtschiffe waren Tausende Raumer dem blauen Leuchten zum Opfer gefallen. Jetzt brannte die Steppe eines namenlosen Planeten, brodelte, wo eben noch der arkonidische Kreuzer gestanden hatte, ein glutflüssiger Kratersee.

Dann gab es keine optische Übertragung mehr, weil die ROALD AMUNDSEN sich aus dem Erfassungsbereich entfernt hatte.

»Das war Bostichs Schiff«, sagte jemand und fügte hinzu, als bedürfe es tatsächlich dieser Erklärung: »Imperator Bostichs Schiff.« Grenzenlose Verblüffung drückte sich in diesen Worten aus, als hätte wirklich jeder den Arkoniden für unbesiegbar gehalten.

Das ist der Stoff, aus dem Mythen entstehen, dachte Reginald Bull betroffen, *die vieles verklären und sogar aus Despoten um ihr Volk besorgte Herrscher werden lassen.* Die Besatzungsmitglieder in der Zentrale beobachteten ihn. Unbewusst hatte er die rechte Hand ans Kinn gelegt und rieb sich mit gespreizten Daumen und Zeigefinger die Wangen. Er machte sich gar nicht erst die Mühe, seine Unsicherheit zu verbergen.

»Achtundvierzig Tote«, murmelte er. »Wenn man von der Standardbesatzung eines arkonidischen Kreuzers ausgeht.«

»Diese verdammten Katamare sind selbst als Wrack noch hochgefährlich«, schimpfte die Kommandantin. »Ich verstehe nicht, dass jemand wie Bostich derart leichtsinnig sein konnte …«

»Ich glaube, ich kann nachvollziehen, was in ihm vorging«, sagte Reginald Bull gedehnt. »Es ist sein Ehrgeiz, der über die Vorsicht dominiert. Zumal er nach wie vor die Absicht hat, Terra in sein Imperium einzugliedern, und zwar nicht als aufmüpfigen Vasallen, sondern als gehorsamen Untertan. Die Technik des Katamars könnte ihn seinem Ziel schnell näher bringen.«

Jani Keitz hatte die Stirn in Falten gelegt. »Du sprichst, als wolltest du nicht glauben, dass Bostich umgekommen ist.«

Bully holte sich die Aufzeichnungen auf seine Station. Dann erst reagierte er auf die Feststellung der Kommandantin. »Was soll ich dazu sagen?«, antwortete er. »Ich glaube nicht an Wunder, die sich ohne eigenes Zutun ereignen. Solange ich Bostichs Leichnam nicht gesehen habe …«

»Wir empfangen eine Vielzahl an Funksprüchen«, kam die Meldung von der Funkortung. »Die Arkoniden bombardieren den Planeten mit Anfragen auf allen Frequenzen.«

»Da ist also noch jemand, der Gewissheit sucht«, bemerkte Bully.

Von der Ortung kam gleichzeitig der Hinweis auf Details der Feinanalyse: »Der Kreuzer hatte an die hundert Kampfroboter und mehrere Shifts ausgeschleust, als er beschossen wurde. Das blaue Leuchten verfügte nur über einen verschwindend geringen Bruchteil der sonst angemessenen

Energiemenge. Das war also nur so etwas wie ein letztes Aufbäumen des AGLAZARS.«

»Du meinst, mehr kommt nicht nach?«

»Ich will die Hand nicht dafür ins Feuer legen.«

»Musst du auch nicht, mein Junge, musst du nicht«, sagte Reginald Bull. »Es reicht, wenn ich mir die Finger verbrenne.«

Jani Keitz blickte den Residenz-Minister für Liga-Verteidigung skeptisch an. Sie ahnte, was er beabsichtigte. Abrupt schüttelte sie den Kopf. »Das Risiko ist zu groß.«

»Die ROALD AMUNDSEN bleibt im Orbit. Ich starte mit einem Beiboot.«

»Was die Gefahr für dich nicht mindert«, warnte die Kommandantin.

»Wir messen steigende fünfdimensionale Werte an«, kam die Meldung von der Ortung. »Sie weisen auf Veränderungen im Bereich des Katamars hin. Teilweise rutscht alles in Richtung Psi-Spektrum ab.«

»Das Leben an sich ist schon lebensgefährlich«, antwortete Bully der Kommandantin. »Das ist eine uralte Weisheit.«

»Das Risiko, Reginald …«

Mit einer schroffen Handbewegung schnitt er Jani Keitz das Wort ab. Sein Gesicht hatte die rote Farbe seiner Haarstoppeln angenommen. »Auf mich selbst darf ich keine Rücksicht nehmen.«

»Dir geht es um Bostich, nicht wahr?«

Reginald Bull stutzte, dann schüttelte er den Kopf. »Ich will den Katamar – nicht mehr und nicht weniger. Und ich lasse mir diese Chance nicht entgehen.«

»Reginald Bull«, der Tonfall der Kommandantin klang plötzlich überaus sachlich, »als Befehlshaberin der ROALD AMUNDSEN mache ich von meinem Recht Gebrauch …«

»Vergiss es! Ich handle nach dem Kriegsrecht der LFT. Demzufolge hat auch das Leben eines Regierungsmitglieds hinter übergeordneten Zielen zurückzustehen, die dem Wohl und dem Überleben der Liga dienen. Was der Katamar darstellt, brauche ich wohl nicht zu betonen. Von Anfang an hatte die Inquisition Terra als Hauptziel ihrer Okkupation. Nun haben wir die ersehnte Chance, mehr über die Hintergründe in Erfahrung zu bringen. Von allem anderen ganz zu schweigen.«

»Die ZHYM'RANTON nähert sich! Achtung: Funkantwort vom Planeten. Bostich hat den Angriff offensichtlich überlebt.«

Bullys Blick flatterte für einen Moment. »Ein Leichter Kreuzer, Jani! Ich will, dass er in zwei Minuten startbereit ist. Freiwillige, TARA-Kampfroboter, du weißt selbst ...«

»Ich protestiere dagegen, dass du dein Leben aufs Spiel setzt.«

»Protest zur Kenntnis genommen und abgelehnt. Falls du fürchtest, für meine Gesundheit Verantwortung tragen zu müssen, nimm das ins Logbuch auf.«

»Es gibt keinen plausiblen Grund ...«, begann nun auch der Erste Pilot.

Reginald Bull, der schon im Gehen begriffen war, wandte sich noch einmal um. Mit der Faust klopfte er sich an die Brust. »Vielleicht«, sagte er so laut, dass jeder ihn hören konnte, »steckt der Grund da drinnen. Golkana hat Wunden hinterlassen, die nicht vernarben wollen, das habe ich in den letzten Stunden deutlicher gespürt als jemals zuvor.«

»Du hasst Bostich!«

»Hass? Nein.« Bully presste kurz die Lippen zusammen und atmete tief ein. »Ich hasse Bostich nicht. Ich verachte ihn eher. Aber das ist nebensächlich.«

Dann verließ er die Zentrale.

Du bist verrückt, Reginald Bull. Warum sträubst du dich gegen diese Erkenntnis? Jani hat Recht und der Pilot ebenfalls. Du hast ihre Blicke und die der anderen gesehen. Niemand versteht, was du tust. Deine Handlungsweise ist irrational, mit Logik nicht mehr zu erklären. Nicht einmal mit Verantwortungsbewusstsein, denn dann würdest du dafür sorgen, dass sich die ROALD AMUNDSEN weit von dieser Welt und dem Katamar zurückzieht.

Aber das siehst du als Flucht an, als Kapitulation vor einer unbekannten Gefahr. Oder schiebst du solche Gedanken nur vor? Du willst Bostich endlich beweisen, dass du mehr bist als ein entsprungener Golkana-Häftling …

Vergiss solche Gedanken! Du machst dich nur selbst damit kaputt. Du spürst doch, dass der Zorn in dir nagt, dass er dich bei jeder Begegnung weiter aushöhlt, und irgendwann wirst du dem Druck nicht mehr standhalten, dem du dich selbst aussetzt.

Im Laufschritt hastete Reginald Bull durch die Korridore der ROALD AMUNDSEN. Seine Gedanken überschlugen sich, er versuchte, sie zu verdrängen, doch sie folgten ihm wie bizarre Schatten, bewehrt mit Klauen und spitzen Zähnen, die sie ihm tief ins Fleisch schlugen.

»Der Kreuzer ist einsatzbereit«, meldete Jani Keitz, als er den Hangar fast erreicht hatte. »Die Ortung meint allerdings, du kommst nicht mehr an den Katamar heran.«

»Was ist los?«

»Die Hyperstrahlung nimmt zu. Wir verlieren das Umfeld des Wracks aus der Ortung.«

»Aber der Katamar ist noch da? Und der Planet auch?« Das sollte beruhigend klingen, aber Reginald Bull registrierte selbst, dass seine Fragen eher Besorgnis schürten.

Das letzte Schott glitt vor ihm auf. Er war ungeduldig und zwängte sich hindurch, kaum, dass die entstehende Öffnung groß genug war. Zwei Kreuzer der CERES-Klasse ruhten in energetischen Landegerüsten. Dutzende der kegelförmigen TARA-V-UH-Kampfroboter schleusten soeben noch ein. Ein Hauch skeptischer Zufriedenheit zeichnete sich in Bullys Gesicht ab. Für einen Augenblick verhielt er seine Schritte.

Du weißt, was du aufs Spiel setzt? Hast du wirklich deinen Tod einkalkuliert?, fragte er sich irritiert. *Was wird aus Terra und der Liga Freier Terraner, wenn du nicht zurückkehrst?*

Hundertmal hätte es schon geschehen können, dass er von einem Einsatz nicht zurückkam. Längst war er an den Tod als ständigen Begleiter gewöhnt. Jeder Aktivatorträger hatte sich damit arrangiert – andernfalls würde keiner die nervliche Belastung auf Dauer aushalten, die mit der potenziellen Unsterblichkeit verbunden war.

Was bleibt uns sonst?, dachte Bully bitter. *Ein antiseptisches Leben in einem goldenen Käfig. Ich bin ebenso ersetzbar wie jeder andere Mensch auch.*

Abermals meldete sich die Kommandantin: »Die Hyperstrahlung schwillt weiter an. Ich fürchte Auswirkungen auf Triebwerke und andere Anlagen. Das heißt, eine Landung wird bald nicht mehr möglich sein.«

»Wir bringen den Kreuzer noch vorher runter«, behauptete Bull. »Was unternehmen die Arkoniden?«

»Die ANO MARENTIS ist in die oberste Atmosphäre eingedrungen, scheint aber nicht landen zu wollen. Die ZHYM'RANTON nimmt soeben den Katamar unter Beschuss.«

»Drehen die jetzt völlig durch?«, platzte Bully heraus.

»Narkosegeschütze«, fügte die Kommandantin sofort hinzu.

»Gute Idee. Schaden wird das kaum. Und uns kann es nur recht sein.« Reginald Bull ließ sich zur Bodenschleuse des Kreuzers emportragen. THE INVINCIBLE, prangte in großen Lettern auf dem Schiffsrumpf: DIE UNBESIEGBARE.

»Reginald«, sagte Jani Keitz noch, »Hals- und Beinbruch!«

»Danke. Wird schon gut gehen.«

Das Schott schloss sich hinter ihm. Er versuchte gar nicht erst, seine aufkommende Erregung zu unterdrücken. Würde er als erster Terraner eines der bis vor kurzem noch unbesiegbar scheinenden AGLAZAR-Schlachtschiffe betreten, und das vor Bostich?

Du hasst ihn doch …

Bully erreichte die Zentrale des Kreuzers. Ein knappes Nicken als Begrüßung. »Wir starten sofort! Bringt das Schiff heil nach unten, mehr will ich nicht.«

Seine Gedanken schweiften wieder ab zu Bostich und dessen Shifts. Hatte der Imperator inzwischen den Katamar erreicht?

Vor seinem inneren Auge entstand das Bild, das ihn hin und wieder in seinen Träumen quälte: er und Bostich in einem Boxring. Mit unstillbarem Zorn schlugen sie aufeinander ein, aber der Kampf zog sich über endlos viele Runden hin.

Oft war Bully schweißgebadet aufgeschreckt, mit schmerzenden Muskeln und schwammigen Knien. Aber das Ende des Kampfes hatte er nie erlebt.

Vielleicht würde das diesmal anders sein.

Mit dem Handrücken wischte er sich über den Mund. Gleichzeitig ballte er die Hände.

Hass ist neben Liebe das stärkste Gefühl, das Menschen bewegt, dröhnte es unter seiner Schädeldecke. *Du solltest darüber stehen, Bully. Warum kannst du es nicht?*

16.

»Shift Eins ruft die ZHYM'RANTON, meldet euch! – Shift Eins an ZHYM'RANTON ...«

»Hör auf!«, befahl Imperator Bostich I. scharf. »Sie empfangen uns nicht mehr. Daran sind die wandernden Hyperfelder schuld.« Mit einer unwilligen Bewegung schob er sich zwischen dem Mann hinter den Funkkontrollen und zwei Soldaten hindurch zum Pilotensessel.

Dichter Nebel wogte im schmalen Band des Panoramaholos. Der reflektierte Feuerschein schien aus allen Richtungen gleichzeitig zu kommen.

»Warum fliegen wir nicht weiter?«

»Der Kreuzer, Begam ...«

Eine ungehaltene Geste befahl dem Piloten, seinen Sessel zu verlassen. Bostich schob den Mann zur Seite und nahm selbst hinter den Kontrollen Platz. Seine Hände huschten über die berührungsintensiven Schaltflächen.

Impuls- und Außenstromtriebwerke – funktionsfähig.

Paratron-Schutzschirm – aktiv, aber nur mit einem Bruchteil der Nennleistung. Aus Gründen, die Bostich vorerst noch verborgen blieben, floss Energie ab. Dies geschah jedoch ohne die typischen Aufrisserscheinungen.

Ruckartig fuhr der Flugpanzer wieder an. Der Antigrav arbeitete nahezu einwandfrei. Neue Schaltungen: Waffenkontrolle; Impuls- und Thermogeschütz unbeschädigt.

»Wir setzen die Mission fort!«, entschied der Imperator unbewegt. »Wegen des Katamars sind wir auf diesen Planeten gekommen, und wir holen uns das Schiff.«

Der Kreuzer war von dem blauen Leuchten vollständig zerstört worden. Schon der Gedanke, Besatzungsmitglieder könnten den Beschuss überlebt haben, erschien illusorisch. Glühende Wrackteile lagen weit verstreut, und selbst die größten Trümmer erreichten nur die zehnfache Masse des Shifts.

Hyperfelder beeinträchtigten zunehmend die Ortungen. Sie waren es wohl auch, die den Funkverkehr störten, lediglich ein prasselndes Stakkato erklang aus den Akustikfeldern.

Bostich zog den Flugpanzer höher. Vergeblich suchte er in dem Brodem nach dem eigenen Roboterheer und den anderen Fahrzeugen. Zumindest die Maschinen, die neben ihm die Hangars verlassen hatten, sollten den Feuerschlag des Katamars ähnlich unbeschadet überstanden haben. Aber auch zu ihnen gab es keinen Funkkontakt.

Bostich zerbiss eine Verwünschung zwischen den Zähnen. »Vermutlich werden wir zu Beginn auf uns selbst gestellt sein. Erwartet also nicht, dass wir sofort von Robotern oder Panzern unterstützt werden, sobald wir in den Katamar eindringen. Und wir werden auf größeren Widerstand stoßen.«

»Sofern nicht ein automatisches Verteidigungssystem den Vernichtungsschlag gegen den Kreuzer ausgelöst hat«, sagte eine Soldatin.

»Das wird sich erweisen.« Bostich legte seine flache Hand auf die Brust. »Mein Leben für Arkon«, sagte er hart, »für das Huhany'Tussan!«

»Unser Leben für Arkon!«, antwortete ein mehrstimmiger Chor. »Wir leben und wir sterben für das Göttliche Imperium.«

Kristallbäume wuchsen aus dem Nebel auf, bizarre Gebilde, die ein fluoreszierendes Leuchten umfloss. Ein helles Wabern huschte die Äste entlang und entlud sich in zuckenden Blitzen. Die Anzeige der Hyperortung explodierte schier.

Dutzende Kilometer voraus erfasste die Energieortung ein Feuerwerk fünfdimensionaler Energien, die den Standort des AGLAZAR-Wracks markierten, und plötzlich erklang mehrere hundert Meter querab das Echo eines zweiten Flugpanzers. »Das ist Shift Drei!«, rief jemand. »Sie fliegen auf Parallelkurs.«

Der Nebel riss auf.

Wie der Vorhang zu einer anderen Welt.

Von einem Sekundenbruchteil zum nächsten sprang ein düsterrotes Leuchten von den Schirmen herab. Ein riesiger lodernder Feuerball stand über dem Horizont – ein roter Riesenstern, so nahe, dass seine Protuberanzen längst alles Leben vernichtet haben mussten. Das war nicht die Sonne, die über dieser Welt schien. Bostich fragte sich, ob das überhaupt noch der Planet war, den sie angeflogen hatten.

Eine unwiderstehliche Gewalt drückte den Shift tiefer, hinab auf einen endlos scheinenden Ozean zähflüssiger Lava, die sich in steter, brodelnder Bewegung befand. Der Flugpanzer sackte durch und näherte sich der Glut bis auf wenige Meter. Erst unmittelbar vor dem Absturz reagierten die Triebwerke mit höheren Schubwerten. Aufheulend durchstieß das schwere Fahrzeug einen flammenden Geysir.

»Shift Drei ruft Imperator Bostich!«, dröhnte es überlaut aus dem Funkempfang. »Was ist das für eine Welt?«

»Ich weiß es nicht«, antwortete der Imperator. »Aber wir finden es heraus. Habt ihr Kontakt zu anderen Einsatzgruppen oder den Robotern?«

»Nichts dergleichen, Begam. Wir sahen zwei Panzer unter dem Einfluss des blauen Leuchtens explodieren ...« Prasselnde Störungen ließen die Verbindung unverständlich werden. Nur die Ortung zeichnete noch, aber dann verwischte die Wiedergabe in einem mehrfachen Echo.

Erhöhte Sonnenaktivität. Gigantische Bogenprotuberanzen schienen den Planeten zu überfluten. Der Shift wurde herumgewirbelt wie ein welkes Blatt im Herbststurm; das Dröhnen der plötzlich im Leerlauf arbeitenden Triebwerke steigerte sich zur Kakofonie.

Über die Backbordseite kippte der Flugpanzer ab. Alle hastigen Bemühungen des Imperators, die Maschine zu stabilisieren, blieben vergeblich. Den Tod hatte er sich anders vorgestellt. Keinesfalls eingeschlossen in zähflüssigem Gestein, von einer nur wenige Meter durchmessenden energetischen Blase geschützt, während die Schirmfeldbelastung unaufhaltsam die kritische Grenze überschritt.

Mit einem einzigen schnellen Griff schloss er den Raumanzug. Ein lächerlicher Versuch, dem Leben wenige Augenblicke mehr abzutrotzen.

Der Schutzschirm brach zusammen. Von allen Seiten schoss das glutflüssige Gestein heran. Längst hatte die unheilvolle Sonnennähe die Planetenkruste geschmolzen, und es dauerte nicht mehr lange, dann würde der lodernde Stern diese Welt auffressen.

Imperator Bostich I. glaubte zu hören, wie der Stahl des Shifts von der Gewalt des Magmas zusammengedrückt wurde. Zugleich flutete die Hitze über ihn hinweg, sie raubte ihm den Atem und erstickte seinen Aufschrei …

… und dann wogte wieder der schier undurchdringliche Nebel auf den Schirmen. Aus niedriger Höhe stürzte der Flugpanzer ab. Der Antigrav verhinderte gerade noch einen schweren Aufprall.

Der Schutzschirm war zusammengebrochen, die Kontrollen zeigten Projektorschäden an. Auch das Triebwerk arbeitete nur noch stotternd. Die im Helm eingeblendeten Werte zeigten Bostich eine extrem hohe Temperatur im Kabineninnern.

Nach wie vor bestand kein Funkkontakt. Der Shift kroch nur mehr langsam auf den Raupenketten vorwärts. Der Imperator schäumte vor Wut und stoppte die Turbine schließlich.

Als er den Ausstieg öffnete, fiel die Hitze im Shift beinahe sprunghaft ab. Nur noch achtzig Grad Celsius. Die Luft außerhalb war mit knapp vierzig Grad deutlich kühler.

Zwei Soldaten schwangen sich nach draußen und sicherten

mit ihren schweren Kombistrahlern. Bostich folgte ihnen dichtauf.

Der Boden war geröllbedeckt. Dickblättrige Pflanzen wucherten zwischen den Steinen. Die Sicht reichte nur wenige Schritte weit. Bostich aktivierte die Infraroterfassung seines Anzugs. Abrupt veränderte sich seine Wahrnehmung. Nun erkannte er wenigstens verschwommen die nächsten Hügelkuppen. Der Untergrund erschien als gleichmäßige, unstrukturierte Masse, und nur die Pflanzen zeichneten sich deutlich ab. Das galt ebenso für das verstreut wuchernde Gestrüpp, das ähnliche halb kristalline Strukturen aufzuweisen schien wie die ausgedehnten Wälder. Für Wissenschaftler wäre diese Synthese eine Fundgrube gewesen, Bostich achtete kaum darauf.

Eine Bewegung weckte seine Aufmerksamkeit. Die Soldaten hoben ihre Strahler.

»Wartet!« Über die kurze Distanz funktionierte der Helmfunk einwandfrei. Auch zum Shift bestand Verbindung. Versuche über eine größere Reichweite verboten sich vorerst von selbst. Sofern die Besatzung des Katamars noch nicht wusste, dass Arkoniden den Angriff überlebt hatten, sollte sie es auch nicht erfahren. Bostich dachte nicht daran, sein Vorhaben aufzugeben; jetzt noch weniger als zuvor.

Ein zweiter Schemen erschien in der Infrarotsicht. Er folgte dem anderen, und zusammen näherten sie sich dem Shift.

Tiere, stellte Bostich fest. Beide waren knapp einen Meter groß und vierbeinig, ihre hinteren Läufe erschienen überaus muskulös. Zwischen den Hügeln hatten sie Erdhöhlen gegraben.

Einer der Soldaten gab einen Paralyseschuss ab. Ein bis auf geringe Distanz herangekommenes Tier wurde im Sprung getroffen, es überschlug sich und blieb zuckend liegen. Das etwas kleinere zweite Tier verschwand im selben Moment spurlos.

»Sieh nach!«, bestimmte Bostich.

Der Soldat lief los. Nur vierzig Meter musste er überwinden. Trotzdem verschwand auch das gelähmte Tier, bevor er es erreichte. Der Wärmeabdruck verwehte rasch.

»Ich verstehe das nicht, Begam. Das Vieh kann sich kaum in Luft aufgelöst haben.«

Bostich antwortete nicht. Denn nahezu gleichzeitig senkte sich ein Schatten auf sie herab.

Es war ein zweiter Shift, die Nummer Zwei, mit sechs Soldaten an Bord. Außerdem hatten sie vier Kampfroboter aufgesammelt und außenbords verankert.

Die Hoffnung, dass noch weitere Flugpanzer und Kampfroboter erscheinen würden, gewann neue Nahrung.

17.

THE INVINCIBLE tauchte in die Atmosphäre des nach wie vor namenlosen Planeten ein. *Ist er wirklich noch da?,* überlegte Reginald Bull. So abwegig war der Gedanke gar nicht, denn die Ortungen des CERES-Kreuzers erfassten seit wenigen Augenblicken nichts mehr im Zentrum des Kontinents. Weder den gestrandeten Katamar noch dessen näheres Umfeld. Da war *nichts!* Es fiel schwer, eine zutreffendere Definition dafür zu finden.

»Wenn ich es nicht besser wüsste, würde ich behaupten, jemand hat den Bereich aus dem Raum-Zeit-Kontinuum herausgestanzt«, sagte in dem Moment die Pilotin des Kreuzers. Und von den Ortungen kam der Hinweis auf widersprüchliche Messungen: »… als würde sich der Fokus unaufhörlich verschieben. Da ist etwas, aber auch wieder nicht.«

»Was eigentlich?«, fragte Reginald Bull unwirsch. »Kann jemand eine klare Aussage treffen?«

»Wir haben es mit überlappenden Daten zu tun, Interferenzen, die sich gegenseitig auslöschen. Deshalb erfassen wir nichts …«

»Aber da ist etwas?«

»Ja.« Das klang zögernd. »Wir haben nur keine Möglichkeit, Genaues festzustellen.«

»Ich verwünsche diese Katamare«, stieß Bully hervor. »Von dem Moment an, als Trah Rogue mit seiner Jacht landete und Terra für die Inquisition in Besitz nehmen wollte.« Mit der Faust drosch er auf die linke Handfläche. »Und ich habe das Gefühl, sie werden uns noch jede Menge Ärger bereiten.«

»Funkspruch von der ANO MARENTIS! Aktakul auf einer speziellen Frequenz.«

Bully zog die Brauen hoch. Darauf hatte er gewartet, seit ihm die Anwesenheit des arkonidischen Chefwissenschaftlers gemeldet worden war. Aktakul war der Mann, mit dem eine vernünftige Zusammenarbeit machbar erschien. *Aber will ich das überhaupt noch?,* fragte er sich, während das holografische Konterfei des Arkoniden halb verzerrt Gestalt gewann. *Bostich hätte die Kooperation hier vor Ort ermöglichen können, hat sich aber eindeutig dagegen entschieden.*

Aktakuls Anblick erinnerte an einen Raubvogel. Sein glatter Schädel, die stechenden Augen und die extrem ausgeprägte Hakennase ließen diesen Eindruck entstehen. Der auf die rechte Schläfe tätowierte lumineszierende Raubvogel, obwohl nur so groß wie ein Daumennagel, trug ebenso dazu bei.

Der Ka'Marentis des Imperiums redete auf Bull ein, doch kein Wort war zu vernehmen. Augenblicke später zerfloss das Bild. Von Störungen überlagert, verwehte es in einem Meer aufstiebender Funken.

»Schwere hyperenergetische Störungen. Jeglicher Funkverkehr ist zusammengebrochen.«

»Überlappungseffekte!«, rief die Pilotin aufgebracht. »Die Triebwerke arbeiten nur noch mit verringerter Leistung.«

»Die Schirmfelder verlieren Energie!«

Ein dumpfes Brummen durchschlug die Schallisolierungen. Es steigerte sich sehr schnell zur spürbaren Vibration.

Die ersten Skalen zeigten irrsinnige Werte. Dann erloschen sie.

»Teilweiser Ausfall des Hauptsyntrons. Da schlägt etwas durch, was wir nicht anmessen können.«

»Die ANO MARENTIS geht auf Gegenschub, gewinnt wieder an Höhe …«

Vorübergehend war auf den Schirmen das Kelchschiff der arkonidischen GWALON-Klasse zu sehen, das mit flammenden Impulstriebwerken nicht mehr als tausend Kilometer entfernt an Höhe gewann. Auch Bostichs Flaggschiff, die ZHYM'RANTON, beschleunigte – aber das zeigte nur die Ortung.

Die Bildübertragungen brachen zusammen. In den Schutzschirmen des Kreuzers tobten Energiegewitter.

»Interferenzen im Paratron! Die Staffel bricht uns der Reihe nach weg!«

»Landemanöver stoppen!«, befahl Reginald Bull. »Die momentane Höhe halten!«

»Alle Syntronfunktionen sind ausgefallen.«

»Extreme fünfdimensionale Strahlung legt die Systeme lahm!«

»Ursache?«

»Entweder der Katamar. Oder, was noch wahrscheinlicher ist, eine Wechselwirkung mit den planetaren Hyperfeldern.«

Bully blickte auf den Panoramaschirm, der in einem heftigen Schneetreiben erstarrt zu sein schien. Sekundenlang glaubte er sich weit in die Vergangenheit zurückversetzt, als die Bildschirme noch massive Mattscheiben gewesen waren und nicht allein energetische Systeme.

Mitunter erwies sich die alte Technik als robuster. Positroniken arbeiteten langsam im Vergleich zu den überlichtschnellen 5-D-Feldern eines Syntrons; Ähnliches galt für die hochgezüchteten Metagrav-Triebwerke in Konkurrenz zu den schwerfälligen Impulstriebwerken und den nötigen Stützmassevorräten.

Das Wrack eines Katamars der Inquisition lag fast in Reichweite. Egal was geschah und welche Risiken daraus erwuchsen, er durfte sich die Chance nicht entgehen lassen, Zugriff auf die Technik aus Tradom zu erhalten. Wer vermochte schon vorherzusagen, wann sich wieder eine solche Gelegenheit ergeben würde?

Außerdem war Bostich irgendwo dort unten und würde seinen Weg ohne jede Rücksichtnahme fortsetzen. Dass der Imperator über Leichen gehen konnte, hatte er zur Genüge bewiesen. Skrupel kannte er nicht. Und Menschlichkeit?

Reginald Bull hätte jederzeit seinen Kopf darauf verwettet, dass Bostich dieses Wort bisher nicht ernsthaft in den Mund genommen hatte. Die aristokratische Herrschaftsschicht der Arkoniden war von einer Diktatur nicht weit entfernt, und dass vor allem Bostich hinter einer ausnehmend schönen Fassade seine Fratze verbarg, war Bully schon vor dessen Amtsantritt klar gewesen.

Der Imperator hatte den Angriff des Katamars überlebt, davon war Bull überzeugt. Und er war nicht gewillt, dem Arkoniden das Feld zu überlassen. *Nicht kampflos,* dachte er. *Wir sind noch lange nicht miteinander fertig.*

Er kannte die Gefahr. Vielleicht würde es keine Rückkehr geben. Für keinen von ihnen.

Seine Hände verkrampften sich ineinander. Es war falsch, sich von Emotionen leiten zu lassen. Wenn er verantwortungsvoll reagierte, zog er sich mit dem Kreuzer und der ROALD AMUNDSEN zurück, und das so schnell wie möglich. Aber was war in Zeiten wie diesen wirklich verantwortungsvoll?

Neue Meldungen gingen ein, Kommandos jagten sich. Die äußeren Schutzschirme verwehten unter dem Ansturm einer neuen Strahlungsfront. Alarm heulte auf und erstarb ebenso abrupt wieder. Reginald Bull achtete kaum darauf. Er zog ein Mikrofonfeld der Bordkommunikation zu sich heran. »Reginald Bull an Einsatztruppe. THE INVINCIBLE wird aus Sicherheitsgründen nicht landen, ich werde jedoch versuchen, eine Space-Jet mit Handsteuerung ins Ziel zu bringen. Für diesen Risikoeinsatz bin ich auf Freiwillige angewiesen. Hangar B: Wir starten, sobald ich dort bin.« Er zögerte kurz und fügte dann hinzu: »Ob wir zurückkehren werden, weiß ich nicht. Das ist alles.«

Etliche Augenpaare richteten sich auf ihn. Bully vollführte eine abwehrende Handbewegung. »Kein Kommentar«, stieß er schnaubend hervor. »Ich kenne das Risiko und bin bereit, es einzugehen. Auf keinen Fall lasse ich mich aufhalten.«

Du bist verrückt, dröhnte es in seinem Innern, als er die Zentrale verließ.

Unwillkürlich hielt er inne und atmete tief ein. Es war seltsam, wie sich die Ereignisse glichen. Vor nicht einmal einer viertel Stunde hatte er die Zentrale der ROALD AMUNDSEN verlassen, um in den Kreuzer überzuwechseln. Nun war er im Begriff, mit einer »Nussschale« weiterzufliegen, die im Fokus der planetaren fünfdimensionalen Energien verloren wirkte.

Über sein Armbandgerät befahl er fünf Kampfroboter des TARA-Typs in den Hangar.

Es lag in seiner Verantwortung, mehr über die Katamare herauszufinden. *Mehr* – das Wort klang bitter. Was wusste Terra bislang schon über die Schlachtschiffe der Inquisition? *Herzlich wenig,* gestand er sich ein. Inzwischen verfügte Terra über Waffensysteme, die den Katamaren überlegen waren – doch konnte das wirklich alles sein?

Den Weg zum Hangar fand er selbst im Schlaf; der Lauflichter auf den Korridorwänden hätte es nicht bedurft.

Wenn ich von Verantwortung rede, meine ich das wirklich so?, fragte sich Reginald Bull. *Oder ist das nur ein Vorwand? Belüge ich mich selbst?*

Ein heiseres Lachen quoll über seine Lippen. Es erschreckte ihn. Das war nicht Bullys herzhaftes, bodenständiges Lachen, das ihm viele Freunde verschafft hatte. Vielmehr klang es kalt und seelenlos wie ein Ruf nach Rache.

Spätestens jetzt wäre er gezwungen gewesen, umzukehren. Dennoch lief er weiter. Vielleicht würde er sich irgendwann dafür hassen.

Es ist mein Recht, auch gegen jede Vernunft zu handeln!, durchfuhr es ihn. *Zu lange habe ich alles in mich hineingefressen und geschwiegen, aber es ist unmöglich, Gefühle auf Dauer zu unterdrücken. Wenn ich Bostich diesmal nicht entgegentrete, kann ich mir selbst bald nicht mehr in die Augen schauen.*

Die Kosmopsychologin Bré Tsinga hätte eine solche Aussage wortweise zerpflückt. Bully war froh, Bré nicht in der Nähe zu wissen.

Hier bin ich nun, und ich kann nicht anders.

Ich will *nicht anders!*

Jemand muss Bostich stoppen, und wenn das auf politischem Weg nicht möglich ist, dann bin ich eben nur noch der Privatmann Reginald Bull.

Zwei Raumsoldaten eilten vor ihm her. Sie waren aus einem Seitenkorridor gekommen, und hatten ganz eindeutig Hangar B als Ziel. *Sie lassen mich also doch nicht allein,* dachte Bully erleichtert. Es tat gut zu wissen, dass er sogar bei einem solchen Risikounternehmen Unterstützung fand.

Der Hangar öffnete sich vor ihm. Mindestens zwanzig Männer und Frauen hatten sich in Kampfausrüstung versammelt. Ihre Unterhaltung verstummte, als sie Bully bemerkten. Jeder wandte sich ihm zu.

Mit weit ausgreifenden Schritten eilte er auf die Space-Jet zu. Als er die Landebeine des Diskusschiffes erreichte, hielt er inne und ließ seinen Blick über die erwartungsvollen Gesichter schweifen. »Danke«, sagte er. »Ich hatte nicht erwartet, so viele Freiwillige zu sehen. Deshalb noch einmal in aller Deutlichkeit: Ein Risikoeinsatz steht bevor, der sehr schnell in einem Desaster enden kann. Es gibt keine andere Begründung als den Katamar, und nach Abwägung von Nutzen und Risiko muss THE INVINCIBLE umgehend zum Mutterschiff zurückkehren. Das wird sie auch tun – nachdem ich mit der Space-Jet das Schiff verlassen habe. Ich glaube, das ist mein privater Kampf. Wäre Bostich nicht da unten, sondern ein beliebiger Arkonide …«

»Würdest du genauso handeln!«, rief eine Frau dazwischen.

»Niemand hat vergessen, dass der Imperator Terra besetzen ließ«, stellte ein anderer fest. »Wer von uns nicht persönlich an den Kämpfen im Solsystem beteiligt war, hat sich ausführlich informiert.«

»Bostich mag unser Verbündeter geworden sein. Aber das ist wohl nur ein Zweckbündnis. Vor allem ist er ein Verbündeter, dem man nicht den Rücken zuwenden darf.«

»Was geschieht, wenn wir ihm auf die Füße treten? Der Imperator muss erkennen, dass Terraner nicht alles mit sich machen lassen.«

Zustimmendes Murmeln hob an.

Reginald Bull heischte mit einer knappen Handbewegung um Ruhe.

»Fünf Personen«, sagte er. »Um es kurz zu machen: die zuerst hier waren. Aber nur, wer wirklich bereit ist, jedes Risiko einzugehen.«

18.

Die volle Wucht des Hypersturms traf den Diskus, als er den Kreuzer verließ. Nur sekundenlang arbeiteten die Triebwerke einwandfrei, dann wurde die Schubkraft unregelmäßig. Die automatische Notabschaltung reagierte.

Über der Space-Jet verschwand THE INVINCIBLE in brodelnder Schwärze.

Augenblicke später stürzte die Jet ab. Die künstliche Schwerkraft setzte aus; Zentrifugalkräfte machten sich bemerkbar. Der Diskus geriet in eine spiralförmige Abwärtsbewegung.

»Impulsantrieb ausgefallen! Auch die Redundanzverbindung reagiert nicht.«

»Energie auf Metagrav!«

»Nichts …«

»Höhe?«

»Keine Anzeige. Vorhin waren es hundert Kilometer, jetzt sind es vielleicht noch achtzig.«

Die Optiken arbeiteten nicht mehr, die Ortungen zeigten nichts an. Lediglich die Relieftaster lieferten noch ein verschwommenes Abbild der Planetenoberfläche, aber auch hier ließen Überlappungen zunehmende Fehlfunktionen erkennen.

Außerhalb der Transparentkuppel tobte ein energetisches Chaos. Von fünfdimensionaler Strahlung übersättigte Luftmoleküle flammten auf. Schleier leuchtender Gase erwachten zu zuckendem grellem Leben, zerfaserten und wogten in brodelnden Wirbeln heran.

Der Schutzschirm fiel aus und ein Kreischen durchlief die Space-Jet, als bearbeite jemand den Rumpf mit einem Sandstrahlgebläse. Plötzlich glaubte Reginald Bull einen Schatten zu sehen. Nur wenige Dutzend Meter entfernt. Da war eine zweite Space-Jet, und sie stürzte ebenso unkontrolliert in die Tiefe.

Jeder sah den anderen Diskus. Er kam näher.

»Kollisionskurs!«

Dann der Aufprall. Selbst Reginald Bull verkrampfte sich. Gegen diese Gewalt gab es keinen Schutz. Die zweite Jet bohrte sich mit der Rumpfkante in die Zentralekuppel – und verschwand, als hätte sie nie existiert.

»Das waren wir!«, stieß jemand ungläubig hervor. »Ich konnte die Schriftzüge erkennen. Aber … warum …?«

»Ein Schattenwurf«, behauptete Bull. »Ich vermute, die Strahlung löst Vorgänge aus, die der Projektion eines Virtuellbildners ähneln.«

Vorübergehend schien der Sturm abzuflauen. Ein Hauch von Weltraum wurde sichtbar, verschwand aber ebenso schnell wieder, weil die Space-Jet in eine unkontrollierte Flugbahn gezwungen wurde.

Der wrackgeschlagene Katamar konnte niemals allein dieses Phänomen auslösen. Die starken hyperphysikalischen Störungen dieses Zwei-Planeten-Systems zeigten eine schwer nachweisbare Wechselwirkung.

Die Vermutungen stimmen also!, durchfuhr es den Terraner. *Die Kristallwälder verstärken die Sonnenstrahlung zu extremen Erscheinungen. Mag sein, dass daran sogar Hyperkristalle beteiligt sind.*

Es war ein absonderlicher, jedoch faszinierender Gedanke, Hyperkristalle auf pseudopflanzlicher Basis wachsen zu sehen. Wenn das nicht allein seiner überreizten Fantasie entsprang, eröffneten sich daraus unglaubliche Anwendungsmöglichkeiten. Sofern es gelang, nicht nur den Absturz zu überstehen, sondern diese Welt auch wieder zu verlassen.

Alle Versuche, den Antigrav oder das Impulstriebwerk zu neuem Leben zu erwecken, blieben vergeblich. Die Space-Jet zog eine glühende Spur ionisierter Gase hinter sich her.

Nach wie vor war kein Funkverkehr möglich.

Die Höhe mochte noch vierzig Kilometer betragen, eher weniger.

»Es hilft nichts«, sagte Bully. »Wir müssen die Jet aufgeben und aussteigen.« Die Frage war nur, ob die Aggregate der Raumanzüge fehlerfrei arbeiteten. Noch gab es den Dämpfungseffekt der Schiffshülle, der die schädliche Strahlung nicht in voller Stärke durchdringen ließ.

Von den Schirmen sprang eine neue Helligkeit herab. Da war ein Riss inmitten der wirbelnden Farbschleier. Anders konnte Bully die Erscheinung nicht definieren. Als würde ein Sturm Gewitterwolken auseinander treiben und die Sonne mit gleißenden Lichtfingern durchbrechen lassen.

Aber die Sonne dieses Planeten hatte ein blauweißes Spektrum. Die Helligkeit hingegen verbreitete ein angenehm gelbes Licht mit einer Nuance von Orange.

Der Riss weitete sich gedankenschnell aus. Schon zeichnete sich nur noch an seinen zerfasernden Rändern das wogende Farbenspiel ab. Die Space-Jet stürzte mitten hinein in den kilometerweiten Schlund.

Höchstens noch zehn Kilometer unter dem Diskus erstreckte sich eine paradiesische Landschaft: grünes, fruchtbares Land, durchzogen vom weitläufigen Delta eines gewaltigen Stroms, dessen Fluten inmitten von tausend Seen versickerten. Die Wasserfläche funkelte im Widerschein der hoch stehenden Sonne.

Nach den Optiken kehrten auch die anderen Funktionen der Space-Jet zurück.

Lagestabilisierung …

Antigrav …

Triebwerke …

Sogar der Schutzschirm baute sich selbsttätig auf. Nur der Funkverkehr blieb taub.

»Space-Jet ruft ROALD AMUNDSEN! Bitte melden, ROALD AMUNDSEN!«

Mit geringer Restfahrt und nur noch wenige hundert Meter hoch, glitt der Diskus über das Land hinweg. Üppige Vegetation beherrschte das Bild, vor allem schien die Wasserfläche in dem riesigen Delta kaum tiefer als einen bis eineinhalb Meter zu sein. Tierherden flohen vor der Space-Jet, und das waren nicht nur wenige hundert Tiere, sondern jeweils Tausende. Ein unglaubliches Formen- und Farbenspiel offenbarte sich, als hätte die Schöpfung ihr Füllhorn überreichlich ausgeschüttet.

»Lass es gut sein«, wandte Bully sich an den Mann hinter den Funkkontrollen. »Niemand kann uns empfangen.«

»Wo sind wir? Und wo ist der ENTDECKER?«

»Ich weiß es nicht«, antwortete Reginald Bull. »Vielleicht nur wenige Lichtjahre entfernt ...«

»Du glaubst, dass der Farbwirbel so etwas wie ein Transmitter war? Er hat uns im Raum versetzt?«

»Das ist eine von mehreren Möglichkeiten. Ein Dimensionsriss erscheint ebenso wahrscheinlich.«

»Keine Spur vom Katamar«, kam die Meldung von der Ortung. »Es gibt nicht einmal Anzeichen einer primitiven Technik auf dieser Welt.« Was der Mann als primitiv bezeichnete, hätte durchaus dem 20. Jahrhundert alter Zeitrechnung entsprochen: die Eroberung des Luftraums, einhergehend mit der Nutzung von Radiowellen, künstliche Energiequellen und manches mehr.

»Wir haben es irgendwie hierher geschafft, also kommen wir auch wieder zurück«, drängte Reginald Bull. »Alles andere ist zweitrangig.«

Die Space-Jet landete auf einer der größeren Inseln. Ein gewaltiger Schwarm bunt gefiederter Vögel stieg auf und verdunkelte minutenlang den Himmel.

Der Untergrund erwies sich als Mischung aus Schlick und Schwemmsand, in dem die Landebeine der Space-Jet rasch einsanken. Erst der Antigrav stabilisierte die Jet.

Lichtjahreweit griffen die Hyperortungen in den Weltraum

hinaus. Sie entdeckten Sonnen mit Planeten, aber keine Raumschiffe. Auch die überlichtschnelle Funkortung schwieg.

»Entweder wurden wir in eine gottverlassene Gegend der Milchstraße verschlagen«, begann Bully, »oder«, er zögerte, seine Überlegungen auszusprechen, »was wir wahrnehmen, ist nicht unsere Realität.«

»Eine Pararealität?«, fragte jemand.

Bull nickte verbissen. »Diese Vermutung besitzt die größte Wahrscheinlichkeit.«

Im Zusammenhang mit der Inquisition wurden die Terraner mehrfach mit Pararealitäten konfrontiert. Da ist die höchst seltsame Welt Quintatha in Tradom. Der Zugang zu ihr führte über das ungeheuer starke fünfdimensionale Feld des Planeten Linckx. Die Valenter traten auf Quintatha in Erscheinung – ebenso war bekannt, dass die Valenter auch das Hauptkontingent der Besatzung auf den AGLAZAR-Schlachtschiffen stellten.

»Du vermutest, dass der Katamar eine solche Pararealität als Waffe einsetzt?«

Reginald Bull zögerte. »Nein, das glaube ich nicht«, antwortete er nachdenklich. »Aber möglicherweise sind die starken Hyperfelder der Grund, dass der havarierte Raumer ausgerechnet in diesem System den Überlichtflug beendete. So, wie ein verletztes Tier seinen Bau aufsucht.«

»Das heißt, der Katamar könnte sich vor unseren Augen befinden, aber wir sehen ihn nicht, weil er auf einer anderen Wirklichkeitsebene liegt?«

»Wir sehen ihn nicht, wir orten ihn nicht …«

»Aber wir würden möglicherweise über ihn stolpern, sobald wir nahe genug sind?«

Reginald Bull stutzte. »Einen Versuch wäre es wert«, sagte er.

Vor über einer Stunde war die Space-Jet auf der Insel gelandet, die Tierwelt überwand allmählich die Scheu vor dem Monstrum und traute sich näher heran. Doch abermals stob alles in panikerfüllter Flucht davon, als dieses Ungeheuer sein kantiges Maul aufriss und zwei kleinere fliegende Monster ausspie.

Die einzigen Tiere, die offensichtlich keine Scheu kannten, waren ein Rudel pelziger Wesen, keines größer als einen Meter. Mehrere von ihnen richteten sich auf den kräftigen Hinterläufen auf und blickten den bewaffneten Fluggleitern entgegen. Sofort fühlte sich Reginald Bull an irdische Murmeltiere erinnert.

Mit wachsender Geschwindigkeit entfernten sich die Gleiter in nahezu entgegengesetzter Richtung. Sie jagten über die Seenlandschaft dahin, die für Kosmobiologen eine wahre Goldgrube gewesen wäre.

Nichts behinderte den Funkverkehr der Gleiter untereinander und mit der Space-Jet.

Zweihundert Kilometer Distanz. Am fernen Horizont zeichnete sich ein schroffes Gebirge ab; das Land davor nahm wüstenartigen Charakter an.

Reginald Bull befahl den Rückflug. Sich weiter vom Diskus zu entfernen war nicht seine Absicht gewesen. Die Ortungen zeigten weder einen Hinweis auf den Katamar noch eine Überlappung der Realität, die sich aus Schattenrissen oder anderen schwer erklärbaren Phänomenen hätte ableiten lassen. In einer weit gezogenen Kurve nach Süden flog der Gleiter zurück.

Etwa zwanzig der kleinen Pelzwesen liefen mit beachtlicher Geschwindigkeit ebenfalls nach Süden. Sie sprangen auseinander, als die Maschine im Tiefflug über sie hinwegzog.

Der Pilot des anderen Gleiters meldete, dass er ebenfalls den Rückflug einleitete. Seit der Landung der Space-Jet war die Sonne ein beträchtliches Stück weitergewandert; sie näherte sich bereits dem Horizont. In der rötlichen Abenddämmerung stieg Dunst von den Wasserflächen auf. Der Nebel wurde dichter. Innerhalb von Sekunden schrumpfte die Sicht bis auf wenige Dutzend Meter.

»Der Funkverkehr ist gestört!«

»Die Ortung fällt aus! Das sind verrückte Werte, die da noch hereinkommen.«

»Runtergehen!«, befahl Bully. »Gegenschub!«

Es war bereits zu spät. Der Gleiter steckte im dichtesten Nebel, in dem sogar Begriffe wie oben und unten ihre Gültigkeit verloren.

»Zäh wie Sirup«, schimpfte der Pilot. »Die Steuerung reagiert nicht mehr.«

Sogar die Zeit schien stillzustehen. Es gab keine Bezugspunkte mehr, die man anmessen konnte. Dem Schweigen in der Kanzel des Gleiters haftete etwas Endgültiges an.

Doch unvermittelt erschien ein Aufgluten voraus, ein Feuerball, der aus dem Nichts heraus entstand, sich aufblähte und ebenso rasch wieder zusammenfiel.

Strahlenfinger rissen den Dunst auf.

»Dort wird gekämpft.«

Viel mehr als die irrlichternden Energien konnten sie nicht erkennen. Aber der Gleiter schien direkt darauf zuzurasen.

19.

Wenig mehr als eine Stunde war vergangen. Die kleine Streitmacht des Imperators hatte sich nicht mehr vergrößert und würde wohl auch keinen weiteren Zuwachs erhalten. Allerdings war es gelungen, Shift Eins wieder in Bewegung zu setzen. Mit mäßiger Geschwindigkeit krochen beide Fahrzeuge, auf jedem zwei Kampfroboter verankert, dem Katamar entgegen.

Ein heftiger Sturm fegte über das Land. Er hatte die Nebelschwaden aufgerissen und verwirbelt, doch inzwischen trug der Sturm Staub und winzigste Kristallsplitter mit sich. Sobald sie in dichten Schleiern heranpeitschten, erfüllte ein unheimliches Knirschen die Panzer.

Ihre Ortungen versagten kläglich. Es war dieser kristalline Staub, der die auf überlichtschneller Basis arbeitenden Geräte lahm legte und sogar trügerische Schattenbilder hervorrief. Hin und wieder rollten neben den beiden Shifts andere Fahrzeuge nach Westen. Niemand achtete mehr darauf, zumal sich die Erscheinungen nach gewisser Zeit von selbst verflüchtigten.

Eine unwirtliche Welt, registrierte Bostich. *Wie geschaffen dafür, den havarierten Katamar jedem Zugriff zu entziehen.*

Eine zufällige Ortung des Wracks war so gut wie ausgeschlossen. Der Imperator glaubte, dass das Schlachtschiff der Inquisition selbst aus wenigen Lichtminuten Entfernung nicht angemessen werden konnte. Die Schwankungen des fünfdimensionalen Strahlungshintergrundes, die zeitweise zur Intensität eines Hypersturms anschwollen, machten zuverlässige Messungen einfach unmöglich. Vor allem schien der Kristallstaub eine höherdimensionale energetische Sättigung zu enthalten. Lag die Ursache aller Phänomene darin begründet?

Unvermittelt vernahm Bostich laute Schreie, begleitet vom Aufheulen der Turbine im Leerlauf. Gleich darauf das Gefühl, dass der Shift sich zur Seite neigte. Ein harter Ruck presste den Imperator in die Magnetgurte, die sich selbsttätig geschlossen hatten. Ein lautes Dröhnen hallte durch die Kabine und wurde vom Mahlen der Ketten übertönt.

Der Shift rutschte weiter ab, hing jetzt in bedrohlicher Schräglage fest. Völlig unerwartet war der Untergrund eingebrochen. Ein Krater hatte sich geöffnet, dessen Tiefe unmöglich abzuschätzen war. Der Pilot schaffte es zwar, dass der Shift nicht umstürzte, die mahlenden Ketten fanden dennoch keinen ausreichenden Halt, zumal unaufhörlich lockeres Geröll nachstürzte. Ein wahrer Gesteinshagel prasselte auf das Fahrzeug herab.

Die kopfgroßen Brocken wurden aus der Tiefe heraufgeschleudert. Mit wenigen Schaltungen führte Bostich die Optiken nach. Wirbelnde Bewegungen erschienen auf dem Schirm. Zuckende, bizarre Gliedmaßen. Sie waren schwer im Detail zu erkennen und so düster wie der Kraterwall selbst.

Etwas betrachtete den Shift als willkommene Beute. Eine heftige Erschütterung durchlief das Fahrzeug, als ein Fangarm gegen das Heck peitschte.

Die außenbords verankerten Kampfroboter hatten sich bereits abgelöst. Bostich sah einen von beiden im Zentrum des Kraters verschwinden, während der andere versuchte, den weiter abrutschenden Panzer zu stabilisieren. Das Flugaggregat reagierte nach wie vor nicht.

Augenblicke später eine grelle Explosion, gefolgt von einem neuerlichen Geröllhagel. Danach trat Ruhe ein. Ruckartig, immer noch mühsam gegen nachgebendes Gestein ankämpfend, gewann der Shift wieder an Höhe.

Der Kampfroboter war verloren, das zeigte sein letzter Funkimpuls; er hatte sich selbst zur Explosion gebracht, als die Tentakel seinen Rumpf wie dünnes Blech eingedrückt hatten.

Shift Eins behielt die Führung bei. Am Horizont tobte ein heftiges Gewitter. Die wogende Schwärze schien undurchdringlicher zu werden, je näher die Panzer ihr kamen. Es handelte sich um jene Schwärze, die schon vom Weltraum aus zu erkennen gewesen war und den Katamar zeitweise verschluckt hatte.

Noch blieb das Wrack wissensdurstigen Blicken verborgen. Doch allmählich zeichnete sich eine Höhenlinie ab, so geradlinig, dass sie nur künstlichen Ursprungs sein konnte.

Ein stählerner Wall wuchs in der Ferne auf. Das war die zerstörte Seite des Doppelrumpfschiffs. Ausgeglühter, aufgerissener Stahl, zähflüssig geschmolzen und bizarr wieder erstarrt, tief in den Untergrund eingegraben und hinter einem aufgeworfenen Wall aus Erdreich und zermalmten Kristallbäumen halb verborgen. Dichter Rauch lastete über dem Wrack und seiner Umgebung. Der Sturm hatte sich gelegt und war einer eigentümlichen Stille gewichen.

Einer der Soldaten behauptete, das Land halte den Atem an. Der Imperator reagierte nicht auf die Feststellung, obwohl er selbst eine ungewohnte Anspannung spürte. Abgesehen vom unsteten Flackern energetischer Entladungen, schien rings um das Wrack alles in Reglosigkeit erstarrt zu sein. Da gab es keine Fahrzeuge, keine ausgeschleusten Beiboote, die den Absturz überstanden hatten. Das Wrack schien leer und verlassen zu sein.

Längst quälten sich die Shifts nicht mehr hintereinander über den felsigen Untergrund, die Distanz zwischen ihnen wurde größer. Das verringerte das Risiko, von einem neuerlichen einzelnen Feuerschlag vernichtet zu werden.

Wenig später stoppten die Panzer am Fuß des aufgeworfenen Erdwalls im optisch toten Winkel. Nahezu zweihundert Meter hoch türmten sich Geröll und Erdreich, eine von starker Hitze verbackene Masse, die bislang nicht zur Ruhe gekommen war. Fortwährend erodierte die steile Wand, donnerten Lawinen in die Tiefe.

Solange die Triebwerke nicht wieder arbeiteten, war es unmöglich, mit Shift Eins diesen Wall zu überwinden.

»Wir steigen aus!«, bestimmte Bostich. »Wenigstens die Flugaggregate der Kampfanzüge funktionieren noch. Shift Zwei gibt uns Feuerschutz.« Zudem verfügten sie noch über drei Kampfroboter, deren Vernichtungskraft der des Flugpanzers ebenbürtig war.

Nacheinander verließen sie die geöffnete Druckschleuse. Niemand zweifelte daran, dass Besatzungsmitglieder des Schlachtschiffs die Explosion in der einen Rumpfhälfte und den folgenden Absturz überstanden hatten, die Frage war nur, wie viele Gegner wirklich noch handlungsfähig waren.

Die Roboter verharrten knapp unterhalb des Walls. Etwa einen Kilometer entfernt hing der zweite Shift in Position. Nur der Pilot und ein Soldat befanden sich noch an Bord, die anderen Männer hatten den Flugpanzer schon verlassen. Bostich und die sechs Angehörigen seines Trupps schwebten in einer lang gezogenen Kette in die Höhe.

Wenige hundert Meter zur Rechten brach ein ganzes Stück des Steilhangs ein. Kristallstaub wirbelte auf. Bostich, der instinktiv den Strahlenkarabiner herumgerissen hatte, glaubte für einen flüchtigen Moment, inmitten des Staubs eine fremde Welt zu sehen. Dampfender Dschungel bildete einen extremen Kontrast, doch die Wahrnehmung erlosch abrupt. Unwillig schüttelte der Imperator den Kopf.

Endlich stand er oben auf dem Wall und konnte das Wrack fast in seiner gesamten Ausdehnung überblicken. Es war immer noch gigantisch, und er musste den Kopf weit in den Nacken legen, um den Katamar in voller Höhe zu erfassen.

Unbewegt wie eine Statue verharrte er zwischen aufgetürmten Erdschollen. Der Strahlenkarabiner lag in seiner Armbeuge, aber nirgendwo zeigte sich ein Ziel. Das Wrack blieb ohne Lebenszeichen.

Bostich warf einen flüchtigen Blick auf die Messfunktionen seines Armbands. Gut dreihundert Meter tief hatte sich der AGLAZAR in den Untergrund gewühlt, im Durchschnitt um die zweihundert Meter maß der aufgeworfene Wall, also ragten immer noch mehr als fünfhundert Meter Stahl über ihm auf.

Der Anblick war erdrückend und völlig anders, als Bostich es gewohnt war. Das mochte daran liegen, dass er in den aufgerissenen und ausgeglühten Leib des Ungeheuers schaute. Obwohl immer noch Hunderte Meter entfernt, hatte er das beklemmende Gefühl, in die erstarrten Eingeweide des fremden Schiffs hineingreifen zu können.

... hineingreifen zu müssen. Der Verlockung zu widerstehen kostete Kraft. Bostich ertappte sich bei dem aberwitzigen Gedanken, einfach den Abhang hinunterzulaufen und das Schiff für Arkon in Besitz zu nehmen. Er stieß einen ärgerlichen Laut aus.

Sein Blick wanderte weiter.

Zwischen ihm und dem Wrack formierten sich Qualm und hitzeflirrende Luft. Tief unten brodelte noch flüssiges Metall, aus der Höhe abbrechendes Erdreich ließ es zähflüssig aufspritzen.

Der Katamar verlor sich fast drei Kilometer entfernt im aufsteigenden Dunst. Düster gähnend inmitten der Zerstörung mehrere Durchbrüche zur anderen Rumpfhälfte. Auch dort war nirgendwo Bewegung zu erkennen.

War es nicht das, was er haben wollte: ein Schlachtschiff der Inquisition, die Technik einer fast vierhundert Millionen Lichtjahre entfernten Galaxis. Zum ersten Mal in seinem Leben zögerte Bostich. Er wusste nicht, warum. War es die Aura einer seltsamen Bedrohung, die er zu spüren glaubte?

Seine Hände schlossen sich fester um den Karabiner. Noch einmal glitt sein Blick über die aufgerissenen Strukturen. Das Schlachtschiff war keinem Angriff von außen zum Opfer gefallen. Es war deutlich zu erkennen, dass sonnenheiße Energien im Innern getobt hatten.

Eine jähe Erschütterung durchlief den Hang, gefolgt vom Dröhnen abrutschender Gesteinsmassen. Risse, eben noch kaum sichtbar, weiteten sich gedankenschnell aus. Dann brach auch vor Bostich ein Teil des Hanges weg und verschwand in der Tiefe. Tausende Tonnen Geröll gerieten in Bewegung.

Einer der Soldaten war mitgerissen worden. Bostich sah ihn noch, als er von aufstiebenden Dreckwolken verschluckt wurde. Einen kurzen Augenblick später aktivierte der Mann sein Tornisteraggregat und löste sich aus der Lawine. Er flog auf das Wrack zu.

Bostich folgte ihm, und das war der Befehl für alle.

Der Blitz zuckte heran, als sie das Wrack fast erreicht hatten. Fünfzig Meter neben Bostich wurde einer der Soldaten getroffen. Das einfache Schirmfeld, das ihn umgab, flackerte grell auf. Wahrscheinlich hätte es sogar standgehalten, aber da vereinten sich weitere Energieschüsse im Ziel.

Der Imperator sah den Individualschirm des Soldaten zusammenbrechen und ließ sich wie einen Stein absacken. Genau das rettete ihm das Leben. Armdicke Thermostrahlen jagten dicht über ihn hinweg und schnitten feurige Spuren in den Geröllwall.

Irgendwo im Bereich der ehemaligen oberen Decks verbargen sich die Angreifer.

Die eigenen Kampfroboter feuerten gleichzeitig mit Impuls- und Desintegratorgeschützen. Eine Serie von Einschlägen ließ das gegnerische Feuer schwächer werden.

Drei Treffer registrierte Bostich, bevor er das Wrack erreichte. Die ausgeglühte Röhre eines Lastenantigravs hing noch schräg in ihren Verankerungen. Hitze und Explosionen hatten die Schachtwandung aufgerissen, aber Teile des Decks verschont. Wie ein schmales, nur mehrere Meter breites Band zog sich die Wabenstruktur rund um den Schacht und kragte sogar einige Dutzend Meter weit nach innen über. Dahinter, in flackernder Düsternis, zeichnete sich eine aufgerissene Wand ab. Vermutlich hatte sie einen Hangar vom übrigen Schiff abgegrenzt.

Bostich verharrte in der Deckung der Antigravröhre und versuchte, möglichst viel von seiner neuen Umgebung in sich aufzunehmen.

Der Shift schwebte keine fünfzig Meter entfernt an ihm vorbei und zog heftiges Abwehrfeuer auf sich. Den Standort zweier Gegner erkennen, die eigene Waffe in Anschlag bringen und auf Dauerfeuer schalten war für den Imperator eins. Die beiden Angreifer hatten keine Chance.

»Nach oben!«, dröhnte eine Stimme im Helmempfang. »Knapp zweihundert Meter unter dem höchsten Punkt.« Es war unnötig geworden, Funkstille zu halten.

Schon weit voraus entdeckte Bostich zwei der eigenen Kampfroboter. Sie hatten zweifellos die Absicht, auf den genannten Decks einen Brückenkopf zu schaffen.

Der dritte Roboter strebte einem der schwach erkennbaren Übergänge in die andere Schiffshälfte zu. Er folgte drei Soldaten, die ihm ein Stück weit voraus waren. Auch der Shift schwenkte herum.

Bostich hatte den Befehl gegeben, sich nicht in der zerstörten Schiffshälfte aufhalten zu lassen. Der Durchbruch musste schnell erfolgen und durfte den Gegnern keinesfalls Zeit lassen, sich taktisch darauf einzustellen. Nur im anderen Rumpfsegment waren die Valenter verwundbar; aber auch das hing von der Situation ab, die man antraf. Dass er selbst über zu wenig Leute verfügte, war Bostich schmerzhaft bewusst. Er hatte gehofft, die Besatzung des Katamars überrennen zu können.

Bostich I. zögerte einige Sekunden zu lang, sich dem Shift anzuschließen, und als er sich endlich dazu entschloss, wurde der Flugpanzer von schwarzen, tonnenförmigen Robotern angegriffen. Sie fielen aus der Höhe herab und eröffneten sogleich das Feuer aus ihren Strahlgeschützen.

Bostich warf sich gerade noch rechzeitig herum und schloss die Augen. Trotz der Dämpfung des Helms durchdrang eine unerträgliche Helligkeit die Lider und brannte einen Schattenriss des Geschehens in die Netzhaut ein.

Es dauerte Sekunden, bis der Imperator wieder einigermaßen klar sehen konnte. Der Shift entfernte sich, von sechs oder sieben Robotern gejagt. Zwei der massigen Boliden wurden soeben von Explosionen zerrissen, ein dritter torkelte nach einem Streifschuss und dem Zusammenbruch seines Schutzschirms unkontrolliert davon. Augenblicke später stürzte er ab und verglühte Hunderte Meter tiefer in irrlichterndem Flackern.

»Wir müssen uns sammeln!«, befahl Bostich. »Wenn sie es schaffen, uns zu trennen, haben sie leichtes Spiel. Wir sind zu wenige.«

Zwei Valenter erschienen unter ihm. Er kannte diese Wesen seit der Landung des Konquestors Trah Rogue auf Terra. Sie waren martialisch wirkende, kräftige Kämpfer, wenn auch ihre Körpergröße längst nicht arkonidisches Gardemaß erreichte. Als sie ihn entdeckten, schoss Bostich. Dann hastete er weiter. Offenbar hatte der mit der ZHYM'RANTON abgesprochene Narkosebeschuss nichts bewirkt.

Ein Hilferuf erreichte ihn von den verbliebenen oberen Deckstrukturen. Die Gegenseite war im Begriff, ihre Kräfte in diesem Bereich zu massieren.

»Langsam zurückziehen!«, bestimmte er.

»Verzeiht, Begam, aber wir verstehen nicht …«

»Absetzen! Ich schicke den Shift zu Hilfe.«

Die schweren Waffen des Flugpanzers mussten die Verfolger schnell zurückschlagen. Dann blieb immer noch die Entscheidung, wo der Durchbruch in den anderen Rumpf erfolgen sollte.

Eine Serie heftiger Explosionen ließ Bostich aufmerken. Der Shift war in ein schweres Gefecht mit gegnerischen Robotern verstrickt. Mittlerweile zwanzig der tonnenförmigen

Kolosse versuchten, den flackernden Schutzschirm des Panzers vollends aufzubrechen.

Die beiden arkondischen Kampfroboter griffen nun endlich ein.

Und dann geschah das Unglaubliche: Der Shift sackte schwer getroffen ab. Wie Aasgeier stürzten die gegnerischen Roboter heran. Drei … vier … fünf von ihnen wurden nacheinander von Explosionen zerrissen, aber auch aus dem Panzer stach eine Stichflamme hervor.

Mehrere Valenter kamen aus der Richtung, in der zuvor die drei Soldaten und nach ihnen der eigene Kampfroboter verschwunden waren. Nicht einen Moment lang zweifelte der Imperator daran, dass er die drei Männer nicht wieder sehen würde.

Die Valenter eröffneten das Feuer auf ihn. Bostich warf mehrere Mikrogranaten und schaltete sein Flugaggregat auf Beschleunigung. Die Sprengsätze detonierten zwischen den Angreifern aus Tradom.

Mittlerweile waren die untersetzten Kämpfer mit den Brillen überall. In halsbrecherischem Flug schrammte Bostich an ausgeglühten Deckstrukturen vorbei, um zu seinen Soldaten auf den oberen Etagen aufzuschließen. Zweimal wurde der Imperator getroffen, und jedes Mal verdankte er es nur seiner Reaktionsschnelligkeit, dass er den nächsten Schüssen entging. Diese hätten zweifellos den Schutzschirm durchschlagen.

Weitere Mikrogranaten hielten einige Verfolger auf. Doch die Übermacht war zu groß.

Bostich wusste seine Chancen realistisch einzuschätzen. Ohne den Shift und ohne eigene Roboter würde er sich mit den verbliebenen Soldaten nur noch kurze Zeit behaupten können.

Einer der schwarzen Roboter materialisierte vor ihm scheinbar aus dem Nichts heraus. Zu spät für ein Ausweichmanöver. Ausgeglühte, miteinander verschmolzene Trägerstrukturen versperrten Bostich den einzig möglichen Fluchtweg weiter in die Höhe.

»Für Arkon!«, keuchte der Imperator und griff den Roboter an, dessen Schutzschirm dem Dauerfeuer des Karabiners mühelos widerstand.

Dann ein greller, alles auslöschender Blitz …

20.

Übergangslos veränderte sich die Umgebung. Ein Kraterwall sprang dem Gleiter geradezu entgegen – dahinter, Hunderte Meter hoch aufragend, ein gewaltiges stählernes Gebirge.

»Der Katamar!«, stieß der Pilot hervor. In halber Höhe jagte der Gleiter am aufgerissenen Rumpf entlang. Energieschüsse verfehlten ihn um große Distanz.

»Wir haben Verfolger am Hals!«

Auf den Schirmen waren die beiden Roboter deutlich zu erkennen: plumpe, mobile Geschützstationen. Auf ihren Prallfeldkufen waren sie im Bodenkampf ernst zu nehmende Gegner, doch im Luftkampf waren sie einem schnellen Gleiter haushoch unterlegen.

»Sie holen auf«, warnte Reginald Bull.

»Lass sie ruhig kommen.«

Ein kurzes seitliches Pendeln, mehrere Schüsse verfehlten die Maschine nur um Haaresbreite. Dann jagte sie steil in die Höhe, lag eine, höchstens zwei Sekunden lang auf dem Rücken und vollendete den Looping hinter den gegnerischen Robotern, von denen gleich darauf nur noch zwei expandierende Glutwolken zeugten.

»Nicht übel«, kommentierte Bully.

Der Katamar fiel unter ihnen zurück. Unübersehbar der tiefe Graben, den das AGLAZAR-Schlachtschiff in die Steppe gerissen hatte.

»Und nun?«

Bully schaute den Piloten an. Seine Mundwinkel zuckten. »Wir holen uns das, weswegen wir hier sind«, sagte er eisig.

Der Mann neben ihm grinste leicht. »Ich wusste doch, dass ein Einsatz mit dir alle Garantien für eine Rückkehr bietet.«

»Nein«, sagte Bull. »Genau das stimmt eben nicht.«

Ein Seufzen antwortete ihm. »Wir beide allein gegen den Rest der Welt …«

»… und gegen Arkon«, fügte Bully hinzu. »Ich frage mich, ob wir Bostich und seine Leute wirklich da rausholen sollen.«

»Warum tun wir es dann?«

»Weil wir auf Dankbarkeit hoffen?« Bull zuckte mit den Schultern. Die Geste wirkte unschlüssig.

Erneut tauchten Roboter auf. Sie eröffneten sofort das Feuer. Der Gleiter sprang über den Katamar hinweg und taumelte auf der anderen Seite dicht am Erdwall entlang. Auch hier hatte der Absturz schwere Schäden am Katamar hinterlassen: eingedrückte Rumpfsegmente, aufgerissene Hangarschotten …

Wieder eine jähe Kursänderung. Ohne funktionierende Absorber hätten die Fliehkräfte zumindest einen vorübergehenden Black-out des Piloten bewirkt. Diesmal feuerte er keine Thermoschüsse ab, sondern Selbstlenkprojektile, jedes nur so lang wie ein menschlicher Unterarm, aber von enormer Brisanz.

Der Kampfgleiter jagte mit wachsender Geschwindigkeit den Graben entlang, tief genug, um einer möglicherweise noch funktionierenden Geschützerfassung des Katamars kein Ziel zu bieten. Reginald Bull schwitzte.

»Du hoffst, Bostichs Tod würde die Politik des Imperiums verändern?«

Endlos lange Sekunden vergingen, in denen Reginald Bull über den tieferen Sinn der Frage nachdachte. »Zurück!«, stieß er endlich hervor. »Wir lassen niemanden im Stich, der Hilfe nötig hat.«

Genau darauf hatte Hank Stuart gewartet. Der Katamar wuchs in seiner düsteren Imposanz wieder vor dem Gleiter auf. Nacheinander erschienen die Bereitschaftsanzeigen aller Waffensysteme auf der Frontscheibe.

Ein Knistern wie von schweren atmosphärischen Störungen durchlief das Cockpit, gefolgt von einer vor Erregung bebenden Stimme: »Wir sehen den Katamar vor uns. Bull, Hank, seid ihr hier irgendwo?«

»Norgan, bist du das?«

»Und ob.«

Eine zweite Stimme mischte sich ein. Sie gehörte dem Piloten des anderen Gleiters. »Irgendwie haben wir es geschafft, das Paradies zu verlassen. An den Koordinaten, an denen ihr verschwunden seid. Eigentlich schade.«

»Ich messe energetische Entladungen im Wrack an«, erklang es von der Space-Jet.

»Die Arkoniden sind schon drin.«

»Da mischen wir doch mit, oder? – Oder etwa nicht?«

Reginald Bull und Hank Stuart entdeckten die Space-Jet gleichzeitig. Nur wenige Kilometer entfernt stieß sie aus der Höhe herab und verzögerte bis fast zum Stillstand.

»Einsatzbefehl!«, sagte Bully.

Der Diskusraumer kippte über die Seite ab und tauchte in den Kraterwall ein. Augenblicke später folgte der zweite Kampfgleiter.

Warum tue ich das? Zumal ich genau weiß, dass ich mein Eingreifen bald bereuen werde. Bostich ist nicht der Mann, der Dankbarkeit empfindet.

Vor Bully öffnete sich die düstere Weite des ausgebrannten Rumpfsegments. Eine verheerende Explosion hatte sich im Mittelschiff ausgetobt, dort gab es fast nur noch Leere, die von überkragenden Rumpfsegmenten in eine dürftige Form gepresst wurde.

Erst im Zentrum des Zeppelinkörpers begannen größere Deckstrukturen, von unglaublicher Hitze verformt und in den Anblick einer monströsen Tropfsteinhöhle verwandelt. Weniger widerstandsfähige Zwischendecks und Trennwände existierten nicht mehr oder hatten sich mit den undefinierbaren

Schrotthaufen großer Aggregate verbunden, die hin und wieder düstere Entladungen ausspien wie die Aufrisse eines überlasteten Paratron-Schutzschirms.

Was im unteren Rumpfdrittel vielleicht noch vorhanden gewesen war, hatte der Aufprall zusammengestaucht, zerfetzt und mit eindringendem Erdreich verbacken.

Der Gleiter zog über die brennenden Überreste eines arkonidischen Flugpanzers hinweg und näherte sich einem Deckfragment, von dem aus Kampfroboter aufstiegen. Stuart feuerte mehrere Raketen ab. Sie stoppten den Vormarsch der Roboter, aber schon drängten weitere Kolosse aus dem Hintergrund heran.

»Nicht kleckern, sondern klotzen!«, stieß Reginald Bull hervor. »Solange sie auf dem Deck sind, haben wir noch leichtes Spiel.«

»... und dann weg hier.«

Ein Dutzend miteinander verschmelzende Explosionen entfesselten eine Feuerwalze, die mit vehementer Gewalt durch das Wrack schoss. Die Druckwelle streifte den Gleiter noch und wirbelte ihn aus dem Kurs, aber Stuart hatte seine Maschine sofort wieder unter Kontrolle.

Sekunden später flammte ein zweiter, kaum weniger greller Feuerball auf. Lodernde Bruchstücke bohrten sich, von weiteren Detonationen begleitet, in den Erdwall. Ein heftiger Gesteinshagel war die Folge.

Erst in dem Moment erkannte Reginald Bull, dass der andere Gleiter im Abwehrfeuer der Valenter explodiert war. Auch die eigene Maschine wurde aus mehreren Richtungen beschossen.

Stuart zog sie steil in die Höhe, ließ sie über den linken Stummelflügel abkippen und tauchte in eine der größeren Deckstrukturen ein.

Die Situation war so gänzlich anders als alles, was Reginald Bull bisher erlebt hatte. Das war kein Gefecht im freien Weltraum oder inmitten eines Asteroidenschwarms; auch eine

Jagd durch die Häuserschluchten einer modernen Stadt besaß andere Dimensionen. Die Enge der zerstörten Decks wirkte bedrückend, aber zugleich war da die vermeintliche Weite des restlichen Rumpfes …

Valenter tauchten vor ihnen auf. Stuart feuerte kompromisslos. Überall enstanden Flammen und schwirrende Trümmer umher.

Bully glaubte zu spüren, dass der Gleiter mehrfach getroffen wurde, aber schon fiel das alles unter ihm zurück. Der Pilot schraubte die Maschine in einem riskanten Manöver in die Höhe, er reagierte so präzise und emotionslos wie ein Roboter.

Über ihnen hing die Space-Jet im Schutz ihrer Schirmfelder. Ringsum brannten viele Decks. Es gab keine gegnerischen Kampfroboter mehr, nur noch schwelende Trümmerhaufen. Und falls noch irgendwo Valenter waren, schienen sie sich zurückgezogen zu haben.

Bully sah einen TARA-V-UH mit einem reglosen Arkoniden im Griff eine Feuerwand durchbrechen und auf einem der oberen Decks verschwinden.

Bostich wird dein Eingreifen als Schwäche auslegen, dachte der Minister für Liga-Verteidigung bitter. *Du bist von ihm abhängig, Bully, das wird er behaupten und dich dabei seine Überlegenheit spüren lassen.*

Die eigene Verbitterung überraschte ihn. Zugleich wuchs die bildliche Vorstellung, der Imperator könnte im Feuer der gegnerischen Roboter den Tod gefunden haben – und dieser Gedanke, so seltsam es erschien, hatte etwas Beruhigendes.

Nein, Bully wünschte niemandem den Tod, er war nur eben nicht der Typ, der sich auf die eine Wange schlagen ließ und danach sogar noch die andere hinhielt. Bevor das geschah, krempelte er lieber die Ärmel hoch und schlug zurück, das aber mit aller Konsequenz.

»Sieht so aus, als hätten wir die Schlacht fürs Erste überstanden.« Norgan meldete sich über Funk. »Und jetzt, Reginald, tun wir uns mit den Arkoniden zusammen, oder?« Ein überraschter Aufschrei war zu vernehmen. »He, wer bist du, was …?« Ein dumpfes Gurgeln begleitete eine Reihe undefinierbarer Geräusche.

»Norgan!«, rief Bully. »Was ist los bei dir?«

»Einfach … aus dem Nichts heraus …« Die Stimme brach ab.

Dann das Geräusch eines fallenden Körpers.

»Norgan!«

Bull erhielt keine Antwort. Obwohl die Funkverbindung noch bestand.

Stuart riss den Gleiter zur Seite.

Bully verstand augenblicklich, dass der Pilot versuchen wollte, durch die Transparentkuppel der Space-Jet Einblick in deren Zentrale zu bekommen. Doch im selben Moment brach der Diskusrumpf auf, Glut quoll aus den entstehenden Rissen hervor, und gleich darauf explodierte das kleine Raumschiff.

Im Steigflug wurde der Kampfgleiter von umherwirbelnden Trümmern getroffen. Stuarts Aufschrei vermischte sich mit einem durchdringenden Dröhnen aus dem Heckbereich. Der Gleiter drehte sich um die Längsachse.

Alles ging wahnsinnig schnell. Brodelnde Glut ringsum, dann ein zweiter heftiger Schlag, ein Aufprall möglicherweise, doch Bully konnte das schon nicht mehr erkennen, weil die Konsole vor ihm in einem Funkenregen auseinander platzte. Das schrille Kreischen von Metall auf Metall durchdrang sogar den geschlossenen Helm. Der Gleiter war aufgeschlagen und rutschte in Schräglage über eines der Decks, bis ein neuerlicher Aufprall die Richtung veränderte. Die Absorber arbeiteten kaum noch, Reginald Bull wurde hart in die Gurte gepresst. Jeden Moment erwartete er, dass die Maschine haltlos in die Tiefe kippte und nach knapp einem Kilometer im freien Fall zerschellte.

Ich werde mit Bré Tsinga über meine irren Gedanken reden müssen … Was ist das? Selbstzerfleischung?

Gerade einmal ein paar Sekunden waren seit der Vernichtung der Space-Jet vergangen, doch für Reginald Bull dehnten sie sich endlos. Es war keine Furcht, die ihn erfüllte, schon gar nicht Panik, sondern weit eher eine unerklärliche Schwermut, die ihm die Kraft raubte. Diesmal, das glaubte er zu spüren, hatte er das Risiko auf die Spitze getrieben.

Eine unsichtbare Faust stoppte den Gleiter in einem Crescendo aus Splittern und Bersten. Einem letzten ohrenbetäubenden Dröhnen folgte beklemmende Stille.

Für die Dauer eines Atemzugs kämpfte der Aktivatorträger gegen lähmende Benommenheit an. Von irgendwoher erklang ein lauter werdendes, bedrohliches Prasseln. Flackernder Feuerschein zuckte durch das deformierte Cockpit.

Der Gleiter – oder vielmehr das, was von der Maschine noch übrig war – stand in Flammen. Bully bemühte sich, die Gurte zu öffnen. Es gelang ihm erst beim wiederholten Versuch. Sein Sessel war halb aus der Verankerung herausgerissen worden und hatte sich verkeilt.

Mit einem dumpfen Knall barst die Abschirmung zum rückwärtigen Teil der Maschine. Ein Feuersturm flutete heran, und plötzlich brannte es überall. Es gab genügend Materialien, die bei entsprechend hoher Temperatur aufflammten.

Reginald Bull achtete nicht darauf. Stuart hing besinnungslos im Sessel, ihn konnte er auf keinen Fall zurücklassen. Der Anzug des Piloten würde den Flammen eine gewisse Zeit standhalten, aber falls der Rest des Gleiters in einer Explosion verglühte, half auch ein Schutzschirm nichts mehr.

Die Temperatur stieg sprunghaft an, erreichte fünfhundert Grad Celsius und kletterte weiter. Verkleidungen begannen Blasen werfend aufzuwallen. Sobald sie zähflüssig abtropften, wurde es kritisch. Dann war das Höllenfeuer perfekt.

Hatte er nicht erst vor kurzem Bostich ins hinterste Fegefeuer gewünscht? Ärgerlich verdrängte Bully jeden Gedanken an den Imperator.

»Hank, verdammt, wach auf!«

Schlaff rutschte ihm der Pilot entgegen, als er endlich die Gurte offen hatte. Stuart war gut eineinhalb Kopf größer und nicht gerade ein Leichtgewicht, doch irgendwie schaffte Bull es, den Mann herauszuzerren und den Gleiter zu verlassen.

Die Maschine hing zwischen den Verstrebungen eines größeren Aggregats, und größer war in dem Fall annähernd der Durchmesser einer Korvette. Aber von alldem waren nur noch Fragmente zu sehen, und zwanzig Meter entfernt endete das Deck ohnehin. Der Widerschein des brennenden Gleiters, der jeden Moment explodieren konnte, brach sich in einem Konglomerat von Trümmern.

Den Valenter entdecken und die Waffe hochreißen war für Reginald Bull eins. Erst in der Bewegung registrierte er, dass die weit aufgerissenen Augen, die ihn anzustarren schienen, ohne Leben waren.

Ein gehetzter Blick in die Runde – hier drohte keine Gefahr mehr außer dem brennenden Gleiter. Rückwärts gehend zerrte Bull den Piloten mit sich. Den linken Arm hatte er unter Stuarts Achsel hindurchgeschoben, in der rechten Hand hielt er die Waffe.

Seine Gedanken kreisten nur um eins: *Weg von hier!* Wer ihm das vor einem oder zwei Tagen prophezeit hätte, hätte zu der Zeit ein mitleidiges Lächeln geerntet.

Endlich regte sich Stuart. Augenblicke später stand er wieder, wenn auch noch schwankend, auf den Beinen. Beide rannten einen ausgeglühten Korridor entlang, während hinter ihnen der Kampfgleiter von mehreren Explosionen auseinander gerissen wurde.

Der Hagel glühender Trümmer erreichte sie nicht mehr, gleichwohl waren die Erschütterungen heftig genug. Eine halbe Minute später fegte eine brühheiße Druckwelle durch den Korridor.

»Sind wir die Letzten?«, brachte der Pilot schwer atmend hervor.

Reginald Bull blickte ihn ungläubig an. »Ich weiß es nicht«, antwortete er zögernd. »Aber spielt das noch eine Rolle?«

21.

Das Schiff war unheimlich. Es strahlte eine Beklemmung aus, die Bull sich nicht erklären konnte. Sein Unbehagen wuchs mit jedem Schritt.

Es kommt aus dem anderen Rumpfsegment, erkannte er. Aber genau dort lag sein Ziel.

Der Korridor endete nach nicht einmal hundert Metern. Auch hier diese extreme Zerstörung, die vor nichts Halt gemacht hatte. Was immer geschehen sein mochte, die Schadensbilder konventioneller Waffensysteme waren anders. Unglaubliche Energien mussten hier getobt haben, Kräfte, wie sie wohl nur in den Speicherbänken schlummerten.

Nach oben gab es keinen Weg. Dort war alles zu einer kompakten Masse verschmolzen, ein psychedelisches Kunstwerk, das den Schöpfungen manches Künstlers ähnelte.

Als hätte jemand den Tod und die Schrecken dieses Jahrtausends festhalten wollen. Ein verrückter Gedanke. Benommen schüttelte Bully den Kopf. Das Konglomerat aus Stahl und Metallplastik, Maschinenteilen, Versorgungsleitungen und wer weiß was noch wurde von großflächigen Entladungen umflossen. Die hitzeflirrende Luft machte es schwer, wirklich Einzelheiten zu erkennen. Das Armband zeigte 165 Grad Celsius an.

Es gab nur den Weg nach unten. Stuart nickte schwach und ließ sich fallen, aber er schaffte es trotz des Antigravs nicht, seinen Sturz in ein sicheres Gleiten zu verwandeln.

Bull bekam ihn gerade noch zu fassen, ehe er sich an seitlich in den Schacht ragenden Stahlträgern aufspießen konnte. Unsanft schlugen sie beide auf dem Decksvorsprung auf, der als Einziger ein weiteres Vorankommen zu ermöglichen schien.

Stuart sank auf die Knie und stützte sich mit den Händen am Boden ab. Er schien es kaum zu registrieren, dass Bull die Funktionen seines Raumanzugs checkte.

»Alles einwandfrei.« Der Terraner hatte den Helmfunk nur auf wenige Meter Reichweite justiert. »Was ist los mit dir, Hank?«

»Ich weiß es nicht. Alles dreht sich, irgendwie. – Können wir nicht hier bleiben?«

»Nein«, sagte Reginald Bull schroff. »Hier erreichen wir gar nichts.«

Ruckartig hob Stuart den Kopf. Sein Gesicht war von wächserner Blässe, die dunkel geränderten Augen blickten matt. »Du willst Bostich einholen?«

Bull schwieg.

»Also weiter.« Der Pilot raffte sich auf und setzte stockend einen Fuß vor den anderen. Jeder Schritt schien ihm schwer zu fallen, aber er wandte sich nicht einmal um, ob der Terraner ihm wirklich folgte.

Bully schätzte die Entfernung bis zur Außenhülle oder zu einem Übergang in den anderen Rumpf auf höchstens noch fünfzig Meter. Zerstörung beherrschte das Bild: ausgeglühte Wände, der Boden aufgeworfen und von klaffenden Rissen durchzogen; Deckenelemente herabgebrochen, dazwischen zerfetzte Versorgungsleitungen, ein unüberschaubarer Irrgarten, in dem hin und wieder gewaltsam Material zur Seite geräumt worden war. Roboter hatten den Durchgang erweitert, aber ob das arkonidische Kampfroboter getan hatten oder der TARA-V-UH, den Bully gesehen hatte, blieb offen.

Der Gang weitete sich zu einer kleinen, zwanzig Meter durchmessenden Halle. Die Überreste eines humanoiden Kampfroboters lagen nur wenige Schritte vor der Einmündung des Korridors und weit verstreut die schwelenden Fragmente schwarzer Roboter. Mindestens drei der tonnenförmigen Boliden waren hier zerstört worden.

In die Halle mündeten ein an der Rumpfinnenseite verlaufender Ringkorridor und ein großer Antigravschacht. Die offene Schleuse am jenseitigen Ende stellte unverkennbar einen Übergang in den anderen Rumpf dar. Dort lagen von Strahlschüssen verstümmelte Valenter.

Stuart kniete neben einem Arkoniden nieder. Ein Impulsschuss hatte den Oberkörper des Mannes in einen Schlackeklumpen verwandelt und Haut, Fleisch und Knochen miteinander verbacken.

Der Arkonide hatte den Helm nicht geschlossen gehabt. Sein Kopf war zur Seite gesunken, das Gesicht wurde von den nackenlangen Haaren verdeckt. Stuart zögerte einen Moment, bevor er das Haar zur Seite strich. »Das ist nicht der Imperator«, brachte er stockend hervor, dann war nur noch sein ersticktes Keuchen zu hören. Er übergab sich, würgte krampfhaft seinen Mageninhalt heraus. Nach Luft ringend, riss er den verschmierten Helm hoch und wartete gar nicht erst darauf, dass die Selbstreinigungsfunktion zu arbeiten begann.

Bully, der ihm helfen wollte, schlug der Geruch von Galle entgegen. »Was ist los mit dir, Hank? Das ist doch nicht nur Übelkeit.«

»Ich weiß es nicht«, kam es stoßweise. »Seit wir in diesem Wrack sind …«

Bull spürte selbst einen unangenehmen Druck, der steigende Unruhe hervorrief. Wobei er annahm, dass sein Aktivatorchip einen Großteil des Einflusses absorbierte. Stuart war dem jedoch ungeschützt ausgesetzt.

Hing es ebenfalls mit der extremen Hyperstrahlung zusammen? Das erschien wahrscheinlicher, als die Ursache nur auf das Wrack zu schieben.

Stuart taumelte an den Toten vorbei, ohne sie genauer anzusehen. Erst unter dem Schott hielt er inne und lehnte sich an den Stahl. »Entschuldige«, sagte er zu Bull. »Ich weiß wirklich nicht, wo diese Übelkeit herkommt.«

Auf der anderen Seite zweigten nur zwei Korridore ab. Einer endete vor einem Lastenantigrav, der andere führte durch den Werkstattbereich. Solche Regionen unterlagen auf vielen Raumschiffen ähnlichen Gesetzmäßigkeiten. Deshalb und weil er nicht glaubte, dass die Arkoniden den Antigravschacht benutzt hatten, wählte Reginald Bull den zweiten Gang.

Er fragte sich, wie groß die Besatzungsstärke eines Katamars sein mochte. Doch das hing in erster Linie vom Automatisierungsgrad ab. Um ein Schiff dieser Größe eingeschränkt betriebsfähig zu halten, genügten möglicherweise fünfzig bis hundert Personen. Aber Waffensysteme, Technik, Versorgung, Hangars und Beiboote benötigten weiteres Personal, zumal sich die Schlachtschiffe im Kampfeinsatz befunden hatten, als sie in die Milchstraße durchgebrochen waren.

Also fünfhundert Personen. Mindestens. Und wie viele davon mochten sich in der anderen Rumpfhälfte aufgehalten haben, als die Katastrophe geschah?

Ein makabres Zahlenspiel. Überschlägig kam Reginald Bull zu dem Ergebnis, dass sich bestimmt noch an die zweihundert Valenter im Schiff befanden. Das war eine erdrückende Übermacht, andererseits verloren sie sich in dem gewaltigen Volumen.

Und Roboter? Da war alles offen.

»Worüber denkst du nach?« Stuarts Frage schreckte ihn aus seinen Überlegungen auf.

»Nur Zahlenspiele«, antwortete er ausweichend und fragte sich zugleich, warum er so seltsam reagierte.

Der vermeintliche Werkstattbereich entpuppte sich als eine Art Krankenstation. Die Räume, die Bull im Vorbeihasten einsehen konnte, wirkten steril und kalt. Und sie waren verlassen. Als gäbe es niemanden, der einer Behandlung bedurfte.

Keine Verletzten aus dem anderen Rumpf? Hatten die Explosionen und der Vakuumeinbruch automatisch zu einer vollständigen Abschottung geführt? Oder galten völlig andere Kriterien?

Die nächste Kreuzung der Korridore lag nur noch zwanzig Meter voraus, als dort Strahlschüsse aufzuckten. Bully lief unwillkürlich schneller, und Stuart folgte ihm dichtauf.

Sie erreichten einen größeren Vorraum der medizinischen Abteilung. Mehrere Arkoniden waren in einen Hinterhalt geraten, wurden aus verschiedenen Richtungen unter Feuer genommen und hatten selbst kaum Deckungsmöglichkeiten.

Fünf Personen zählte Bull. Dazu der TARA-V-UH und noch ein arkonidischer Roboter. Sich nach allen Seiten zu verteidigen fiel ihnen schwer.

Höchstens zehn Meter von Bull und Stuart entfernt brachten Valenter soeben ein undefinierbares Aggregat in Stellung. Vor ihnen riegelte ein flirrendes Energiefeld den Korridor ab, das wohl nur mit konzentriertem Beschuss zu durchschlagen war. Einzelne auftreffende Thermoschüsse wurden jedenfalls absorbiert.

Bully gab knappe Handzeichen. Stuart verstand, nickte und huschte weiter. Noch waren die Valenter nicht auf sie aufmerksam geworden.

Es fiel dem Terraner schwer, jemanden hinterrücks zu erschießen. Aber dann dachte er an die ungezählten Raumschiffsbesatzungen, die bei den bisherigen Kämpfen gegen die AGLAZAR-Schlachtschiffe den Tod gefunden hatten, und seine Skrupel schwanden. Mit zusammengebissenen Zähnen feuerte er, die Waffe auf scharfe Bündelung justiert.

Fünf Valenter starben unter seinen und Stuarts Schüssen, bevor die anderen reagierten und sich herumwarfen. Breitbeinig stand Bully an der Einmündung des Hauptkorridors, noch halb von der Wand gedeckt. Dennoch flammte sein Individualschirm unter den gegnerischen Treffern grell auf.

»Wir wollen in Ruhe gelassen werden«, knurrte Bull gereizt. »Kapiert das endlich.«

Er achtete nicht auf die Belastungsanzeige. Zwei weitere

hirschgesichtige Valenter gingen zu Boden, dann traf Stuarts Schuss eine gegnerische Waffe und setzte die Energien des Magazins spontan frei. Der Fremde taumelte noch einige Schritte weit und lief in den Thermoschuss eines anderen Valenters hinein. Dieser kurze Moment genügte Bull, sich in eine bessere Position zu bringen – und gleich darauf war das Gefecht entschieden.

»Das war die Kavallerie«, sagte der Terraner trocken. »Mit den anderen müsst ihr selbst fertig werden.« Ob die Arkoniden ihn hörten, konnte er nicht erkennen. Niemand antwortete ihm, obwohl er die gebräuchliche Helmfrequenz benutzt hatte.

Der Projektor des Energiefelds war mit dem seltsamen Aggregat verbunden. Mehrere Versuche, den Schirm abzuschalten, blieben erfolglos. Bully trat schließlich bis an die Einmündung zurück, die Stuart währenddessen überwacht hatte, und schoss auf das Gerät.

Bläuliche, knisternde Entladungen bildeten sich zwischen dem Schirm und dem Projektor, mehr geschah nicht. Sekunden später war der Korridor frei und auch diese Schlacht geschlagen. Nur einer erhob sich nicht mehr: Es war der Mann, den der TARA-V-UH gerettet hatte. Stuart kniete neben ihm nieder und schüttelte den Kopf.

Noch sicherten die Arkoniden nach allen Richtungen. Aber endlich kam einer von ihnen auf Reginald Bull zu. Der Strahlenkarabiner, den er in der Armbeuge hielt, zielte auf Bulls Bauch.

Fünf Meter vor dem Terraner blieb er stehen und ließ den energetisch stabilisierten Helm erlöschen. Seine Wangenknochen wirkten kantiger als für gewöhnlich, der Blick seiner Augen noch stechender. Die Lippen waren zwei schmale Striche in seinem schweißglänzenden Gesicht.

Er starrte Bully nur an.

Sekundenlang und unbewegt.

Dann wandte er sich ruckartig um. Erst ein schneidender Ruf ließ ihn innehalten.

Reginald Bull hatte ebenfalls den Helm geöffnet. Sein Gesicht schien wie aus Stein gemeißelt zu sein, über der Nasenwurzel hatte sich eine steile Falte eingegraben. Bullys Unmut und Zorn waren schwerlich zu übersehen.

»Bostich«, wiederholte er mit mühsam beherrschter Stimme. Die Anrede »Euer Erhabenheit«, die er sonst in aller Öffentlichkeit benutzte, vergaß er bewusst. »Ich erwarte von dir keine Dankbarkeit. Aber der Katamar betrifft alle Völker der Milchstraße – und Arkon ist noch lange nicht der unumstrittene Alleinherrscher.«

Sein Zusammenzucken konnte der Imperator nicht verbergen. Für einen Augenblick sah es so aus, als wolle er schießen, doch gleichzeitig erschien ein lauernder, verschlagener Ausdruck in seinem Gesicht.

Er ist wie ein Raubtier, das sich langsam an seine Beute anpirscht, dachte Bull. *Aber er ist gefährlicher. Niemand kann vorhersehen, wann er zuschlägt.*

Bostich zeigte ein oberflächliches, falsches Lächeln. »Wie sagt man auf Terra? Arkon holt wieder einmal die Kastanien aus dem Feuer. Diese Redewendung solltest du kennen, Bull. Allerdings werde ich keine Einwände erheben, wenn du«, sein Blick streifte Hank Stuart, der Mühe hatte, sich auf den Beinen zu halten, »wenn du und deine klägliche Truppe euch meinem Befehl unterstellt.«

Bully erstarrte. Seine Gedanken schweiften zurück nach Arkon. Golkana – die Festung der Qual, der Einsamkeit und Verzweiflung. Aber auch des Widerstands. Er fröstelte.

»Wir kennen noch ein Sprichwort auf Terra. Es sieht nicht so aus, als hättest du schon davon gehört, Bostich: Hochmut kommt vor dem Fall.« Bewusst benutzte er den Vornamen des Imperators, der seit seinem Amtsantritt nicht mehr gebraucht wurde. Der Imperator war mit Begam, Euer Erhabenheit oder ähnlich hochtrabenden Bezeichnungen anzureden, und das war etwas, was Bully absolut nicht mehr über die Lippen brachte.

Golkana! Reginald Bull starrte Bostich hinterher. Dieser hatte sich wortlos abgewandt. Seine Hand verkrampfte sich um den Strahler.

Golkana …

Er war nahe daran, den Namen herauszubrüllen und zu schießen, sobald der Imperator sich umdrehte. Bostich sollte erkennen, wer ihn tötete. *Ich will in dem Moment deine Augen sehen!,* dachte Bull. *Wie ist das, Bostich, zu wissen, dass man gleich sterben muss? Weißt du, wie man sich fühlt? Ich weiß es! Ich habe es mitgemacht in deinem verdammten Gefängnis. Dort bin ich viele Tode gestorben.*

Er wollte schreien. Aber er konnte nicht.

Sein Blick fraß sich an Bostichs Rücken fest. *Schieß!,* dröhnte es in seinen Gedanken. *Mach endlich der Qual ein Ende!* Nicht einmal das konnte er. Er starrte auf seine Hand mit dem Strahler und begriff selbst nicht, warum er die Waffe sinken ließ. Wie sehr hatte er diesen Moment doch herbeigesehnt. Manchmal glaubte er, dass sich damals ein Stück von ihm selbst verändert hatte.

Es gab den Reginald Bull noch, der er immer gewesen war. Den Menschen, der seine Träume Stück für Stück an Perry Rhodans Seite verwirklich hatte. Die Träume von einem Frieden wenigstens im Kleinen, von der Gleichberechtigung und Freiheit aller Völker.

Aber es gab seit einigen Jahren auch den anderen Bull, den, der ihm selbst mitunter Angst machte. Den Bull, der Rache für das Unrecht forderte, das ihm zugefügt worden war, der nur für diesen einen Augenblick zu leben schien und erst Ruhe finden würde, sobald Bostich seine gerechte Strafe erhalten hatte.

Er schaffte es nicht, über seinen eigenen Schatten zu springen und zu vergessen. Er konnte die Erinnerungen unterdrücken, das hatte er gelernt, doch irgendwann brachen sie wieder auf und quälten ihn.

Nur die Zeit würde alle Wunden heilen.

Bully wandte sich ab. Um seine Mundwinkel zuckte es. Er sah, dass Stuart ihn fragend musterte, aber er schüttelte nur schwach den Kopf. Er wollte nicht darüber reden, nicht hier und nicht heute.

Obwohl er dagegen ankämpfte, schlug die Erinnerung vollends über ihm zusammen:

Fast neun Jahre lag das alles inzwischen zurück. Für manche Menschen mochte das eine halbe Ewigkeit sein, doch für den Träger eines Zellaktivators, der es gewohnt war, in anderen Zeiträumen zu denken, bedeuteten neun Jahre herzlich wenig.

Eine unruhige Zeit in der Milchstraße ... Eigentlich nicht anders als heute. Die 17. Imperiale Flotte des arkonidischen Kristallimperiums hatte den nahe am Solsystem liegenden Sektor Topsid okkupiert. Das waren gewissermaßen die Schatten gewesen, die der späteren Ausrufung des Göttlichen Imperiums vorauseilten. Auf Topsid war er, Reginald Bull, den Arkoniden in die Hände gefallen und als Gefangener nach Arkon gebracht worden. Er hatte höchst brisante Verteidigungsgeheimnisse der LFT preisgeben sollen, aber lieber wäre er gestorben, als Terra auch nur mit einem einzigen Wort zu verraten.

Und er war gestorben. Immer und immer wieder. Die unbeschreiblichen Qualen arkonidischer Verhörmethoden gipfelten in der infiniten Todesstrafe.

Jedes Mal hatten die Medoroboter ihn in letzter Sekunde wieder ins Leben zurückgeholt. Um ihn wieder sterben zu lassen. Und dazwischen immer die ewig gleichen Fragen.

In dieser Zeit hatte er einen neuen Freund kennen gelernt: den Tod, den endgültigen Tod, den er letztlich herbeigesehnt hatte wie nichts anderes in seinem Leben.

Dass ihm die Flucht aus Golkana gelungen war, verdankte er glücklichen Umständen und dem Opfermut etlicher Terraner. Sie hatten ihr Leben riskiert, um nach Arkon zu gelangen – unter ihnen Roi Danton, Perry Rhodans Sohn –, und sie hatten das eigentlich Unvorstellbare wahr werden lassen und ihn nach Hause geholt, zurück auf die Erde.

Unwillig stieß Bully den Strahler ins Magnetholster zurück. Bostich hasste ihn, weil er allen Foltermethoden getrotzt hatte. Und weil er die erste Flucht eines Gefangenen aus Golkana als persönliche Niederlage ansah.

Eines Tags würde er vergessen.

Er hoffte es.

Er musste vergessen lernen – nicht nur für wenige Monate, sondern für immer. Weil ein Leben mit dieser Erinnerung, kein Leben war.

22.

Brückenkopf oder Gefangenenlager. Welche Bezeichnung auch immer die zutreffende sein mochte, gegenseitige Zurückhaltung bestimmte das Bild.

Seit drei Stunden lagerten sie in der medizinischen Abteilung, und der nächste Angriff ließ vermutlich nicht mehr lange auf sich warten.

»Wenn die Valenter wollen, hungern sie uns hier aus.« Stuart kauerte in Seitenlage am Boden, die Beine an den Körper gezogen und die Arme vor dem Leib verschränkt. Die Antigravliegen waren ohne Energie, er hatte lediglich sterile Tücher zusammengeknüllt und sie sich unter den Kopf geschoben. Die seltsame Schwäche wollte trotz eines Aufputschmittels nicht von ihm weichen.

»Wir werden hier keine Wurzeln schlagen«, antwortete Reginald Bull leise, »sondern in die Zentrale des Katamars vordringen.«

»Und Bostich?«

Bulls Miene verdüsterte sich. »Er denkt genauso. Aber er hasst mich. Wenn er könnte, würde er mich umbringen.« Er lachte verhalten. »Es ist ihm schon einmal nicht gelungen. Sein Vorzeigegefängnis liegt seitdem in Schutt und Asche.«

Er betrachtete den TARA-V-UH, der momentan ohne Prallfeld auf dem Boden stand. Der kegelförmige Kampfroboter war seine Lebensversicherung. Obwohl er mit nur 1,65 Metern Höhe und sechzig Zentimetern Basisdurchmesser deutlich kleiner war als der arkonidische humanoid gebaute Roboter, besaß er eine schlagkräftige Bewaffnung.

Bullys Blick wanderte weiter, hinüber zu den vier Arkoniden, die sich abgesondert hatten, als wollten sie mit den beiden Terranern nichts zu tun haben.

Falls du erwartest, dass Bostich zu dir kommt, musst du verrückt sein. Bully blickte auf die Zeitanzeige seines Armbands. Längst war der 11. März angebrochen, und er fragte sich, wie es außerhalb des Wracks aussah. Ohne Bostich und ohne den Katamar hätte diese Welt ein faszinierendes Forschungsgebiet geboten.

Jani wird mit der ROALD AMUNDSEN landen, sobald es möglich erscheint, das wusste der Terraner. Die Frage war nur, wie die arkonidische Thronflotte dazu stand, und die ANO MARENTIS verfügte zudem über eine beachtliche Schlagkraft. Was die Milchstraße derzeit am allerwenigsten brauchen konnte, war ein Nebenkriegsschauplatz, der sich hier aus einer Nichtigkeit heraus entwickeln konnte. *Eine Nichtigkeit?*

Bull verzog das Gesicht zur Grimasse. Für einen Augenblick glaubte er zu erkennen, dass es schlicht ein Privatkrieg war, den Bostich und er auszutragen gedachten – doch er wischte den Gedanken ebenso schnell beiseite, wie er aufgetaucht war. Genau darauf lief es hinaus: Bostich nutzte seine Überlegenheit und spielte auf Zeit, über die er nunmehr in überreichlichem Maß verfügte.

Ich war immer dagegen, ihm einen Zellaktivator zu geben. Niemals hätten wir uns von ihm erpressen lassen dürfen; er ist und bleibt ein Schurke. Mit einem ärgerlichen Kopfschütteln vertrieb Reginald Bull alle lähmenden Gedanken. Er spürte, dass der TARA ihn beobachtete, als er einige Schritte machte. Fünf Schritte hin, fünf zurück, wie ein gefangenes Tier im Käfig.

Und sein Zorn wuchs. Die Situation hatte sich auf unvorhersehbare Weise entwickelt. *Ich hätte es ahnen müssen! Das ist meine Aufgabe. Persönliche Gefühle sind fehl am Platz; sie sind Luxus.* Die Einsicht kam spät, und jetzt – nein, jetzt brauchte er sie auch nicht mehr.

Bully hielt in seiner ruhelosen Wanderung inne. Das

Nichtstun machte ihn wahnsinnig. Wäre da nur nicht die Befürchtung gewesen, dass Bostich auf einen günstigen Moment lauerte. *Ich verstehe nicht, wieso ich ihn nicht seinem Schicksal überließ. Nur weil Stuart und ich allein wenig Chancen haben? Weil ich auch meinem Feind die Hand ...? Nein, ich werde sie ihm nicht reichen, nicht einmal den kleinen Finger.*

Bully schreckte aus seinen Zweifeln auf, als Stuart sich auf den Ellenbogen hochstemmte. Eigentlich starrte der Pilot nur ins Nichts, doch die Art, wie er das tat, weckte Bulls Instinkt. Er glaubte, eine nahende Gefahr zu spüren, aber nicht einmal die Roboter mit ihren hochgezüchteten sensorischen Sinnen reagierten.

Nichts – da war nichts. Reginald Bull folgte Stuarts Blickrichtung mit den Augen. Zögernd griff er zur Waffe.

Jetzt schreckten auch die Arkoniden auf. Mit schrillen Lauten rannte ein Tier durch den Raum, knapp einen Meter groß, pelzig, mit kräftigen Hinterläufen. Es war aus dem Nichts gekommen, wie ein Teleporter materialisiert, aber Zeit, sich darüber Gedanken zu machen, blieb nicht.

Dem Tier folgte eine seltsame Erscheinung, ein künstliches Gebilde. Auf einem knapp einen Meter hohen silbernen Sockel saß eine Art Aquariumskugel, in der Flüssigkeit schwappte. Und mehr noch als das: ein Gehirn, melonengroß und deutlich in seinen vielfältigen Windungen zu erkennen.

Obwohl Reginald Bull einem solchen Gehirn noch nicht gegenübergestanden hatte, erkannte er es sofort. An Bord der BASIS, dem einst stolzen terranischen Fernraumschiff, das unter der Obhut eines Springers heute als galaktisches Spielkasino und Vergnügungspalast diente, war Ende Dezember nicht nur die Anwesenheit von Valentern bekannt geworden, sondern zugleich ein übergroßes menschliches Gehirn in einem Behälter, der dem Sockel und der Aquariumskugel verblüffend glich.

Von starken parapsychischen Kräften war die Rede gewesen. Immerhin landeten solche Berichte, auch wenn sie für

USO oder TLD bestimmt waren, mit mehr oder weniger großer Zeitverzögerung ebenfalls in den Dateien des Residenz-Ministers für Liga-Verteidigung.

Monkey, der Chef der USO, hatte sich kurz darauf, in einem Frachtcontainer verborgen, über eine geheime Transmitter-Relaisstrecke der Gegner zu Trah Rogues galaktischem Stützpunkt abstrahlen lassen und dort einen identischen silbernen Sockel vorgefunden.

Reginald Bulls Hand verharrte an der Waffe, sein Ausruf kam zu spät.

Schon feuerten die Arkoniden auf den Sockel mit dem Gehirn, aber die Thermostrahlen durchdrangen das Gebilde, ohne Schaden anzurichten, und flossen an der rückwärtigen Wand auseinander. Fremde medizinische Gerätschaften zerplatzten und überschütteten den hinteren Bereich des Raums mit einem Splitterregen.

Bully hatte sich zu diesem Zeitpunkt bereits schon zur Seite geworfen und rollte sich über den Boden. Dass er fast in der Schussbahn stand, hatte die Arkoniden nicht interessiert.

Nach wenigen Sekunden löste sich die Erscheinung auf, als hätte sie nie existiert. Nur das pelzige Wesen drängte sich ängstlich quietschend hinter einen Instrumentenblock. Ein gezielter Schuss tötete es.

»Das war nicht nötig!«, schimpfte Bully, während er sich erhob. »Nichts von diesem Feuerwerk …«

»Wir wollen überleben«, sagte Bostich. »Nur wer schneller und kompromissloser als der Gegner ist, hat eine Chance.«

»Das war doch nur eine Projektion.« Bull bedachte Bostich mit einem bitterbösen Blick, den der Imperator zynisch lächelnd erwiderte, dann wandte er sich Stuart zu. »Woher wusstest du, was geschehen würde?«

Stuart wirkte schwach, seine Stimme klang kratzig. »Ich habe es gespürt. Als ob das, was mich krank macht, meinen Namen rief.«

Bully kniff die Augen zusammen. Für einen Augenblick

glaubte er, dass der Pilot im Fieber redete. Aber das war nicht der Fall.

»Es ist das Schiff, das dich schwächt?«, fragte er. Stuart zuckte nur mit den Schultern.

Träge schlich die Zeit dahin. Reginald Bull hatte sich wie die anderen auf den Boden gesetzt und lehnte an einem Geräteschrank. Er hatte einen flüchtigen Blick hineingeworfen, mit dem Inhalt, der an Beatmungsgeräte und Sonden erinnerte, aber nichts anfangen können.

Stuart schlief inzwischen. Sein Atem ging flach und unregelmäßig, und er wimmerte leise vor sich hin. Die blutleeren Lippen hoben sich kaum mehr von der wächsernen Blässe der Haut ab. Schweiß perlte auf seiner Stirn, aber sobald Bull versuchte, ihn abzutrocknen, schreckte er heftig zusammen. Die Berührung ängstigte ihn offenbar. Nach einer Weile begann er im Schlaf zu reden.

Bully verstand nicht, was er sagte; nicht einmal eine Aufzeichnung mit Hilfe des Translatormoduls seines Multifunktions-Armbands erbrachte mehr als ein sinnloses Gestammel.

Reginald Bull befasste sich weiter mit dem Armband. Der Mikroorter zeigte eine stark schwankende Hyperstrahlung auf hohem Niveau. Die Einpeilung ihres Ursprungs war unmöglich. Planetare Einflüsse vermischten sich mit einer internen Ausstrahlung des Katamars. Es erschien zumindest plausibel, dass ein Teil des fünfdimensionalen Pegels von beschädigten Aggregaten des Schlachtschiffs ausging. Die Waffensysteme, das überlichtschnelle blaue Leuchten, kamen ebenso dafür in Betracht wie der Triebwerksbereich.

Über den Minikom mit seiner planetaren Reichweite setzte Bully einen Notruf auf Hyper- und Normalfunkbasis ab. Die Gefahr, von der Besatzung des Katamars angemessen zu werden, bestand ohnehin nur theoretisch. Die Valenter wussten längst, wo die Eindringlinge Unterschlupf gefunden hatten.

»Dass wir nicht angegriffen werden, beweist, dass die Überlebenden selbst Probleme haben«, sagte Bully laut. Von den Arkoniden kam keine Antwort.

Auch die Lautsprecherfelder des Minikoms blieben stumm. Es war anzunehmen, dass die Signale in einer Pararealität hängen blieben. »Alle Funktionen abschalten!«, raunte Bull und schloss die Augen.

Eine Zeit lang beobachtete er noch unter den leicht zitternden Lidern hindurch die Arkoniden. Aber sie trafen keine Anstalten, etwas zu unternehmen. Vor allem konnten sie nicht gegen ihn vorgehen, solange der TARA-V-UH Wache hielt.

Wollen sie das – gegen mich vorgehen?, fragte sich der Terraner. *Bostich wahrscheinlich. Aber die anderen?* Sie machten einen ähnlich erschöpften Eindruck auf ihn wie Stuart.

Ein letzter Blick zum Piloten hin. Seit einigen Minuten wälzte Stuart sich nicht mehr von einer Seite auf die andere, sondern schien endlich tief zu schlafen. Bully selbst war seit gut achtundvierzig Stunden, von kurzen Ausnahmen abgesehen, auf den Beinen. Als Aktivatorträger kam er zwar mit sehr wenig Schlaf aus, aber irgendwann forderte die Natur doch ihr Recht.

Reginald Bull erwachte von einem eigenwillig grellen Leuchten, das sich langsam, aber unaufhaltsam bis in sein Unterbewusstsein fraß. Dieses Leuchten ließ seinen Schlaf flacher und unruhig werden, und schließlich schreckte er hoch. Den leisen Aufschrei, den er noch zu hören glaubte, hatte er selbst ausgestoßen.

Seine Augen tränten, unter der Schädeldecke starteten Dutzende großer Raumer mit röhrenden Impulstriebwerken. Jäh riss Bully die Hände hoch und presste sie auf die Schläfen, bis das Dröhnen endlich abebbte.

Was blieb, war eine schwer zu beschreibende Übelkeit, die

nicht einmal der Zellaktivator vertreiben konnte. Und das grelle Leuchten. Es war schon sehr nahe, höchstens noch dreißig Meter entfernt.

Es blendete nicht, es war einfach hell. Und unheimlich leise. Kein Prasseln von Flammen, kein Rauch, nur diese undurchdringliche Wand aus Glut, die alles aufzufressen schien, was ihr im Weg stand.

Bully wischte sich feuchtes Sekret aus den Augen, als er eine massive Wand wie Papier durchscheinend werden und sich in Helligkeit auflösen sah.

Die Arkoniden hatten sich bereits entfernt, ohne ihn zu wecken. *Und der TARA ...?* Der Roboter war ohne Energie. Kein noch so schwaches Glimmen der äußeren Sensoren verriet seine Bereitschaft. Augenblicke später erkannte Bully, dass ein nadelfeiner Energiestrahl den Roboter lahm gelegt hatte.

»Bostich, du Hund!« Wie einen Fluch zerbiss er die Worte zwischen den Zähnen. Der Imperator hatte es tatsächlich geschafft, den Kampfroboter zu überlisten.

Das Leuchten rückte näher, fraß sich auch von den Seiten aus voran. In spätestens ein bis zwei Minuten wurde die medizinische Abteilung zur tödlichen Falle, aus der es kein Entrinnen mehr gab. Selbst die Luft glühte. Der Atombrand war nicht aufzuhalten.

»Wir müssen hier verschwinden!« Bully half dem Piloten auf die Beine und stützte ihn. Gemeinsam hasteten sie zum Ausgang, während hinter ihnen die tödliche Glut immer schneller um sich griff. Ein leichter Luftzug ließ den Terraner frösteln. Offensichtlich verbrannte die Atmosphäre rascher als alle anderen Elemente.

Er fragte sich, wie es anderswo im Wrack aussah. Hatten durchgehende Aggregate den Atombrand ausgelöst?

Bis sie endlich den Hauptkorridor erreichten, stand ihnen nur noch eine Richtung offen. Linker Hand war das Feuer schon sehr nahe.

Das unheimliche Glühen verfolgte sie. Sie rannten durch

ein unüberschaubares Gewirr von Korridoren, Gängen und Hallen, in dem sich Bostich und seine Leute längst verloren hatten. Keinen einzigen Valenter bekamen sie zu Gesicht, vermutlich lebten nicht mehr viele der Besatzungsmitglieder. Ob es einigen gelungen war, den Katamar mit einem Beiboot zu verlassen, blieb dahingestellt.

Die bislang in diesem Rumpfabschnitt noch funktionierende Energieversorgung brach zusammen. Das Flackern der aus unsichtbaren Quellen stammenden Beleuchtung erlosch. Augenblicke später gab es nur noch den durchdringenden Widerschein des Atombrands.

Ein Sicherheitsschott war geschlossen. Der Korridor wurde zur Sackgasse. Vergeblich suchte Bully nach einem Öffnungsmechanismus, sein Mikroorter zeigte keine Energie führenden Abschnitte im Wandbereich an.

»Zurück!«

Sie mussten einen anderen Weg nehmen. Fünfzig Meter hinter ihnen lag eine Abzweigung.

Das Feuer war schon bedrohlich nahe, als sie die Kreuzung erreichten. Der Katamar starb, und sein letztes Aufbäumen waren der mittlerweile heftige Sturm, der durch die Gänge fegte, und dieses unheilvolle, alles durchdringende Leuchten.

Blauschwarzer Rauch quoll aus dem nächsten Antigravschacht empor. Bull schloss den Helm und half dem apathisch wirkenden Stuart bei den wenigen Handgriffen.

Weit unten im Schacht, vom Rauch nur zögernd enthüllt, tobte ein Feuer. Obwohl auf den unteren Decks ein Entkommen aus dem Wrack noch leichter möglich sein mochte, zögerte der Terraner. Augenblicke später wurde der Schacht wie von der Faust eines Riesen zusammengequetscht.

Reginald Bull zerrte den Piloten mit sich in den nächsten Seitengang. Doch irgendwie schienen sie im Kreis gelaufen zu sein, denn auch vor ihnen brodelte die undurchdringliche Mauer des Atombrands. Voller Panik hetzen die beiden Terraner zurück. Die Zeit wurde langsam knapp.

Nach kaum dreißig Metern ging es nicht mehr weiter. Sie steckten in der Falle, die Glut hatte sie eingeschlossen.

Keine Abzweigung mehr, kein verborgener Schacht. Bully versuchte, mit dem Strahler einen Durchgang in die Seitenwand zu schneiden. Irgendein Raum lag dahinter. Aber der scharf gebündelte Strahl fraß sich viel zu langsam in den Stahl; wenige Zentimeter erst, die zähflüssig abzutropfen begannen.

Es war sinnlos geworden. Reginald Bull ließ den Strahler sinken, dann glitt er mit dem Rücken an der Wand entlang in die Hocke. Er wusste, wann er verloren hatte. »Es tut mir Leid«, sagte er zu Stuart, aber es war fraglich, ob der Pilot ihn überhaupt noch verstand. Dieser starrte nur apathisch vor sich hin.

Es tut mir wirklich Leid, ich hätte es wissen müssen. Nur noch wenige Meter war der Tod entfernt. Der Strahler polterte zu Boden, als Bully das Gesicht in den Händen vergraben wollte, aber nur gegen den Helm stieß.

Bedauern?

Nein, das fühlte er nicht. Er hatte ein langes und erfülltes Leben gelebt, war einer der ersten Menschen auf dem Mond gewesen – wie archaisch mutete das heute an. Eigentlich gab es nur eins, was ihn wirklich schmerzte: Er würde die Menschheit auf ihrem langen Weg in die Unendlichkeit nicht mehr begleiten können.

Seine Gedanken verwischten. Er hätte es nicht für möglich gehalten, aber Tränen verschleierten seinen Blick.

Es tat weh, auf diese Weise Abschied nehmen zu müssen und keinen der Weggefährten in der Nähe zu wissen. Nur Bostich … *Du machst mir das Sterben nicht leichter,* erkannte Reginald Bull. O ja, da war Hass, der in ihm wühlte. Tief atmete er ein, sog den Sauerstoff gierig in die Lungen. *Das Universum hat Platz für alle. Und vielleicht erkennt das Leben eines Tags, dass es nur gemeinsam die Herausforderungen bestehen kann. Miteinander leben oder ausgelöscht werden – ist das der Sinn, der hinter allem steckt?*

Wie groß war doch der Unterschied zwischen Denken und Handeln.

Bully konnte seinen Hass übertünchen, er schaffte es nicht, ihn wirklich zu vergessen. Auch er war nur ein Mensch. Aber war das eine Entschuldigung?

Ein qualvolles Stöhnen schreckte ihn auf. Es dauerte mehrere Atemzüge lang, bis sich seine Verwirrung legte und er begriff, dass er nur geträumt hatte.

Ein Blick auf sein Armband zeigte ihm, dass viereinhalb Stunden vergangen waren, doch nichts hatte sich verändert. Fast nichts. Irritiert stellte er fest, dass Stuart sich auf den Ellenbogen hochstemmte und ihn aus blutunterlaufenen Augen fixierte. Dem Piloten ging es schlechter als vorher. »Bully«, brachte er leise hervor, »ich meine, Reginald …«

»Für dich ruhig Bully.«

»Egal was geschieht, wir müssen das Gehirn finden.«

Der Terraner glaubte, sich verhört zu haben. Etliche Falten erschienen auf seiner Stirn. Ohne dass er seine Frage nach dem Warum aussprach, fuhr Stuart fort: »Nur das Gehirn kann uns helfen. Es wird uns vor dem Atombrand in Sicherheit bringen.«

»Sag das noch mal!«, forderte Bull schroff.

»Es wird uns in Sicherheit bringen.«

»Nein, das mit dem Atombrand.«

Stuart schaute ihn verwirrt an.

»Woher weißt du davon?«, drängte Bully.

»Ich … Keine Ahnung, ich … weiß es eben.«

»Hast du geträumt?«

Der Pilot zögerte. »Ja, vielleicht«, ächzte er dann. »Möglich.«

»Es ist so«, versicherte Reginald Bull. »Ich hatte einen ähnlichen Albtraum, und«, sein Blick glitt zu den Arkoniden hinüber, die zum Aufbruch rüsteten, »wenn mich nicht alles täuscht, unsere *speziellen Freunde* auch.« Er schürzte die Lippen. »Pass auf!«, raunte er dem Kampfroboter zu, bevor er zu den Arkoniden hinüberging.

Sie hielten abrupt inne. Bostichs lauernden Blick ignorierte Bull. Da schwang noch etwas in der Mimik des Imperators mit. *Ich wusste, dass du kommen würdest,* drückte seine Haltung aus. *Ich nehme deine Unterwerfung an.*

Bully versuchte, das zu ignorieren. Innerlich kochte er.

»Ihr flieht vor dem Atombrand?«, stellte er fest. »Vergesst das. Wir wurden mental beeinflusst.«

»Das ist lächerlich«, wehrte Bostich ab.

»Das Gehirn verfügt über starke parapsychische Kräfte. Vielleicht …«

»Das ist mir bekannt«, sagte der Imperator in einem herablassenden Tonfall, als rede er nicht mit dem ehemaligen zweiten Mann eines Sternenreichs und heutigen Verteidigungsminister, sondern mit dem Eingeborenen eines technisch rückständigen Hinterwäldlerplaneten.

Bully kam die Galle hoch. Bostichs Ignoranz ließ den Terraner schon bereuen, dass er überhaupt daran gedacht hatte, die Situation gemeinsam zu meistern.

Der Imperator versetzte ihm sofort den nächsten Tiefschlag: »Das Geschehen auf der BASIS ist mir bekannt«, erklärte er spöttisch. »Ich weiß, was Has'athor a. D. Gashasa dort fand.« Damit gestand er de facto ein, zumindest noch vor kurzem Verbindungen bis in die USO und den Terranischen Liga-Dienst hinein besessen zu haben.

Bully biss sich auf die Unterlippe; er fühlte sich gleichermaßen hilflos wie in seinen schwerwiegendsten Vorwürfen bestärkt, die Bostich betrafen.

»Ich bin auch informiert, dass der USO-Chef ein solches Gehirn zerstört hat; ob gewollt oder nicht, wirst du mir sicherlich sagen können.«

»Ich denke nicht daran«, brauste Bully auf. Nein, Rücksicht auf Konventionen brauchte er nicht mehr zu nehmen. Was immer auf dieser namenlosen Welt und an Bord des Wracks geschehen würde, der Keil zwischen Bostich und ihm saß tief. Sie standen sich als unversöhnliche Widersacher gegenüber. Bostich als der Mann, der gierig nach Macht strebte, und Bully, zwar nicht als Pazifist, aber doch als glühender Verfechter von Freiheit und Humanität, der ausgerechnet hier über seinen eigenen Schatten sprang und die Unversöhnlichkeit zum Dogma erhob, seinen immer wieder aufflackernden Zweifeln zum Trotz.

»Lass es, wenn du nicht willst«, sagte der Imperator frostig.

Reginald Bulls Miene versteinerte. Ruckartig wandte er sich um.

»Bull!«, rief Bostich hinter ihm her. »Minister Bull!«

Der Terraner zögerte. Aber letztlich drehte er sich doch wieder um.

Bostich streckte ihm die Hand entgegen, eine völlig ungewohnte Geste. »Ich habe mir das hier auch anders vorgestellt«, sagte der Imperator. »Begraben wir das Kriegsbeil?«

Bully war schlichtweg überrascht, und natürlich fragte er sich, welche Hintergedanken Bostich hegte.

»Wir beide wollen den Katamar, Bull. Ich fürchte, dass keiner mehr eine wirkliche Chance hat. Meinen Männern geht es nicht gut; ich wünschte, uns stünde ein Medoroboter zur Verfügung.«

Das meinst du nicht wirklich, dachte der Terraner. *Wer nicht für dich ist, ist gegen dich – warum sagst du nicht, was du wirklich denkst?*

Bostich streckte ihm immer noch die Hand entgegen. Bully übersah sie geflissentlich. Trotzdem nickte er zögernd. »Gut«, sagte er gedehnt. »Aber du weißt hoffentlich, dass ein gemeinsamer Erfolg weit einfacher zu haben gewesen wäre.«

»Warum dieser Ärger in der Stimme?« Bostichs jovialer Plauderton war der Situation keineswegs angemessen. »Beweist die Flotte des Huhany'Tussan am Sternenfenster nicht zur Genüge, dass auf Arkon Verlass ist?«

Was sollte er widersprechen? Aus seiner Sicht gesehen hatte Bostich Recht. Der Imperator war ohnehin ein Meister im Zurechtbiegen der Wahrheit.

Reginald Bull schluckte alles, was er noch sagen wollte, unausgesprochen hinunter. Mitunter war es besser, den Ärger in sich hineinzufressen.

23.

Sie waren eine seltsame Truppe: sechs Männer und zwei Roboter – viel zu wenige, um das AGLAZAR-Schlachtschiff, auch wenn es sich nur um ein Wrack handelte, wirklich in Besitz nehmen zu können. *Wir sollten uns schon glücklich schätzen, wenn wir heil hier herauskommen,* sinnierte Reginald Bull. Trotz des Schlafs, nach dem er sich eigentlich ausgeruht fühlen sollte, spürte er weiterhin die ungewohnte Schwäche. Auch Bostich schien davon nicht verschont zu bleiben.

Bull, der mit Stuart und dem TARA die Rückendeckung übernommen hatte – in Wahrheit fühlte er sich einfach sicherer, solange er den Imperator nicht hinter sich wusste –, beobachtete den Arkoniden mit Argusaugen. Hin und wieder schien Bostich unter Gleichgewichtsstörungen zu leiden.

Etwas beeinträchtigte sie alle. Aber es war wohl nicht die Luft im Katamar. Bully hielt den Helm geschlossen und fühlte sich trotzdem mies wie nach einer durchzechten Nacht. Schon lange hatte er mit den Freunden nicht mehr am Goshun-See beisammengesessen und hatte mit ihnen eine Flasche Vurguzz nach der anderen geleert. Die Zeit war einfach nicht danach.

Einsame, düstere Korridore, nur von einem vagen Glimmen erhellt … Abzweigungen in Räume und Hallen, denen die morbide Ausstrahlung einer Pathologie anhaftete. Die Energieversorgung in diesem Bereich war zurückgefahren worden oder zusammengebrochen. Nur die Scheinwerferkegel ihrer SERUNS entrissen fremde Aggregate der Düsternis. Nichts davon war in seinen Funktionen einzuschätzen. Ohne weiter gehende Messungen war nicht einmal festzustellen, ob die endlose Reihe halbkugelförmiger Elemente zum

Antrieb des Katamars gehörte, ob es sich möglicherweise um Projektoren für den Paradimpanzer oder gar die Systeme handelte, die das tückische blaue Leuchten erzeugten.

Diese Halbkugeln, von unterschiedlichsten Auswüchsen überzogen, waren in einer undurchschaubaren Anordnung zusammengefügt. Aufflackernde Entladungen zwischen einzelnen Spitzen huschten rund um das Konglomerat und pflanzten sich nach innen fort, wo ein seltsames Nichts brodelte. Als würde sich das Raum-Zeit-Gefüge in diesem Bereich verändern.

Reginald Bull hatte den Eindruck, in eine weit entfernte Region des Kosmos zu blicken. Oder sogar in den Hyperraum. Das wesenlose Wogen erinnerte an die optische Wahrnehmung während eines überlichtschnellen Flugs.

Dieses Wogen verdichtete sich zu einer groben Struktur, die zunehmend Einzelheiten erkennen ließ und zum Abbild eines durchaus menschlich anmutenden Gehirns wurde. Unwillkürlich wich Bully einen Schritt zurück, seine Rechte glitt zur Hüfte, die Finger schlossen sich um den Griff des Strahlers. Die Waffe zog er vorerst nicht.

Sein Unbehagen wuchs. Er schrieb das der düsteren Aura zu, die das Konglomerat der Halbkugeln umfloss und sich mit pulsierenden Entladungen ausweitete.

Inmitten dieser Aufrisse zuckten blendende Lichtreflexe. Sie stabilisierten sich und bildeten eine zweite Wirklichkeit, die alle Düsternis des Wracks verdrängte. Eine Pararealität …

Die Verlockung, mit einem einzigen Schritt den Katamar verlassen zu können, war deutlich.

Ein flüchtiger Blick hinüber zu Bostich; die entsicherten Waffen verrieten den Willen der Arkoniden, auf alles zu feuern, was sich bewegte.

Reginald Bull stockte der Atem. Durch den »Riss« hindurch öffnete sich der Blick auf einen nahen Planeten. Er kannte diese Welt – und wie er sie kannte, er hätte sie unter Millionen anderer mit einem einzigen Blick herausgefunden.

Das war seine Heimat, die Erde. Sie war das erste Ziel der Inquisition in der Milchstraße gewesen.

Am 23. Oktober 1311 NGZ hatte der Konquestor Trah Rogue auf Terrania Space-Port verkündet, Terra, das Solsystem und die Welten der Liga Freier Terraner für das Reich Tradom in Besitz zu nehmen. Noch nicht einmal ein halbes Jahr war seither vergangen.

Bully spürte, dass er sich verkrampfte. Es gab Zusammenhänge, die bislang niemand kannte. Aber sie waren da und mit ein Grund, weshalb er alle Vorsicht außer Acht gelassen und nachgerade unverantwortlich gehandelt hatte. Die Entwicklung schien ihm Recht zu geben.

»Wenn wir hindurchgehen, erreichen wir dann das Solsystem?«, erklang keuchend und kaum noch verständlich Stuarts Stimme im Helmempfang.

Er starrte den Piloten an, sein bleiches, ausgemergeltes Gesicht. Die tief in den Höhlen liegenden Augen schimmerten matt. Was immer die Ursache für Stuarts Verfall war, es sog ihm die Kraft aus dem Leib.

»Wir gehen heim!« Der Pilot taumelte an ihm vorbei. Ein Hauch von Glück schwang plötzlich in seiner Stimme mit.

Reginald Bull reagierte zu spät. Er konnte Stuart nicht mehr zurückhalten. Der Riss in eine Pararealität schloss sich fast augenblicklich hinter dem Piloten.

»Hank!«, brüllte Bully noch. Vergebens.

»Warum hast du ihn nicht zurückgehalten?«, fragte der Imperator vorwurfsvoll. »Jetzt sind wir einer weniger.«

Als ob Bostich das interessiert hätte. Bull presste die Lippen zusammen. Es ging dem Imperator doch nur darum, seine Überlegenheit zu zeigen. Und den Terraner zu quälen.

»Bully?«, wisperte eine Stimme in seinem Helmlautsprecher.

»Hank? Bei allen guten Geistern, wo bist du?«

»Das muss die Zentrale sein. Das Gehirn ist hier. Und ein Abbild der Erde. Es will uns helfen, Bully. Hörst du?«

»Ja. Bist du sicher?«

»Hier … ist es gut. Die Schmerzen lassen nach.«

Stille.

»Hank?« Bully bekam keine Antwort. Er hörte nur noch das Geräusch hastiger Atemzüge.

»… er hilft mir. Er wird mich beschützen.«

»Wovor? Wovon sprichst du, zum Teufel?«

»Es ist schön hier, Bully.«

»Das Gehirn beeinflusst dich. Du musst seinen Einfluss abschütteln, Hank. Hast du verstanden?«

»Ich wusste es«, erklang eine andere Stimme. »Das Gehirn ist nicht unser Gegner. Wenn wir mit ihm zusammenarbeiten …«

Langsam wandte Reginald Bull sich dem Imperator zu. »Nein, das lasse ich nicht zu. Terra hat die größere Erfahrung mit den Rudimentsoldaten. Ah, ich sehe, du kennst diesen Namen noch nicht. Gibt es also wirklich Dinge, die deinen Spionen bislang entgangen sind?« Sein Tonfall war ins Spöttische abgeglitten, es war ihm schlicht eine Genugtuung, dem Imperator etwas vorauszuhaben.

In Bostichs Blick trat ein gereiztes Flackern. Aber dann streifte er den TARA-V-UH mit einem deutlichen Bedauern und wandte sich ab. Nahezu gleichzeitig brach einer seiner Soldaten zusammen. In heftigen Zuckungen gefangen, wälzte sich der Mann auf dem Boden und öffnete den Helm. Sein Schreien erstarb in einem qualvollen Wimmern. Bis ein anderer Arkonide endlich zu helfen versuchte, rührte sich der Gepeinigte schon nicht mehr.

Bostich stieß seine beiden Soldaten zur Seite, kniete nieder und drehte den Mann auf den Rücken. Bully sah, dass er die medizinischen Daten des Raumanzugs abrief, stumm den Kopf schüttelte und dem Soldaten die Augen zudrückte. Bevor er sich wieder erhob, nahm er den Strahler des Toten und zwei Energiemagazine an sich.

Sein Blick suchte Reginald Bull. »Er ist vor Schwäche gestorben«, sagte er ohne jede Regung. »Wie fühlst du dich?«

»Auf mein Ableben wartest du doch schon lange.«

»Terranischer Galgenhumor bringt uns nicht weiter. Ich spüre selbst ein gewisses Unbehagen, aber nicht mehr. Ich nehme an, dass der Aktivatorchip diesen Einfluss abhält – und dir ergeht es ähnlich.«

»Du willst sagen, dass allein wir beide überleben werden?«

»Wahrscheinlich wird es so kommenn«, antwortete der Imperator. »Deshalb müssen wir den Rudimentsoldaten ausfindig machen.«

»Er ist unser Gegner.«

»Das Gehirn sitzt im Wrack fest. Wenn wir das nicht ausnutzen, wären wir verrückt.«

Er hat »wir« gesagt, stellte Reginald Bull verblüfft fest. *Er hat wirklich* wir *gesagt.* Das war Zuckerbrot und Peitsche.

Bostich versprach sich von dem melonengroßen Gehirn einen Vorteil, und er würde nichts unversucht lassen, diesen Vorteil zu seinen Gunsten zu nutzen.

24.

Der zweite Arkonide war vor wenigen Minuten gestorben, und das auf erschütternde Weise. Der kräftige Mann verlor von einer Sekunde auf die andere die Kontrolle über seine Muskeln. Er hatte vor Schmerzen gewimmert. Offensichtlich war er viele Tode gleichzeitig gestorben, war erstickt, weil ihm die Kraft zum Atmen gefehlt hatte, und innerlich verblutet. Aus seinen Körperöffnungen war das Blut hervorgequollen. Nein, so einen Tod hatte niemand verdient.

Dass Bostich aller Eile zum Trotz dem Mann noch ein Analgetikum injiziert hatte, um seine Schmerzen zu lindern, machte den Imperator in Reginald Bulls Augen dennoch nicht menschlicher. *Das war reiner Selbsterhaltungstrieb,* dachte er bitter. *Je weniger wir sind, desto geringer werden unsere Chancen, das Wrack und auch diese Welt wieder verlassen zu können.*

Bully hatte mehrmals während der letzten halben Stunde versucht, Funkverbindung zur ROALD AMUNDSEN zu erhalten. Es war aussichtslos; nichts, aber auch gar nichts war zurückgekommen.

Dafür glaubte er im Moment wieder, Hank Stuarts Stimme zu hören: »Bully, das Gehirn wird uns helfen! Hörst du, Bully?«

»Hank …!«

»Er kann hier nicht weg … Er braucht uns … und wir ihn.«

Bull biss die Zähne zusammen, bis die Kiefergelenke knackten. Das Gehirn verfügte über starke parapsychische Kräfte. *Wer sagt mir, dass es Hank nicht beeinflusst?,* dachte er.

Bostich witterte inzwischen die Macht, die von dem Rudimentsoldaten ausging. Alles andere, glaubte Bully, hatte der Imperator hintangestellt. Er traute ihm nicht über den Weg, selbst dann nicht, wenn Bostich sich persönlich um einen Sterbenden bemühte, statt ihn einfach seinem Schicksal zu überlassen.

Es muss schon sehr viel geschehen, damit ich dir wirklich die Hand reichen kann. Nein, unser Weg ist nur zufällig derselbe.

Seiner Schätzung nach befanden sie sich in halber Höhe der Rumpfzelle, im dicksten Bereich des Zeppelinkörpers. Es war ihm schon sehr viel leichter gefallen, sich in fremden Schiffen zu bewegen. Eine seltsame Orientierungsschwäche machte ihm zu schaffen, aber auch die Arkoniden litten darunter, wenngleich Bostich das nie zugegeben hätte.

Reginald Bull entwickelte seine eigene Theorie, die er jedoch für sich behielt. Die Aggregate des Katamars emittierten unterschiedlich starke Hyperfelder. Vielleicht als Folge der Havarie, möglicherweise auch ein völlig normaler Vorgang – er wusste es nicht. Auf jeden Fall hatten Interferenzen mit der Strahlung des Planeten unbekannte Phänomene zur Folge. Hin und wieder schienen Korridore und Räume in einem diffusen Zwielicht zu verschwimmen, verwischten wogende Dunstschleier jede technische Struktur. Das waren Einbrüche einer Pararealität, die aber nicht die Kraft besaßen, sich zu stabilisieren.

Der Korridor öffnete sich in eine mit Aggregaten voll gestopfte Halle. Weit höher als hundert Meter spannte sich über ihm die Decke, die zugleich fast unter einem Konglomerat gewaltiger Röhren verschwand. Raumhohe Aggregatblöcke formten sich zu einem unüberschaubaren Dschungel, und ihre Vibrationen übertrugen sich auf die nahe Umgebung. Der Eindruck mächtiger Turbinenblöcke kam nicht von ungefähr. Zweifellos diente die Anlage der Atmosphärenaufbereitung.

Bostich war stehen geblieben. »Wir entfernen uns von der Zentrale«, stellte er fest. »Lebenserhaltungssysteme liegen eher heckwärts. Also müssen wir uns nach rechts orientieren. Einverstanden, Bull?«

Die Frage war rein rhetorischer Natur. Auch ohne dass er eine Antwort erhielt, schlug der Imperator die neue Richtung ein.

Vor ihnen lag der Wohnbereich des Schiffs, ein Gewirr von Korridoren in vergleichsweise niedrigen Decks, und das war nicht gerade der Ort, der Begegnungen mit Valentern ausschloss. Sogar Bostich verspürte wenig Interesse, den Weg geradlinig fortzusetzen. Im ersten Antigravschacht, den sie an der Peripherie fanden, ließen sie sich nach unten sinken.

Der Schacht endete auf dem unteren Niveau der Kabinenfluchten. Ungefähr zweihundert Meter tiefer, jedoch zur Außenhülle hin versetzt, zeigten die Mikroorter starke fünfdimensionale Strukturen an. Vermutlich befanden sich in dem Bereich die Hypertrops, die das Schiff mit Energie versorgt hatten.

Zuerst entdeckten sie nur die Spuren von Energieschüssen an den Wänden, aber kurz darauf zwei tote Valenter. Der Imperator beachtete die Leichen kaum.

Bully blieb kurz stehen und unterzog sie einer flüchtigen Untersuchung.

»Sie werden dir nicht verraten, wo wir die Zentrale finden«, sagte Bostich. »Du vergeudest also nur deine Zeit.«

»Beide wurden nicht von Thermoschüssen getötet.«

»Jeder tote Gegner ist ein Gegner weniger«, stellte der Imperator lapidar fest.

Du weißt gar nicht, wie Recht du hast, pflichtete Bully ihm in Gedanken bei. Da war er wieder, sein Hass auf den Imperator und dessen überheblichen Ehrgeiz. »Etwas weniger Verachtung für alles Leben stünde dir gut zu Gesicht«, stieß er hervor.

Bostich lachte nur. Doch unvermittelt wurde dieses Lachen drohend und brach ab. »Hast du diese Weisheit in Golkana gelernt, Terraner? Ich kann mich nicht entsinnen, dass dein

Todesurteil aufgehoben wurde. Nicht einmal durch unsere Zusammenarbeit am Sternenfenster.«

Bully stockte der Atem. Während er den Imperator von unten herauf anstarrte, wägte er seine Chancen ab. Mit Bostich allein hätte er es noch aufgenommen, aber der arkonidische Kampfroboter würde keinesfalls tatenlos verharren. »Sieh dich vor, dass du nicht endest wie diese beiden Valenter.« Bully schaffte es, jede Emotion aus seiner Stimme zu verbannen. »Ihnen wurde der Hals aufgeschlitzt.«

Bostich zog eine Braue hoch. »Ich weiß, dass du mir ein solches Schicksal wünschst – schon damals, als ich den Zellaktivator erbat.«

»Es reicht.« Geschmeidig kam Bull aus der Hocke hoch. Bostichs Blick erinnerte ihn an das Lauern einer Raubkatze.

»Du bist reizbar, Bull. Du wirst dem Huhany'Tussan nicht ewig widerstehen können. Glaube es mir.« Der Imperator wandte sich um.

»Bostich!«, rief Bully schneidend hinter ihm her. »Einmal wirst du zur Rechenschaft gezogen werden. Terra ist keine arkonidische Kolonie und wird es nie werden.«

»Wer will das verhindern?«

Schwärze wogte vor seinen Augen. Einen Moment lang fühlte Bull sich wie benommen. Aber gleich darauf hatte er sich wieder unter Kontrolle. Bostich, das erkannte er deutlich, blieb von der Schwäche nicht verschont.

Auf dieser Welt herrschten Kräfte, die nicht einmal ihre Aktivatorchips völlig zu kompensieren vermochten. Möglich, dass sie deshalb zunehmend aggressiv reagierten. Wann würde die Tünche der Zivilisation abblättern und allen Emotionen freien Lauf lassen? Vor seinem inneren Auge sah Bully sich endgültig die Waffe ziehen und Bostich hinterrücks niederstrecken. Allem bisherigen Zögern zum Trotz.

Mein Gott, dachte er entsetzt. *Ich bin doch kein Mörder.* Gleichzeitig war er überzeugt davon, dass der Imperator ähnliche Gedanken hegte, und er zweifelte nicht daran, dass Bostich weniger Skrupel hatte. *Das Schiff macht uns krank. Aber ist es das wirklich? Oder weckt es nur die Instinkte, die in unserem Unterbewusstsein verborgen sind?*

Hinter der nächsten Kreuzung stießen sie auf die ersten Kadaver. Mehrmals waren ihnen diese Tiere begegnet. Thermoschüsse hatten diese hier übel zugerichtet. Dennoch waren ihre Klauen deutlich zu erkennen, ebenso die scharfen Zähne, die Bully unwillkürlich an terranische Ratten erinnerten.

»Wahrscheinlich dringen sie durch die Lecks ein«, bemerkte Bostich.

Das Fauchen eines Strahlschusses ließ den Imperator herumfahren. Der arkonidische Kampfroboter hatte das Feuer auf eine Gruppe Valenter eröffnet, die urplötzlich am Ende des Korridors aufgetaucht waren. Aber die Thermostrahlen erreichten ihr Ziel nicht. Keine zehn Meter entfernt verwandelten sich die Wände auf erschreckende Weise. Massiver Stahl wurde unter dem Einfluss unsichtbarer Kräfte verformt. Wie ein Wurm begann sich der Korridor zu krümmen, eine Seite riss der Länge nach auf, die freigelegten Platten drehten sich spiralförmig in die Höhe.

Die Erscheinung kam näher. Als würde ein alles verzerrendes Brennglas langsam durch den Korridor bewegt. Reginald Bull sah den Stahl aufplatzen und sich weit im Hintergrund scheinbar wieder zusammenfügen.

»Zurück!«, brüllte er mit sich überschlagender Stimme. »Weg hier, schnell!«

Indes wich er selbst nur langsam aus. Noch sieben oder acht Meter … Fasziniert beobachtete er die Veränderung. Nicht der Gang selbst verformte sich, vielmehr bemerkte er Spiegelungen von Details, die gleich mehrfach entlang eines fiktiven, eng gebogenen Horizonts erschienen. Die Lichtwellen wurden wie von einer Schwerkraftlinse abgelenkt. Ein extrem starkes Kraftfeld bewegte sich durch den Korridor – vielleicht eine Pararealität, die sich nicht vollständig manifestierte.

Als die Erscheinung sich ausweitete, warf Bully sich herum und rannte in die Richtung zurück, aus der sie gekommen waren. Bostich und der andere Arkonide folgten ihm dichtauf.

Doch plötzlich stürzte der Soldat. Bostich hielt für einen Moment inne, zögerte jedoch, weil die Erscheinung schon sehr nahe war.

»Hol ihn da weg!«, ächzte Reginald Bull. »Ich helfe dir.«

Zu spät. Der arkonidische Kampfroboter eröffnete das Feuer. Grell aufflammend wurde der Thermostrahl von dem Schwerefeld zu einer lodernden Kugel geformt.

Im nächsten Moment spritzte das Gebilde auseinander. Alles geschah so schnell, dass weder Bostich noch Reginald Bull sofort begriffen, was geschah. Erst das splitternde Bersten, mit dem der Kampfroboter gegen die Wand geschleudert und zermalmt wurde, schreckte die Männer auf. Ein abgerissener Waffenarm verfehlte Bully nur um Haaresbreite und krachte hinter ihm auf den Boden.

Die Speicherbänke des Roboters setzten ihre Energie frei. Was normalerweise ausgereicht hätte, den Korridor über mehrere Meter hinweg in eine brodelnde Hölle zu verwandeln, löste lediglich eine heftige Druckwelle aus.

Reginald Bull fühlte sich von einer Titanenfaust angehoben und davongewirbelt. Es gelang ihm gerade noch, seinen Sturz einigermaßen abzufangen, da wurde er von etwas Schwerem getroffen und gegen die Wand gedrückt. *Bostich!*, erkannte er und riss abwehrend die Arme hoch. Im nächsten Moment krachten zwei Fäuste gegen seinen Brustkorb, und Bully ließ sich mehr oder weniger ungewollt zur Seite fallen. Der Imperator lag jetzt halb über ihm, wälzte sich aber zur Seite, bevor Bully mit ineinander verschränkten Händen zuschlagen konnte.

Wie durch einen trüben Schleier hindurch sah er Bostich

verkrümmt an der Wand lehnen und ihn anstarren. Er selbst lag mit angezogenen Knien auf dem Rücken und brauchte nur zuzutreten.

Gleichzeitig sah er noch etwas: Das Schwerkraftfeld oder um was es sich auch handelte, trieb weiter durch den Korridor. Seine verzerrende Wirkung ließ den Eindruck eines Spiegelkabinetts entstehen, in dem er sein eigenes Abbild und das des Imperators gleich mehrfach wiederfand. Er schaffte es zwar, sich herumzuwälzen, aber er kam nicht schnell genug auf die Beine, weil Bostich ihn behinderte. Der Imperator hielt ihn an den Fesseln fest und wollte verhindern, dass er zutrat. Aber genau daran dachte Bully nicht. »Loslassen!«, keuchte er. »Wenn wir nicht verschwinden …«

Wir? Er wünschte Bostich die Pest an den Hals. Deshalb verstand er selbst nicht, was er eben gesagt hatte. *Ich will laufen!,* dröhnte es unter seiner Schädeldecke. *Und ich will deine Angst sehen, wie deine Augen sich vor Schreck weiten, weil du den Tod vor dir hast. Immer und immer wieder sterben, Bostich – kennst du das Gefühl?* Er hätte aufheulen können vor Zorn, und in dem Moment trat er zu. Sein rechter Absatz krachte auf Bostichs Handrücken, der seinen linken Fuß umklammerte, aber der Griff des Arkoniden wurde nur noch fester, weil der Imperator genau diese Reaktion erwartet hatte.

Ein Schatten schwebte vorbei. Es war der TARA-V-UH-Kampfroboter, der den Korridor mit starken Prallschirmen abriegelte.

Ungenügend, argwöhnte Bully. Noch einmal trat er zu und fluchte verbissen, weil Bostich nicht loslassen wollte. »Du bringst uns beide um, du …« Etliche Schimpfwörter sausten Bull durch den Kopf, und jedes wäre geeignet gewesen, die diplomatischen Beziehungen zwischen Terra und Arkon einer zusätzlichen Belastung zu unterziehen. Aber das glatte politische Parkett war Bully in dem Moment so fern wie die Galaxis Tradom selbst. Er sah den TARA sich verformen, von enormen Kräften in der Mitte eingeschnürt und zunehmend in die Länge gezogen. Ungläubig starrte er auf die großflächig abplatzende Verkleidung, unter der flackernde Entladungen sichtbar wurden.

Gleichzeitig veränderte sich die Umgebung. Der verzerrte, düstere Korridor wich einem von weiten Wolkenbändern geprägten Himmel …

25.

Die beruhigenden Impulse des Aktivatorchips durchfluteten seinen Körper und verdrängten alle unangenehmen Empfindungen. Dennoch blieb ein dumpfes Summen, das sich von seinem Nacken aus bis in die Schläfen hinzog.

Puls und Blutdruck waren noch zu hoch, das verkündete die einschmeichelnde Stimme des Pikosyns. »... vorgeschlagen wird, ein Stimulans zur Unterstützung des Erholungsprozesses zu injizieren.«

»Nein!«, knurrte Reginald Bull. Er versuchte, das Summen zu ignorieren, und wälzte sich auf den Rücken. Seine Lider waren verklebt, es fiel ihm schwer, die Augen zu öffnen. Zudem übertrugen die Außenmikrofone Laute, die unmöglich von Bord des Katamars stammen konnten. Irgendwo über ihm erklang der schrille Schrei eines Raubvogels.

Bully befürchtete, dass er längere Zeit ohne Besinnung gewesen war. Endlich bekam er die Augen auf.

Ein Monstrum lauerte über ihm, ein lang gestreckter, dicht behaarter Leib, der in zwei kantige Schädel auslief, die auf pendelnden Hälsen viel Bewegungsfreiheit hatten. Funkelnde Facettenaugen starrten ihn an, während kräftige Kieferzangen bereits über den energetisch stabilisierten Helm kratzten. »Verschwinde!«, ächzte Bully trocken. Acht Beine zählte er auf jeder Körperseite, und am Ende des zuckenden Körpers stach ein grellgelber gezackter Stachel in die Höhe. Wahrscheinlich war das Vieh giftig, darauf deuteten jedenfalls die grellen Farbmuster und die dichten Borstenbüschel hin, die länger als alle anderen Haare abstanden. Hartnäckig versuchte es, den transparenten Helm zu durchdringen.

Mit einer knappen Armbewegung wischte Reginald Bull die Raupe beiseite.

Hohes, blassviolettes Gras umgab ihn. Hier tummelten sich diese Tiere zu Tausenden, und ihre Fraßspuren waren unübersehbar. Bullys zweiter Griff galt der Waffe. Beruhigt stellte er fest, dass der Strahler noch an seiner Hüfte hing.

Eine bläulich weiße Sonne stand tief über dem Horizont. Die Hügellandschaft wurde in der Ferne zum schroffen Gebirge. Jeden Moment glaubte Bull, die ROALD AMUNDSEN aus der Wolkendecke hervorbrechen zu sehen, aber diese Hoffnung erfüllte sich nicht.

Bull sah sich um, dabei drehte er sich langsam um die eigene Achse. Vom Katamar war keine Spur zu erkennen. Indes sah er Bostich wenige Meter entfernt im Gras knien und sich um seinen Soldaten kümmern. Der Imperator hob den Kopf, als hätte er gespürt, dass Bull ihn beobachtete.

»Tot«, sagte Bostich. »Vielleicht ist es die Strahlung, die keinen überleben lässt. Nur uns beide.« Ein lauernder Ausdruck trat in seine Miene.

Bully schwieg.

»Du und ich«, fuhr der Imperator im Plauderton fort. »Hättest du das erwartet?«

Obwohl es in ihm brodelte, beherrschte Bully sich. »Ich sehe kein Problem«, sagte er leichthin. »Nichts konnte mich bisher lange aufhalten.«

Bostich lachte hell. »Falls du auf den Beistand des TARAS vertraust, vergiss es besser.«

Bully sah es ebenfalls. Auf den umliegenden Hügeln waren Dutzende der pelzigen Tiere erschienen. Etliche liefen schon in nächster Nähe durch das Gras. Was sie zwischen den Vorderpfoten wegschleppten, entlockte ihm einen unwilligen Laut. Es waren Metallteile, die einmal eindeutig zu einem Kampfroboter des Typs TARA-V-UH gehört hatten.

»Nur wir beide«, betonte Bostich. »Egal was geschieht.«

»Du weißt nicht, worauf du dich einlässt.«

»Das weiß man vorher nie«, stellte der Imperator lakonisch fest. »Aber ohne diesen Reiz wäre das Leben öde. Gerade für einen Unsterblichen.« Er richtete sich vollends auf und beobachtete die Tiere, von denen immer mehr das hohe Gras nach Überresten des Kampfroboters abzusuchen schienen. »Sie wissen nicht einmal, was Leben ist«, philosophierte er. »Sie kennen den Reiz nicht …«

»Hör auf!«

Bostich achtete nicht auf den Ausruf, gleichwohl bemerkte er, dass Reginald Bull auf ihn zukam. »Es gibt Dinge, die kann man nicht ewig vor sich herschieben«, fuhr er ungerührt fort. »Einmal muss eine Entscheidung fallen.«

Er zog den Strahler und visierte über den Lauf hinweg eines der Tiere an, das ein besonders großes Stück Stahl davonzuschleppen versuchte. »Siehst du das? Es eignet sich Werte an, die ihm nicht zustehen. Du magst sagen, das sei Schrott, aber noch vor wenigen Minuten gehörte alles zu einem hochmodernden Kampfroboter. Und die Wiederverwertung würde wohl ein wertvolles Aggregat ergeben. Vieles wiederholt sich auch in anderen Bereichen – du weißt, was ich meine?«

Ich brauche keine Lehrstunde in Geschichte, durchzuckte es Bully. *Schon gar nicht in diesem arroganten Tonfall.* Laut sagte er: »Du bist krank und vom Ehrgeiz zerfressen. Auf Dauer wird dir nicht einmal der Aktivatorchip helfen können.«

Bostichs wissendes Lächeln erstarrte. Er feuerte, hob jedoch dabei den Strahler ein klein wenig an. Der Glutstrahl fauchte einen halben Meter über das Tier hinweg, das sein Beutestück fallen ließ und in wilden Sprüngen hangaufwärts floh.

»Wenn es die Warnung verstanden hat, wird es die Finger von den Dingen lassen, die ihm nicht zustehen. Wenn nicht«, der Imperator ließ den Arm mit der Waffe sinken, »ist das sein Pech.«

»So ist das also«, sagte Bull. »Das Göttliche Imperium gründet seine Macht auf Unnachgiebigkeit und Waffengewalt. Aber sobald deine Aufmerksamkeit nachlässt, werden die Kolonien von Arkon abfallen.«

»Niemand kommt voran, wenn er nicht den Nacken steif macht.« Bostich schürzte die Lippen und zielte erneut. »Schau dir dieses Biest an: Der Schreck hat nicht lange angehalten. Es ist hartnäckig, findest du nicht? Dabei frage ich mich, was es mit dem Schrott vorhat.«

Nur einen Augenblick bevor Bostich den Auslöser berührte, sprang Bull nach vorne. Seine Faust traf die Waffenhand des Imperators, der Thermostrahl jagte schräg in den Himmel. Ein Hieb mit dem Ellenbogen ließ Bostich taumeln: Mit solch einem Angriff hatte er nicht gerechnet. Bully setzte gleichzeitig zum Dagorgriff an, schaffte es aber nicht mehr, den Arkoniden auszuhebeln, der spontan abblockte. Lediglich die Waffe wurde in hohem Bogen ins Gras geschleudert.

Sekundenlang starrten sie sich unversöhnlich an. Dann wich Bully zurück. »Falls du wirklich glaubst, Arkon hätte ein Anrecht auf Terra als Kolonie, dann irrst du dich gewaltig.«

Bully stapfte hügelaufwärts durch das hohe Gras. Obwohl er jeden Moment befürchtete, dass Bostich auf ihn schoss, drehte er sich nicht ein einziges Mal um. War der Imperator doch nicht so eiskalt, wie es schien? Eher glaubte Bully, dass der Arkonide ihn noch brauchte. Allein konnte er dieser Welt nicht entrinnen. Den Gedanken, das Wrack des AGLAZARS für Terra zu bergen, hatte er vorerst aufgegeben. Jede weitere Überlegung in diese Richtung erschien ihm wie Selbstbetrug. Ob Bostich ähnlich dachte oder an seinem Vorhaben festhielt, wagte er nicht zu beurteilen.

Weit schweifte sein Blick über das Land, das sich unter dem Einfluss der länger werdenden Schatten veränderte. Einige wenige Kristallbäume brachen das Sonnenlicht in unzähligen Facetten.

Eigentlich eine schöne Welt, dachte Bully. *Zumindest bis zu dem Zeitpunkt, als der Katamar hier niedergegangen ist.*

Vergeblich suchte er nach dem Wrack. Es war zumindest auf dieser Realitätsebene verschwunden. Vielleicht hatte ihn die Pararealität auch auf eine andere Zeitebene entführt.

Das Holodisplay seines Armbands zeigte die Analyse der Luftzusammensetzung. Keine unbekannten Schwebstoffe, keine schädlichen Beimengungen. Auch Mikroorganismen, die als Krankheitserreger einzustufen gewesen wären, gab es nicht. Reginald Bull öffnete den Helm. Er atmete die würzige Luft tief ein. Der leichte Schwindel, den er nach wie vor empfand, dieses ungewohnte Schwächegefühl, wollte dennoch nicht weichen.

Im ersten Moment glaubte er, Bostich sei verschwunden. Dann entdeckte er den Imperator im Schatten großer Büsche. Mit seinem auf Desintegratorwirkung umgeschalteten Strahler hatte der Arkonide Erdreich und Geröll verdampft und ein schmales, rechteckiges Loch ausgehoben. *Ein Grab,* stellte Bully überrascht fest.

Bostich ließ den Leichnam des Soldaten in die Grube gleiten, danach brachte er mit gezielten Schüssen und Tritten die Ränder zum Einsturz.

Mit einem knappen Befehl hatte Bully den Minikom aktiviert. »Reginald Bull ruft die ROALD AMUNDSEN! Hört ihr mich? – Hier ist Reginald Bull. Gibt es euch noch?«

Die Frage erschreckte ihn. War es möglich, dass der ENTDECKER …? Nein, er brachte den Gedanken nicht zu Ende. Es war schwer vorstellbar, dass die Thronflotte ARK'IMPERION das Wirkungsfeuer auf die ROALD AMUNDSEN eröffnet hatte. Das wäre gleichbedeutend mit einem Kriegsausbruch zwischen Terra und Arkon gewesen und hätte angesichts der Bedrohung durch die Inquisition der Vernunft eine Katastrophe für alle Völker der Milchstraße bedeutet.

Unmöglich?

Andererseits gab es noch 91 AGLAZAR-Schlachtschiffe, die sich in der Milchstraße verborgen hielten. Falls sie nach dem Havaristen suchten … Weder die Thronflotte noch die ROALD AMUNDSEN hatten eine reelle Chance, sobald die AGLAZARE nahe genug aus dem Hyperraum fielen und sofort das Feuer eröffneten. Dann würden die Paradimjäger nicht mehr schnell genug starten können und die neuen Waffensysteme kaum mehr als einige wenige Abschüsse erzielen.

Mittlerweile hatten sich mehrere Tiere Bully genähert. Nur noch wenige schleppten Trümmer des Roboters davon. »Was wollt ihr mit dem Schrott?«

Ihren großen Augen schien nichts zu entgehen, und die scharfen Zähne erweckten den Eindruck, als könnten sie sogar einen SERUN durchschlagen.

Bully sah, dass Bostich zu ihm herüberblickte. Der Imperator würde ihn für verrückt erklären, wenn er auf Tiere einredete, die ihn ohnehin nicht verstehen konnten. Unwillkürlich kniff er die Brauen zusammen. »Ihr versteht mehr, als wir glauben, ist es nicht so?«

Ihre Augen fixierten ihn und folgten jeder seiner Bewegungen. Bull glaubte, in ihren schrillen Pfeiflauten einen bestimmten Rhythmus zu erkennen. Er winkelte den Arm an. »Translatormodul aktivieren!« Das eine oder andere Wesen entblößte mit einem Mal seine Zähne. Trotzdem ließ er sich in die Hocke nieder und hielt ihnen das Armband entgegen. »Ich kann mich jetzt irren, aber wenn ihr nur einen Funken Verstand habt, zeichnen wir eure Sprache auf. Der Translator ist sehr leistungsfähig.«

»Terraner«, rief Bostich ärgerlich, »ich hoffe, du willst dich nicht häuslich niederlassen!«

»Und wenn es so wäre?«

»Ich will zurück, verstehst du? Der Einzige, der uns dabei helfen kann, ist dieser Rudimentsoldat.«

Mach ruhig den Bock zum Gärtner, dachte Bully. *Ich helfe dir nicht dabei.*

Eines der pelzigen Wesen schien verstanden zu haben, was er wollte. Oder es reagierte einfach nur neugierig. Witternd richtete sich seine spitze Nase auf Bulls Arm, dann stieß es einen melodischen Pfeifton aus.

»Gut so«, lobte Bully. »Mach weiter. Das genügt noch lange nicht.«

Glucksende, knurrende Laute folgten. Andere Vierbeiner stimmten darin ein. Dann ein schriller Pfiff. Ihre kantigen Schädel ruckten hoch und sicherten nach allen Richtungen, dann verschwand die Meute wie ein böser Spuk. Innerhalb von fünf Sekunden war nicht ein pelziger Schädel mehr zu sehen.

»Was haben deine neuen Freunde gesagt?«, erkundigte sich der Imperator.

Bully schwieg. Irgendetwas ging hier vor, das glaubte er deutlich zu spüren. Er riss den Kopf hoch, als ein Schatten über den Hügel hinwegstrich. Doch das Raumschiff, das er zu sehen erwartete, entpuppte sich lediglich als düstere Wolkenbank.

»Etwas hat sie erschreckt.«

»Die Tiere?«

»Ich halte sie für intelligent.«

Der Imperator lächelte mitleidig. »Du musst verrückt sein, dich mit Nebensächlichkeiten zu belasten. Aber vielleicht hat Golkana …«

»Erwähne den Namen nicht!«, fauchte Bully.

»Vielleicht hat Golkana dir doch mehr geschadet, als du eingestehen willst.«

»Was bist du nur für ein Monstrum!«

»Du gehst zu weit, Bull!«

»Oh, ich gehe sogar noch weiter. Es ist an der Zeit, dass dir jemand die Augen öffnet. Du bist verrückt, Bostich, das war mir schon klar, als du den Zellaktivator …«

»Kein Wort mehr!«

Bostich klang spöttisch: »Du bist ein gebrochener Mann, der nur noch mühsam die Erinnerung an bessere Zeiten aufrechterhält.«

Reginald Bull hatte genug. Mit ineinander verschränkten Händen schlug er einfach zu, aus der Körperdrehung heraus, die seine Kraft noch verstärkte.

Der Imperator hatte die Helmprojektion erlöschen lassen. Bullys Fäuste streiften die Halskrause des SERUNS und wurden abgelenkt, sonst wären sie exakt auf seiner Kinnspitze gelandet. Trotzdem taumelte Bostich rückwärts. Ein überraschtes Gurgeln drang über seine Lippen, während Reginald Bull seine Fingerknöchel betastete, als wären sie gebrochen.

Bostichs Miene verzerrte sich zur Grimasse, seine Rechte glitt zum Strahler. »Tätlicher Angriff auf den Begam!«, stieß er hervor und rieb sich mit der linken Hand das Kinn. Ein dünner Blutfaden tropfte von der aufgeplatzten Unterlippe auf seine Finger. Im nächsten Moment schlug er zurück.

Bully reagierte ebenso schnell, und möglicherweise hatte der Imperator sich von seiner behäbig wirkenden Körperfülle täuschen lassen. Jedenfalls wich der Terraner zur Seite aus und trat gegen Bostichs Knie. Der Imperator knickte ein, sein Strahlschuss jagte ungezielt in die Hügel. Trotzdem schaffte er es, Bull mit sich zu Boden zu reißen, und sein Unterarm krachte ins Gesicht des Terraners. Dann schlug er mit der Waffe zu.

Bully konnte den Hieb abblocken. Sie wälzten sich ineinander verkrallt über den Boden und kämpften um den Besitz des Strahlers. Der Terraner gurgelte nur noch, als sich eine Hand in sein rotes Stoppelhaar krallte und ihm den Kopf nach hinten zerrte.

Bostich lachte triumphierend. Nur der SERUN hinderte ihn daran, einen möglicherweise tödlichen Dagorgriff anzuwenden. Im nächsten Moment hatte Bully die Beine angezogen und stemmte den Arkoniden über sich hinweg.

Nahezu gleichzeitig kamen beide wieder hoch. Bostich hatte die Waffe verloren, doch mit einem blitzschnellen Griff versuchte er, Bulls Strahler an sich zu bringen. Bully seinerseits packte mit beiden Händen zu und hebelte den Arm des Imperators nach hinten. Bostich brüllte auf, er schaffte es nicht, sich dem Zugriff zu entziehen.

Abermals stürzten sie zu Boden, und diesmal behielt Bull die Oberhand. »Auf den Moment habe ich seit Jahren gewartet«, stieß er schwer atmend hervor. »Nichts habe ich vergessen, gar nichts. Und wenn ich mit dir fertig bin …« Er schlug zu, und seine Fingerknöchel hinterließen kräftige Striemen im Gesicht des Imperators. »… wenn ich mit dir fertig bin, regeln wir alles für die Zukunft.«

Ein kraftvoller Hieb fegte ihn zur Seite, bevor er begriff, dass Bostich nur darauf gewartet hatte, dass seine Wachsamkeit nachließ. Zu spät versuchte Bully, sich noch herumzuwälzen, schon drückte der Imperator ihn mit unwiderstehlicher Kraft auf den Boden.

»Was nun, Terraner? Diesmal kommt niemand, um dich herauszuholen. Und keiner wird je erfahren, was aus dir geworden ist.«

Bostich lachte dumpf, als er alle Bemühungen abblockte, ihn abzuschütteln. Er drückte Bulls Kopf ins Gras. »Du kannst dem Imperium nicht widerstehen, niemand kann das. Ich dulde es nicht, dass irgendjemand Arkons weiteren Aufstieg behindert.«

Reginald Bull konnte kaum noch atmen. Sein Versuch, sich hochzustemmen, erlahmte, er verkrallte die Finger nur noch im Erdreich. Erst als er den Stein unter der rechten Hand spürte, spannte er sich wieder an.

Sein Atem wurde knapp, in den Schläfen rauschte das Blut wie ein gigantischer Wasserfall. Doch das war etwas, gegen das der Zellaktivator nicht helfen konnte. Mit letzter Kraft lockerte Bully den Stein, riss ihn hoch und schlug zu.

Bostich gab einen erstickten Laut von sich, gleichzeitig

wurde sein Griff erträglicher. Reginald Bull wälzte sich herum, auf einen neuen Angriff gefasst, doch der Imperator hatte genug mit sich selbst zu tun. Der kantige Stein hatte ihn über der rechten Augenbraue getroffen und eine heftig blutende Fleischwunde hinterlassen. Sein halbes Gesicht war blutverschmiert, und noch immer tropfte das Blut in einem dichten Vorhang über das Auge.

Bostichs Gesicht spiegelte seinen Hass wider.

Wahnsinn, dachte Bully. *Vielleicht hätten wir sogar eine Chance gehabt, uns zusammenzuraufen. Aber stattdessen machen wir alles nur noch schlimmer.*

Der Imperator starrte ihn unverwandt an.

Warum sagst du nicht, dass wir auch anders können? Sag's endlich!, brüllten Reginald Bulls Gedanken. Seit Jahren wartete er auf eine Entschuldigung des Imperators, auf ein Wort des Bedauerns, eine Geste einfach, die Geschehenes zwar nicht vergessen machte, aber doch den Weg für einen Neuanfang ebnete. Er hatte vergeblich gewartet.

In dem Moment sagte Reginald Bull völlig undiplomatisch, was er schon so oft auf der Zunge gehabt hatte. Nein, nicht ganz, er schwächte die Formulierung ab:

»Bostich, du bist und bleibst ein Mistkerl.«

Der Imperator schwieg. Mit dem Handrücken wischte er sich das Blut aus der Augenhöhle. Nach wie vor starrte er Bully wortlos an.

Oder blickte er an ihm vorbei?

Ein Ausdruck von Zorn erschien in Bostichs Gesicht. Er schien etwas sagen zu wollen, brachte aber keinen Ton hervor. Sein Blick schweifte ab, glitt über den Boden, suchte nach seinem Strahler. Er spannte die Muskeln an.

Alles geschah gleichzeitig. Bostich schnellte sich zur Seite, er schlug nicht gerade sanft auf, doch er bekam den Strahler zu fassen, seine Finger schlossen sich um den Griff, rissen die Waffe hoch und legten sich auf den Auslöser. »Valenter!«, stieß er hervor.

Reginald Bull hatte ebenfalls seine Waffe gezogen und reagierte mit derselben Schnelligkeit, er glaubte seltsamerweise nicht an eine Finte des Arkoniden, als er herumwirbelte. Bostichs Thermoschuss hätte ihn töten können, keinen Meter neben ihm flimmerte plötzlich der Schusskanal.

In breiter Front näherten sich die Valenter, und ihr Vorgehen erweckte keineswegs den Anschein, als wären sie überraschend in die Pararealität geraten.

»Sie bewegen sich gezielt zwischen den Dimensionen.« In geduckter Haltung huschte Bostich mehrere Meter weiter. »Sagtest du, der Rudimentsoldat besitzt große parapsychische Fähigkeiten?«

»Natürlich. Aber ... die Pararealitäten überwinden ...?«

»Wir brauchen ihn! Glaubst du mir jetzt endlich?«

Reginald Bull blickte auf den Arkoniden und fragte sich, was plötzlich anders war. Eben noch hätten sie sich am liebsten gegenseitig den Schädel eingeschlagen, und nun ... Ein Strahlschuss überschüttete ihn mit einem Hagel kleiner Erdbrocken, die von verdampfender Nässe emporgeschleudert worden waren. Bully wälzte sich zur Seite und jagte den Angreifern eine Salve entgegen.

»Wir müssen sie zwischen uns bringen!« Bostich sprang auf und hetzte mit weit ausgreifenden Schritten über die Hügelkuppe hinaus. Mehrere Schüsse verfehlten ihn nur knapp, dann tauchte er auf der anderen Seite des Hügels in Deckung.

»Mistkerl!«, brachte Bully erneut hervor. Bostich musste sich nicht einmal mehr selbst die Hände schmutzig machen, um ihn loszuwerden. Das würden die Valenter für ihn besorgen. Dreißig gegen einen war ein denkbar schlechtes Verhältnis. Nicht einmal der Schutzschirm seines SERUNS würde lange standhalten.

Reginald Bull konnte abschätzen, dass er die Hügelkuppe nicht mehr erreichen würde. Bostichs Flucht hatte die Valenter gewarnt.

Vor ihm brannte das Gras, zeichneten sich Schmelzspuren

im Boden ab. Die ersten Streifschüsse ließen seinen Schutzschirm bereits aufflackern.

Noch einmal huschte sein Blick über den Himmel. Ein wunderschönes Abendrot breitete sich aus, purpurn und lilafarben griffen die Strahlen der sinkenden Sonne bis in den Zenit. Aufbauschende Wolkenbänke verkündeten einen Wetterumschwung, aber vorerst verwandelten sie sich in Gebirge aus Licht und Schatten. Sie erinnerten ihn an die Erde, an längst vergangene schöne Stunden.

Die Valenter kamen näher. Bully visierte den ersten über den Lauf der Waffe hinweg an und schoss. Seinen Strahler hatte er bereits auf Dauerfeuer gestellt. Die Salve zeichnete flackernd die Umrisse des gegnerischen Schutzschirms nach, der gleich darauf zusammenbrach. Zähneknirschend stoppte Bully auch den nächsten Angreifer. Ob er die Valenter getötet oder nur verletzt hatte, konnte er nicht erkennen, aber gegen ihre Übermacht stand er ohnehin auf verlorenem Posten.

Wo war nur die ROALD AMUNDSEN? Er hatte den Hyperkom aktiviert und redete ununterbrochen. Vielleicht wurden seine Worte doch empfangen, und Jani Keitz hatte nur keine Möglichkeit, ihn hier herauszuholen. Eine vage Hoffnung keimte in ihm auf.

Hatte das Unheil mit Thoregon begonnen? Ein Reich des Friedens, ausgehend von einem PULS, einer Zone absoluter Leere im Weltraum, auf die weder Kosmokraten noch Chaotarchen Zugriff hatten. Die Verkündung der Helioten hatte verlockend geklungen, doch die Wirklichkeit sah anders aus.

Im Nachhinein, dachte Reginald Bull, *ist man immer schlauer. Aber wir müssen Risiken eingehen. Jeder Stillstand in der Weiterentwicklung hin zur nächsten Evolutionsstufe ist ein Rückschritt, der uns in die Bedeutungslosigkeit führen kann.*

»Hyperkom aus!«, knurrte Bull. Er konnte nicht gleichzeitig nach der ROALD AMUNDSEN rufen, sich in Gedanken mit kosmischen Geschehnissen herumschlagen und versuchen, den Valentern irgendwie zu entkommen. Er durfte sich nicht länger ablenken lassen.

Nur noch einzelne Thermoschüsse schlugen vor und neben ihm ein. Dabei wäre es den Angreifern möglich gewesen, ihn schnell in Bedrängnis zu bringen.

Wollten sie ihn lebend? Da war er wieder, der aberwitzige Gedanke, dass die AGLAZAR-Schlachtschiffe womöglich inzwischen dieses Sonnensystem besetzt hatten. Deshalb erhielt er auch keine Antwort auf seine Funkrufe.

Was erwartete ihn, falls die Valenter ihn als Gefangenen an Bord schafften? Die Begegnung mit einem Konquestor oder gar einem Inquisitor selbst? *Unsinn.* Bully verscheuchte den Gedanken ebenso schnell wieder. An Bord dieser Katamare gab es keine hoch stehende Persönlichkeit der Inquisition, und die Schiffe würden auch nie durch das Sternenfenster nach Tradom entkommen können, sobald die galaktischen Flotten erst Jagd auf sie machten.

Falls seine Befürchtungen sich mittlerweile bewahrheitet hatten, war diese Jagd schon im Gange. Dann würden in Kürze die ersten Paradimjäger über dem namenlosen Planeten erscheinen.

Point of no return, überlegte Bully. *Das ist ein treffender Name.*

Zehn Meter schräg über ihm, zur Hügelkuppe hin, entdeckte er eine Art Wall. Kleinere Felsbrocken und Erdreich waren dort abgerutscht und bildeten eine flache Mulde. Von da aus war es leichter, hinter den Hügel zu gelangen und dort mit Hilfe des Flugaggregats schnell eine große Distanz zu überwinden.

Er hetzte los, als mehrere Valenter versuchten, ihn von der Seite her in die Zange zu nehmen. Ihre Schüsse ließen die Belastung des Schutzschirms sprunghaft in die Höhe schnellen, aber schon warf er sich in die neue Deckung. Schlamm spritzte nach allen Seiten, die Mulde war mit Regenwasser angefüllt und tiefer, als er geglaubt hatte. Inmitten des zähen Widerstands fuhr er herum und hielt die Valenter mit gezielten Schüssen auf Distanz.

Keine zweihundert Meter entfernt erfolgte eine Explosion. Unmittelbar darauf eine zweite. Die Valenter sahen sich plötzlich ihrerseits in die Zange genommen.

Bostich?, durchzuckte es den Terraner ungläubig. Er wollte gar nicht verstehen, weshalb der Imperator eingriff. Wohl kaum, um ihm beizustehen. Oder doch?

»Das klären wir später«, murmelte er im Selbstgespräch und feuerte auf zwei Valenter, die es fast geschafft hatten, bis auf gleiche Höhe heranzukommen.

Dann flossen seine Thermoschüsse an einem Hindernis auseinander, das wie aus dem Nichts heraus entstand. Eine halb transparente Wand. Matt und grau ragte sie aus dem Gras auf, als hätte sie immer schon da gestanden, und sie verdichtete sich schnell und entzog die Valenter seinem Blick.

Rechter Hand unterbrachen plötzlich dunkle Aggregate den Schattenwurf der letzten Sonnenstrahlen. Und weit im Hintergrund, mit der beginnenden Nacht verschmelzend, glaubte Bull, eine riesige halbrunde Mauer aufragen zu sehen.

Schon im nächsten Moment wurde ihm bewusst, was geschah: Die Pararealität überlappte mit der Wirklichkeit, und aus unerfindlichen Gründen vollzog sich der Wechsel zögernder als zuvor.

Die Landschaft verschwand …

An ihrer Stelle stabilisierten sich Korridore und Maschinenhallen des Katamars.

Wie lange war es her, dass die pelzigen Wesen wie auf ein geheimes Kommando hin verschwunden waren? Sieben oder acht Minuten, schätzte Bully. Mehr Zeit war nicht vergangen. Sie hatten entweder die Nähe der Valenter wahrgenommen oder den bevorstehenden Dimensionseinbruch. Wahrscheinlich hing beides zusammen. Und sie hatten Grund genug, den Valentern auszuweichen. Bully dachte an ihre getöteten Artgenossen in den Korridoren des AGLAZARS.

Während sich seine Realität stabilisierte, beschäftigte ihn nur noch eine Frage: War es diesen Wesen möglich, aus eigener Kraft zwischen den Realitätsebenen zu wechseln, die womöglich seit Jahrmillionen die Entwicklung des Planeten begleiteten? »Dieses System in seinem Geflecht überdimensionaler Strukturen ist ein Phänomen«, hatte der Leitende Wissenschaftler an Bord der ROALD AMUNDSEN erklärt. Reginald Bull glaubte seine Stimme in dem Moment zu hören, als stünde er dicht neben ihm.

War der AGLAZAR aufgrund einer Wechselwirkung nahe der einsamen Sonne und ihren beiden Planeten aus dem Hyperraum zurückgestürzt? Es schien so zu sein.

26.

Vor ihm lag nicht mehr der Wohnbereich des Katamars, sondern die viele Decks umspannende gebogene Wand. Schon der relativ kurze Abschnitt, den Reginald Bull überblicken konnte, erweckte den Eindruck eines gewaltigen Zylinders, der im rechten Winkel zur Schiffslängsachse durch den Rumpf getrieben worden war. Offensichtlich handelte es sich um einen besonders geschützten Bereich, in dem die Nervenzentren des Raumschiffs untergebracht waren. Eine Entsprechung fand dieser Kernzylinder in der zentralen Kugelsektion der großen terranischen Raumer. In der ENTDECKER-Klasse waren nicht nur alle Zentralen darin zu finden, sondern auch die Quartiere der Führungscrew sowie die Reserveanlagen für Energieversorgung und Lebenserhaltung.

Das also war der Zentralebereich eines AGLAZAR-Schlachtschiffs der Inquisition.

Bully war klar, dass er auf der freien Fläche des Kommandodecks vor der Röhre wie auf dem Präsentierteller stand. Im Zickzack rannte er los, bevor die ersten Strahlschüsse aufblitzten. Die Glutbahnen verfehlten ihn nur knapp.

Er warf sich in die Deckung eines nur meterhohen Aggregats.

»Bostich?« Er erhielt keine Antwort, sondern hörte nur Störgeräusche im Helmfunk. Der Imperator konnte dennoch nicht zu weit entfernt sein – obwohl: Knapp zweihundert Meter bedeuteten im unübersichtlichen Schiffsleib sehr viel.

Bull entdeckte drei Valenter. Falls sie versuchen wollten, ihn vom Kernzylinder fern zu halten, hatten sie eine schlechte Position. Ohnehin wirkten ihre Bewegungen unkontrollierter als inmitten der Hügellandschaft. Auch Bully registrierte wieder diesen lähmenden, dumpfe Übelkeit hervorrufenden Druck. Die Beeinträchtigung war stärker geworden. Für Sekundenbruchteile hatte er den Eindruck, dass alles vor seinen Augen zu verschwimmen begann, zugleich spürte er den Aktivatorchip unter der Haut. Fast wie einen Fremdkörper, der da nicht hingehörte.

Die Valenter feuerten auf sein Versteck. Aufglutende Verkleidungssegmente polterten zu Boden. Kleinere Explosionen rissen den Sockel weiter auf.

Schräg hinter sich hatte Reginald Bull eine offene Schleuse entdeckt, die den Zugang zum Kernzylinder erlaubte. Er dachte nicht daran, so lange in der trügerischen Deckung zu verharren, bis die Valenter Verstärkung erhielten.

Sich herumwerfen und loshasten war eins. Mehrere Strahlschüsse verfehlten ihn, dann sprang er in die Schleuse und sicherte sofort nach außen. Aber das war unnötig. Einer seiner Verfolger war neben dem brennenden Sockel zusammengebrochen, und die beiden anderen schienen plötzlich jedes Interesse an ihm verloren zu haben.

Der Verdacht, mit dem Betreten des Kernzylinders sehenden Auges in eine Falle gelaufen zu sein, drängte sich auf. Bully schnaubte dumpf. »Bostich!«, rief er noch einmal, ebenso vergeblich wie zuvor, und fügte bissig hinzu: »Euer Erhabenheit, hört Ihr mich?«

Bully beobachtete das Vorfeld des Kernzylinders, den Strahler hatte er weiterhin schussbereit in der Hand. Keine weiteren Valenter erschienen, um ihn zu verfolgen. Und die beiden, die eben noch auf ihn geschossen hatten, wirkten seltsam orientierungslos.

Reginald Bull kniff die Augen zusammen. Seine Gedanken schweiften zurück zu den Arkoniden, die an Bord des Katamars gestorben waren. Einige Stunden lag das erst zurück, aber hatten sie nicht ähnlich verwirrt gewirkt wie die beiden Valenter? Letztlich waren sie zusammengebrochen – und wenn nur noch Bostich und er selbst handlungsfähig waren, lag das vermutlich an der Wirkung ihrer Aktivatorchips. Die Frage war nur, ob sie wirklich auf Dauer geschützt blieben. Dieses Gefühl der Benommenheit, das sich sehr schnell wieder einstellte, erschien ihm wie eine Warnung.

Vielleicht eine Strahlung? Ohne spezielle Ausrüstung hatte er jedoch keine Möglichkeit, das herauszufinden. Beschädigte Aggregate konnten ebenso dafür verantwortlich sein wie eine Interaktion mit den planetaren fünfdimensionalen Feldern. Auf jeden Fall handelte es sich nicht um den Normalzustand, sonst wäre die Besatzung des Katamars nicht ebenfalls betroffen gewesen.

Bully lief weiter. Nach logischen Gesichtspunkten lag die Zentrale des AGLAZARS in der Mitte des Zylinders, also vielleicht noch dreihundert Meter entfernt. Es fiel ihm schwer, sich zu entsinnen, ob die zerstörte andere Rumpfhälfte ebensolche Strukturen hatte erkennen lassen.

Spekulationen führten zu nichts. Bully dachte an den Rudimentsoldaten, den er vielleicht in der Zentrale finden würde – das melonengroße Gehirn, das verblüffend menschlich zu sein schien. Sobald die LFT ein solches Gehirn in die Hände bekam, würden genetische Analysen einige der brennendsten Fragen beantworten helfen.

Nahe der Zentrale befand sich mit großer Wahrscheinlichkeit auch die Funkzentrale, sofern sie nicht sogar integriert war. Vielleicht ließ sich ein Hyperfunkspruch an die ROALD AMUNDSEN absetzen; die Leistung der Schiffsanlagen musste um ein Vielfaches größer sein als sein Minikom. Reginald Bull wusste zugleich, dass er sich einer trügerischen Hoffnung hingab. Bislang war er froh gewesen, dass kein Besatzungsmitglied die anderen Katamare zu Hilfe gerufen hatte.

Er reagierte verwirrt.

Die Wände, der Boden, alles schien sich ihm in seltsam schwankender Bewegung entgegenzuwölben. Er war krank, reagierte mit körperlicher Schwäche, und das war fast schon wie eine neue Erfahrung. Etwas, das mit einem weit zurückliegenden Leben ohne Zellaktivator zu tun hatte.

Reginald Bull musste sich zum Weitergehen zwingen. Der düstere Korridor weitete sich. Zur Linken lagen schwer zu definierende, bedrohlich wirkende Anlagen. Sie schienen zu pulsieren und düstere Schatten zu verströmen.

Bully lachte heiser. *Lebenserhaltungsanlagen, nicht mehr und nicht weniger,* erkannte er endlich.

Weiter! Wenn er der Anzeige des Mikroorters glauben durfte, lag die Zentrale vor ihm. Das Holodisplay zeigte starke hyperenergetische Felder an.

»Bully ...«, wisperte eine unendlich leise Stimme.

Er lauschte, ging weiter.

»Bully ...«

Mehrere Valenter lagen zwischen den letzten Aggregaten. Sie waren tot, gestorben wie die anderen, die er schon entdeckt hatte, ohne jede äußerlich sichtbare Einwirkung. Inzwischen glaubte er zu wissen, dass die Schwäche sie umgebracht hatte. Es war das Wrack ...

Eine Bewegung weckte seine Aufmerksamkeit. Für einen Moment glaubte er, sich getäuscht zu haben, aber dann schob sich ein kantiger, pelziger Schädel witternd um eine Ecke.

»He!«, rief Reginald Bull. »Wo kommst du her?«

Zwei dunkle, neugierig wirkende Augen richteten sich auf ihn. Dazu erklang das Schaben scharfer Klauen auf dem Plastbelag.

»Sag mir, wie du hier hereinkommst!« Bully hob den Arm mit dem Translatormodul. »Ich glaube immer noch, dass wir uns verständigen können.« Schwer atmend stieß er die letzten Worte hervor. Vergeblich versuchte er, seine zitternde Hand ruhig zu halten. Er schaffte es nicht.

Das pelzige Wese stieß lediglich einen schrillen Pfiff aus, bevor es verschwand. Benommen starrte Bully auf die Stelle, an der es eben gekauert hatte. Es war nicht davongelaufen, sondern von einem Sekundenbruchteil zum anderen verschwunden. Wohin, wenn nicht in eine Pararealität?

Bully bemerkte, dass er sich in Überlegungen verlor, die ihn nicht weiterbringen konnten. Die Schmerzen wurden stärker, als hätte sich ein stählernes Band um seinen Schädel gelegt, das sich langsam enger zog.

»Bully, warum meldest du dich nicht?« Da war die Stimme wieder. »Es wird uns helfen, hier wegzukommen.«

»Hank?«, brachte er endlich hervor. »Wo bist du? Ich hol dich da raus!« Warum hatte er den Piloten nicht sofort erkannt? Wurde er allmählich alt? Bully lachte über den Gedanken, aber sogar dieses Lachen klang gequält.

Schritte näherten sich. Es war Bostich, der da hinter ihm herkam.

»Bull«, schnaufte der Imperator. »Du warst plötzlich verschwunden.«

Was Reginald Bull jetzt sagte, fiel ihm unglaublich schwer. Aber da war niemand außer ihnen beiden, und die Situation war vielleicht gerade die richtige, um einen Schlussstrich zu ziehen.

»Danke, Begam.« Diesmal lag kein Zynismus in seiner Stimme, zumal er die militärische Anrede gewählt hatte und nicht den Titel »Euer Erhabenheit«, der stets seinen Unwillen geweckt hatte. »Ich hätte nicht geglaubt, dass du zurückkommen würdest, um mir gegen die Valenter beizustehen.«

Nun war es heraus. Fühlte er sich erleichtert? Zumindest war er über seinen Schatten gesprungen, und das war etwas, das er in seiner eisigen Beziehung zu Bostich noch vor Tagesfrist für unmöglich gehalten hätte.

Der Imperator blickte ihn ungläubig an. Langsam verzerrte sich sein Gesicht, dann stieß er ein spöttisches Lachen aus.

»Deine Selbstsicherheit in Ehren, Bull«, brachte er stockend hervor, »aber ich wollte dir nicht helfen. Ich sah nur die Möglichkeit, einige Valenter zu erledigen. Sie können mich schon nicht mehr daran hindern, das Gehirn zu suchen.«

Das Gefühl, dass ihm der Boden unter den Füßen weggezogen wurde, war unerträglich. *Ich wusste es!,* dachte Bully bitter. *Gib Bostich den kleinen Finger, und er nimmt sofort die ganze Hand.*

Der Raum war oval und höchstens dreißig Meter lang, in der Breite maß er etwa zwölf Meter. Allerdings wirkte er ungewöhnlich hoch. Zwei Galerien lagen entlang der Längsseiten übereinander, wie weit sie in die Tiefe reichten, war nicht zu erkennen.

Eine unheimliche Stille herrschte.

Reginald Bull hatte hinter Bostich die Zentrale des AGLAZAR-Schlachtschiffs betreten, doch während der Imperator weiter hastig ausschritt, ließ Bully den Blick schweifen. Das Unbehagen, das er empfand, schien sich noch zu verstärken.

Dem Schott fast gegenüber lag der Kommandostand, ein zweigeteiltes Podest in der Mitte des Raums. Bully zuckte zusammen, als er erkannte, wer in dem Kommandantensessel kauerte.

In einer müden Geste hob die Gestalt den Arm und winkte ihm zu. »Komm schon, hier droht uns keine Gefahr.«

»Ich hoffe, Hank, du weißt, was du da sagst.«

Ein schwaches Nicken antwortete ihm. »Mir geht es wieder besser als vorher, der Rudimentsoldat beschützt mich. Er ist nicht unser Feind.«

Bully schauderte. Sein Blick schweifte von der einen Stirnseite, die eine große Projektionsfläche bildete und auf der, von Störungen durchzogen, undeutlich die Umgebung des Wracks zu erkennen war, hinüber zur entgegengesetzten Schmalseite, deren Anblick ihn geradezu magisch anzog. Nebenbei registrierte er, dass Bostich ebenfalls einige Schritte in diese Richtung machte.

Unheimlich war das richtige Wort. Vor Bully öffnete sich ein gestaltloses Nichts. Der Eindruck, in die Ewigkeit zu blicken, in ein Universum ohne Sterne, wurde unerträglich.

Er glaubte, einen ungeheuren Sog zu spüren, der davon ausging. Das war weder Schwärze noch Licht, wahrscheinlich nicht einmal Energie, aber es zerrte an seinem Geist und drohte ihn zu verschlucken, sobald er dem Zwang nachgab.

»Es ist nur ein einfaches Ortungsgerät und abgeschaltet«, erklang hinter ihm Stuarts Stimme.

Bully drehte sich langsam um. Erst jetzt beachtete er den Rudimentsoldaten auf der zweiten Podesthälfte. Das Gehirn in der transparenten, mit Nährflüssigkeit gefüllten Kugel wirkte in der Tat wie ein übergroßes menschliches Gehirn. Deutlich konnte er die stark gefaltete Oberfläche des Großhirns erkennen, ebenso das Kleinhirn. Der Übergang, der normalerweise ins Rückenmark führte, schien hier jedoch mit technischen Vorrichtungen verbunden zu sein.

Längst nicht das ganze Gehirn wurde von der Flüssigkeit umspült. Wohin sie versickerte, wurde klar, als Bully den silbernen Sockel genauer betrachtete. Das Material war aufgeplatzt, Teile des hoch technisierten Innenlebens quollen hervor. Außerdem tropfte Flüssigkeit von den Bruchkanten ab, nicht viel, aber der stete Tropfen hatte ausgereicht, eine Lache rings um den Sockel entstehen zu lassen.

»Das ist Robar Sami Yuklos«, sagte der Pilot. »Er hat gehofft, dass ihr kommen würdet.«

»Gehofft?«, fragte Reginald Bull überrascht.

»Der AGLAZAR wird bald völlig vernichtet werden. Yuklos will das Wrack verlassen – und diese Welt ebenfalls.«

»Warum sagt er das nicht selbst?« Bully sah sich weiter um. Auch hier lagen überall tote Valenter herum. Die wenigsten waren in ihren Sesseln gestorben, hatten also zumindest den Absturz erst einmal überlebt.

»Die Kommunikationseinrichtungen im Sockel wurden beschädigt«, erklärte Stuart stockend. »Yuklos holte mich zu sich, damit ich mit euch rede. Er wusste nicht, dass ich krank bin, aber er beschützt mich.«

»Er beeinflusst dich mit seinen parapsychischen Kräften?«

»Ich habe meinen freien Willen behalten.«

»Bist du sicher, Hank?« Bullys Skepsis war unüberhörbar. Nach allem, was bislang bekannt war, und das war leider gar nicht viel, verrichteten die Rudimentsoldaten wichtige Aufgaben für die Inquisition. Gerade ihre parapsychischen Fähigkeiten machten sie zu gefährlichen Gegnern.

Stuarts Nicken kam spät und zögernd, und das tonlos hervorgestoßene »Ja« wirkte aufgesetzt.

»Das ist doch völlig egal«, brauste Bostich auf. »Wichtig ist die Frage, wie wir von hier wegkommen können. Es gibt keinerlei Verbindung zur Thronflotte.«

»Yuklos kann den Weg allein nicht gehen. Er muss von seinem Heim getrennt werden und braucht dafür eure Hilfe.«

»Was müssen wir tun?«, wollte der Imperator wissen.

Bully zuckte zusammen.

»Einer von euch muss die Kugel tragen.«

»Nein«, sagte Reginald Bull bestimmt.

»Dann bleib doch hier!«, platzte Bostich heftig heraus.

Der Terraner schüttelte den Kopf. »Du wirst nicht mit dem Gehirn gehen.«

»Wer will mir das verbieten?«

»Ich.« Bulls Rechte ruhte auf dem Griffstück seines Strahlers. »Ich müsste verrückt sein, wenn ich dir vertrauen würde.«

»Das Vertrauen eines zum mehrfachen Tod Verurteilten?« Jedes Wort riss neue Wunden auf und schaufelte die Gräben zwischen ihnen noch ein wenig tiefer. »Ich brauche es nicht.«

»Wir gehen alle – oder keiner«, erklärte der Rudimentsoldat in dem Moment durch Stuarts Mund.

»Keiner«, stellte Bully fest. »Warum lässt er sich nicht von den Valentern retten?«

»Sie sterben, weil sie die Strahlung dieser Welt nicht vertragen.«

»Das soll ich glauben?«

»Genug geschwätzt!« Bostich kam auf ihn zu und riss ihn an der Schulter herum. »Ich lasse mich von dir nicht aufhalten.« Seine rechte Gesichtshälfte war immer noch blutverkrustet, die Augenbraue hing halb abgerissen weg, und die Platzwunde schimmerte in düsteren Farben.

»Was versprichst du dir von dem Gehirn?«, fragte Reginald Bull erregt.

»Den Weg zurück in die Freiheit.«

»Du vergisst den Katamar. – Oder hast du schon gefunden, was du wolltest?«

Bostich funkelte ihn wütend an.

Das Aufblitzen in Bostichs Augen veranlasste Bully, erneut zuzuschlagen. Aber Bostich parierte den viel zu schwach vorgetragenen Hieb und konterte ebenso schnell. Bulls Ellenbogen zuckte in einer abwehrenden Reaktion hoch …

… und eine unwiderstehliche Kraft trieb sie beide auseinander. Bostich stürzte zu Boden und versuchte vergeblich, wieder auf die Beine zu kommen, Reginald Bull sank ächzend auf die Knie.

»Robar Sami Yuklos duldet nicht, dass ihr euch gegenseitig bekämpft.« Stuart wurde von einem Hustenanfall geschüttelt. »Yuklos braucht euch beide.«

»Warum?« Der Imperator wurde von einem Fesselfeld am Boden festgehalten, dessen Projektor sich zweifellos im Sockel des Rudimentsoldaten befand. Aber auch Reginald Bull konnte sich nicht mehr bewegen.

»Der Weg nach draußen führt durch die Pararealitäten dieser Welt«, erklärte Stuart. »Yuklos ist schon zu schwach, um sie allein zu überwinden. Nur mit euch steht der Weg noch offen.«

»Ich wüsste nicht, wie.« Reginald Bull lachte dumpf. »Abgesehen davon – ich bleibe bei meinem Nein.«

»Mit dem Terraner zusammen? Niemals!«, pflichtete Bostich bei.

»Dann sind wir uns wenigstens jetzt einig.«

»Viel Zeit bleibt nicht mehr, das Wrack zu verlassen.« Stuart erhob sich aus dem Sessel. Mehr recht als schlecht hielt er sich auf den Beinen und schien dennoch der Meinung zu sein, dass der Rudimentsoldat ihm half. Aber wie sollte er den Psi-Kräften des Gehirns widerstehen, er war nicht mentalstabilisiert wie Bull und Bostich.

Die Projektionswand flackerte auf. Im ersten Moment war wenig zu erkennen, doch dann schälte sich ein grelles Leuchten heraus. Stahlwände glühten auf wie Papier, wurden durchscheinend und verschwanden, von einem unheimlichen Feuer aufgelöst.

Der Katamar verzehrte sich im Atombrand.

»Eine Finte«, argwöhnte Reginald Bull. »Der Rudimentsoldat ist gefährlich. Ohne Sicherheitsvorkehrungen werde ich ihn nicht nach draußen bringen.«

»Dann stirbst du mit ihm.« Das klang kalt und kompromisslos. »Fünf Minuten, mehr Zeit bleibt nicht, bis der Atombrand die Zentrale erreichen wird.«

»Bull«, schnaubte Bostich, »deine Sturheit bringt uns alle um.«

Der Terraner schwieg. Erst nach einigen Augenblicken sagte er: »Das wäre doch die Lösung aller Probleme.«

»Du bist verrückt.«

Bully grinste den Imperator herausfordernd an. »Übergeschnappt in deinem Gefängnis. Was hältst du davon, Bostich? Hast du Angst vor dem Tod? Sag's mir, na los. Ich werde es bestimmt niemandem weitererzählen.«

»Sei still!«

»Wie ist das? Du stirbst nur einmal, Bostich. Leider. Es hätte mir gefallen, dich am Boden zu sehen und darauf hoffend, dass dein Ende schnell kommt.«

»Du bist total übergeschnappt.«

»Oh ja, mag sein. Aber nur, weil ich Jahre auf diesen Moment gewartet habe. Auge um Auge, Zahn um Zahn, Bostich. Was für ein Gefühl ist das? Sag's mir!«

Bully verstand sich selbst nicht mehr. Politisch waren ihm die Hände gebunden gewesen, er hatte nicht verhindern können, dass Gegner des Imperators in Gefängnissen wie Golkana verschwanden. Jeder hatte darauf gehofft, dass Bostich eines Tags eine Läuterung durchmachen würde, und irgendwie hatte der Wolf sogar einen Schafspelz übergestreift. Und nun war er selbst im Begriff, den Bogen zu überspannen.

»Ich weiß nicht, ob wir uns jemals verstehen werden«, begann er, als die Bildwiedergabe wechselte und die Unterkunftsbereiche des Katamars zeigte, die bereits vom Atombrand erfasst wurden.

»Bully«, drängte Hank Stuart, »wir müssen hier weg! Bitte …«

Er blickte den Piloten an, zögernd erst, dann entschlossen. »Warum nur Bostich und ich?«, wollte er wissen.

»Später. Die Zeit drängt.« Stuart machte einige unsichere Schritte. Die Bildwiedergabe an der Stirnwand erlosch in dem Moment in einem grellen Aufleuchten. »Euer Erhabenheit, Ihr müsst die Kugel vom Sockel heben. Aber Vorsicht, Yuklos ist sehr geschwächt.«

»Er war nicht zu schwach, den Atombrand zu zünden«, sagte Reginald Bull.

Stuart atmete tief durch. »Woher weißt du das?«

»Ich kann immer noch eins und eins zusammenzählen«, antwortete der Terraner gepresst. »Wir sind offenbar wirklich die Einzigen, die dem Gehirn helfen können. Und es glaubt, uns in die Enge treiben zu können, dass wir gar nicht anders können, als sein Spiel mitzuspielen. Wann wird der Rudimentsoldat sterben, wenn nichts geschieht?«

Stuart schwieg verbissen.

»Wie viel Zeit hat Yuklos noch?«, herrschte Bully ihn an.

»Zwei Stunden«, erklang es zögernd. »Vielleicht auch drei. Ohne die Nährflüssigkeit …«

Bulls Blick wanderte zum Rudimentsoldaten weiter. »Ich lasse mich nicht erpressen«, brauste er auf. »Auch nicht mit einem Atombrand.« Ein wenig versöhnlicher fügte er hinzu: »Ich kann mir nur eines vorstellen, was Bostich und ich gemeinsam haben …«

»Eure Zellaktivatoren, ja. Ihre besondere Strahlung wird Yuklos unterstützen, den Übergang in eine Pararealität lange genug zu stabilisieren. Anders schafft er es nicht mehr.«

Deshalb also der schleppende Übergang von der Hügellandschaft ins Wrack. Die Valenter hatten keinen von ihnen beiden töten, sondern sie mit Nachdruck Richtung Zentrale treiben sollen.

Reginald Bull zog seinen Strahler. »Verschwinden wir von hier!«, sagte er. »Aber Yuklos, falls du versuchst, uns zu hintergehen, stirbst du mit uns.«

Es war höchste Zeit, denn der Tod wartete nicht.

Bostich hatte die Kugel mit dem Gehirn vom Podest gehoben, und Reginald Bull und Hank Stuart standen neben ihm, wobei Stuart sich kaum mehr auf den Beinen halten konnte. Irgendwie schaffte Bully das Kunststück, den Piloten zu stützen und trotzdem mit dem Strahler auf den Rudimentsoldaten zu zielen.

Der Terraner spürte ein seltsames Ziehen in der Schulter, fast schon ein Schmerz, der die anhaltende Benommenheit verstärkte. Im nächsten Moment schien sich die Umgebung zu verändern, während gleichzeitig das grelle Feuer des Atombrands über die Zentrale hereinbrach.

Spürte er wirklich das Entsetzen des Rudimentsoldaten in dessen mentalem Aufschrei? Ein Hauch des Todes streifte ihn, die Glut, die alles vernichtete. Dann gab es das Wrack des AGLAZAR-Schlachtschiffs nicht mehr: nicht auf der übergeordneten Ebene der Realität, in die der Rudimentsoldat geflohen war, und in wenigen Minuten wohl auch nicht mehr in Bullys Wirklichkeit. Er hatte sich noch nicht gefragt, ob der Atombrand von selbst erlöschen würde.

Unwahrscheinlich, gab er sich spontan zur Antwort. Egal, welche Elemente von dem alles verzehrenden Feuer erfasst wurden, die Glut hatte wahrscheinlich schon um sich gegriffen und fraß den Planeten auf.

Point of no return, ein treffender Name. Es gab wirklich keine Umkehr.

27.

Mit einem schrillen, an der Grenze zum Ultraschall liegenden Krächzen stieß ein Schwarm geflügelter Kreaturen auf sie herab. Noch strichen die Tiere dicht über sie hinweg, aber die gierig ausgestreckten Fänge machten deutlich, was geschehen würde.

Zwei Köpfe auf langen Hälsen, dazu die lederhäutigen Schwingen von Fledermäusen …

Imperator Bostich I. entsann sich des gewaltigen Schwarms, den sein Kreuzer bei der Landung durchstoßen hatte.

»Sie greifen an …!«

Stuart stürzte haltlos zu Boden, als Bull ihn aus seinem Griff entließ, um sich besser verteidigen zu können. Schon stießen die nächsten Fledermäuse herab, während sich in mehreren hundert Metern Höhe immer mehr von ihnen zu einer düsteren Wolke vereinten, die nichts Gutes verhieß.

Bull feuerte. Ein halbes Dutzend der angreifenden Tiere stürzte mit brennenden Schwingen ab, doch die anderen waren zu schnell. Wie monströse Schatten fegten sie heran, eine Schwingenkante stieß gegen Bulls Schulter und fegte ihn von den Beinen. Aber er richtete sich ebenso schnell wieder auf und schoss in kniender Haltung.

»Hank, Bostich, worauf wartet ihr?«

Stuart krümmte sich auf dem lehmigen Boden, von ihm war keine Hilfe zu erwarten. Das Einzige, was ihn noch zu interessieren schien, war die Kugel mit dem Gehirn, die der Imperator vorsichtig absetzte.

Die Kraft von zwei Zellaktivatoren ist nötig, um die Flucht fortzusetzen! Bostich hielt in der Bewegung inne, als die Stimme durch seine Gedanken dröhnte. *Zwei Zellaktivatoren … Worauf wartest du?*

Er blickte das Gehirn an, suchte nach einer anderen Regung. Seine Überlegungen, den Rudimentsoldaten zu nutzen, um eine Armee parapsychisch begabter Kämpfer zu schaffen, vielleicht viele solche Gehirne in Robotkörper zu verpflanzen, gewannen erneut Gestalt.

Nur zwei Schritte hinter Bull feuerte er ebenfalls auf die wilder angreifenden zweiköpfigen Fledermäuse. Noch konnten sie sich zur Wehr setzen, aber sobald die Tiere in größerer Zahl angriffen … Es waren Tausende gewesen, die den Kreuzer während der Landung umschwärmt hatten.

Flüchtig wandte der Terraner den Kopf. »Hank!«, rief er. »Wir müssen hier weg, das geht nicht lange gut.«

Stuart hatte kaum mehr die Kraft, sich zu artikulieren. Vergeblich versuchte er, wieder auf die Beine zu kommen. Bulls Blick pendelte zwischen ihm und dem kreisenden Schwarm, dann wandte er sich dem Imperator zu: »Bostich, ich muss mich um Stuart kümmern. Wirst du mit den Biestern fertig?«

»Mit allen«, versicherte der Arkonide. Er hatte den Strahler am Lauf gepackt und schlug unvermittelt zu. Bully versuchte noch auszuweichen, aber der Schlag traf seine Schläfe mit mörderischer Gewalt. Ohne einen Laut von sich zu geben, brach er zusammen. Blut quoll aus der Platzwunde unter seinem Haaransatz.

Ein hastiger Blick zum Himmel – die Tiere sanken langsam tiefer –, dann wälzte Bostich den Terraner herum. Mit fliegenden Fingern schälte er ihn aus dem SERUN heraus, was ihm bei geschlossenem Helm nicht so ohne weiteres möglich gewesen wäre.

Er tastete über Reginald Bulls linke Schulter. Aus einer Beintasche seines Kampfanzugs zog er ein Vibratormesser hervor.

Zwei Zellaktivatoren waren nötig, um die Pararealität zu überwinden …

Bostich zögerte nur wenige Sekunden, dann setzte er die Klinge an. Mühelos drang sie fast bis auf den Knochen.

Zwei weitere Schnitte. Die Wunde war nur Zentimeter groß, sie blutete nicht einmal stark. Ein triumphierendes Lachen erschien auf Bostichs Gesicht, als er Bulls kleinen Aktivatorchip zwischen den Fingern hielt und mit der anderen Hand das Blut abwischte.

Stöhnend wälzte sich der Terraner herum. Sein erster Griff galt seiner Schläfe, aber gleichzeitig schien Bull den Schmerz in der Schulter zu spüren. Und er sah den Unsterblichkeitschip in Bostichs Hand.

»Nein«, brachte er halb erstickt hervor. »Das ... das ist nicht wahr.« Die nächsten Worte schrie er schier heraus: »Sag mir, dass das nicht wahr ist!«

»Dein Todesurteil ist vollstreckt«, antwortete der Imperator emotionslos. Seine Finger schlossen sich um den Zellaktivator, während er das Vibratormesser ins Futteral zurückschob. »Ich bedauere dein Ableben, Bull. Zweiundsechzig Stunden bleiben dir, bis die rapide Alterung einsetzt.« Sein Blick schweifte erneut in die Höhe. »Aber ich glaube, so lange wirst du nicht warten müssen.«

Panik und Entsetzen paarten sich im Gesicht des Terraners. Er hob den Strahler.

»Gib mir den Chip zurück!«

Ein verächtlicher Zug umfloss die Mundwinkel des Imperators, als er sich dem Rudimentsoldaten zuwandte.

Bully schoss. Der Thermostrahl fauchte höchstens dreißig Zentimeter am Kopf des Arkoniden vorbei.

»Du bringst mich nicht um, Bull. Ich weiß, dass du das nicht kannst.«

»Bostich, du verfluchter Hurensohn ...!«

»Es ist zu Ende, Terraner.« Der Imperator öffnete die Hand. Er wollte den Aktivatorchip auf den Rudimentsoldaten legen, aber in dem Moment entstand ein Leuchten in seiner Hand – ein winziger Stern, der sich rasend schnell ausdehnte, die Form einer Spiralgalaxis annahm und in Gedankenschnelle alles erfüllte. Überall in der Milchstraße würde in diesem Moment die Leuchterscheinung wahrgenommen werden, die vom Tod eines Unsterblichen zeugte. Der Chip war zu seinem Ursprung zurückgekehrt, kein Unberechtigter konnte seine Kraft nutzen.

Bully taumelte. Mit Inbrunst verfluchte er die Pararealität, die sich beinahe gebildet hätte, zweifellos beeinflusst durch die paramentalen Kräfte des Rudimentsoldaten. Wie ein Unbeteiligter hatte er das fiktive Geschehen wahrgenommen und den Schock erst gespürt, als das Leuchten aufflammte. Sein Puls raste.

Hoch über ihnen flatterte der Schwarm der fledermausähnlichen Tiere, aber sie griffen nicht an. Stuart hing halb ohnmächtig in seinem Griff, und Bostich stapfte mit der Last des Gehirns in seinem Kugelbehälter vorwärts.

Bully riss den Strahler hoch. »Bostich«, keuchte er. »Bleib stehen!«

»Wir müssen weiter! Der Atombrand wird auch auf diese Ebene übergreifen.«

»Woher willst du das wissen?«

Er brauchte die Antwort nicht, er kannte sie. Und er spürte die beginnende Beeinflussung trotz seiner Mentalstabilisierung. Offensichtlich waren die parapsychischen Kräfte des Rudimentsoldaten doch weitaus stärker, als Stuart behauptet hatte, oder die Pararealität half ihm bei der Beeinflussung.

Was er eben erlebt hatte, war wie ein böser Traum. Das Gehirn hatte versucht, sie gegeneinander auszuspielen – und zweifellos hätte es Bostich befohlen, ihn zu töten, wäre der Aktivatorchip in dieser seltsamen Simulation nicht zerstört worden.

Die Hand mit der Waffe zitterte. Da war eine dröhnende Stimme in ihm, die ihn zwingen wollte, den Strahler fallen zu lassen. Bully spürte, dass ihm der Schweiß aus allen Poren brach. Es kostete ihn enorme Anstrengung, den Strahler auszulösen. Der sengende Glutstrahl stach vor dem Imperator in den Boden.

Zu gerne hätte Reginald Bull gewusst, was Bostich empfunden hatte, während er ihm den Aktivatorchip aus dem Fleisch herausschnitt.

Bostich hatte unter Zwang gehandelt …

… oder es genossen?

Der Imperator hatte aber auch das Abbild der Spiralgalaxis übermittelt, das nur beim Tod eines Aktivatorträgers entstand. Hatte er also seinerseits versucht, den Rudimentsoldaten zu hintergehen?

Stuart sackte schlaff in sich zusammen.

Lass ihn fallen!, vernahm Bully die mentale Stimme des Gehirns. *Wir brauchen ihn nicht mehr.*

»Aber du brauchst mich! Und ohne Hank gehe ich nicht weiter – egal was geschieht.«

Er ist nur Ballast. Und du bist es auch. Ich verlange deinen Gehorsam!

Eine unheimliche Last zwang ihn in die Knie. Reginald Bull schaffte es nicht, dagegen anzukämpfen. Neben ihm krümmte sich der Pilot, er röchelte nur noch. Dann, unvermittelt, ging ein Zucken durch seinen Leib.

»Bull, wir müssen hier weg!«, rief Bostich.

Reginald Bull zielte auf den Rudimentsoldaten. Blutige Schleier wogten vor seinen Augen, er glaubte ersticken zu müssen, so unerträglich wurde der Druck auf seinen Brustkorb.

Bostich kam auf ihn zu, bückte sich, wollte ihm die Waffe entreißen.

In dem Moment schoss Bully. Der Glutstrahl floss an der Kugel auseinander, schien ihr nichts anhaben zu können. Aber dann, Sekunden danach, zerbarst sie. Der mentale Todesschrei des Rudimentsoldaten ließ Bully vornübersinken und verzweifelt die Hände um die Schläfen verkrampfen. Der glühende Schmerz unter der Schädeldecke wurde unerträglich.

Er sah Bostich zusammenbrechen und versank selbst in wogender Schwärze.

Eine Berührung schreckte ihn auf. Eine feuchte, feste Schnauze stieß gegen seine Stirn, und als er endlich die Lider öffnete, blickte er geradewegs in dunkle, aufmerksam blickende Augen.

Was immer das schrille Pfeifen bedeutete, er verstand es nicht. Das pelzige Wesen schnappte nach seiner linken Hand. Im ersten Moment wollte Bully den Arm zurückziehen, doch dann begriff er. »Translator aktivieren!«, sagte er mit schwerer Stimme.

Weitere dieser pelzigen Wesen erschienen aus dem Nichts heraus. Sie bewegten sich wie selbstverständlich zwischen den Pararealitäten.

»Könnt ihr uns helfen?« Bully schaute zu Bostich hinüber, der eben schwankend auf die Beine kam, aber hartnäckig versuchte, die vermeintlichen Tiere zu verscheuchen.

»Bostich!«, rief er. »Lass sie!«

Gleich darauf erklangen die ersten, noch holprigen Worte aus dem Translatormodul: »Gehen weg von unserer Welt.«

»Wir können das nicht«, sagte Bull.

»Helfen euch.«

»Na also«, platzte der Imperator heraus. »Worauf warten wir noch?«

»Du hast es plötzlich sehr eilig.«

»Hier gibt es nichts mehr zu holen.«

Bully nickte schwer. »Wenn immer alles so einfach wäre …«

»Sag ihnen, sie sollen uns von hier fortbringen! Ich habe kein Interesse, vom Atombrand eingeholt zu werden.«

»Dir geht es immer nur um dich – etwas anderes kennst du nicht?«

»Welt vergeht«, übersetzte der Translator ein hektisch klingendes Pfeifkonzert. »Aber nicht alle Räume. Wir erschaffen neue.«

»Minister Bull«, drängte der Imperator und erntete damit einen überraschten Augenaufschlag. »Na ja«, sagte er ausweichend, »wir sind fast schon wieder an Bord.«

»Und dann?«

Bostich schien nicht zu verstehen, was der Terraner meinte.

»Gehen«, fiepte eines der Pelzwesen.

»Gut.«

»Zusammen.«

Bully verstand nicht. »Was heißt zusammen?«

Der kleine Pelzige, den er noch nicht einmal nach seinem Namen gefragt hatte, zeigte es ihm.

Bully schüttelte sich. »Gibt es keinen anderen Weg?«, wollte er wissen.

»Keinen. Übergang ist gefährdet. Wird schlimmer, je mehr Sonne weiterwandert. Feuer macht Grenzen.«

Sogar die SERUNS schienen störend zu wirken. Ungern zog Bully den Anzug aus. Ohne die schützende Technik fühlte er sich ausgeliefert, nackt beinahe.

Auch Bostich zögerte. »Eines weiß ich genau«, sagte er. »Wenn ich sterbe, bedeutet das zugleich dein Ende.«

»Das gilt umgekehrt genauso«, betonte Reginald Bull. Er fragte sich, weshalb ihm ausgerechnet jetzt Tess in den Sinn kam, seine allererste heimliche Liebe, sommersprossig und von ewigen Zahnlücken geplagt. Längst lag die Erinnerung an sie tief in seinem Unterbewusstsein verschüttet. Dass er sich jetzt an ihre erste zaghafte Umarmung erinnerte, bewies doch nur seine Erregung. Im negativen Sinn.

Er starrte Bostich an …

… und Bostich blickte ebenso hart zurück.

Sie hassten sich. Trotzdem waren sie aufeinander angewiesen. Wenn sie den Rückweg schafften, dann nur gemeinsam – und lange zögern durften sie nicht mehr.

Das geht vorbei!, dachte Reginald Bull, als er auf den Imperator zutrat.

Bostich starrte ins Leere und vermied jeden zufälligen Blickkontakt. Am liebsten wären sie sich jetzt gegenseitig an die Kehle gegangen, denn so nahe waren sie sich nie zuvor gekommen.

Es war verrückt, aber Bully hatte das Gefühl, dass sich ein eisernes Band um seine Rippen schloss und ihn am Atmen hinderte. Alles in ihm schrie danach, die Distanz zu wahren und Bostich nicht in seine Intimsphäre eindringen zu lassen. Sie schufen eine Vertrautheit, die ihnen fremd war, die sie beide nicht haben wollten.

Bully empfand die körperliche Nähe des Imperators wie eine erstickende Last. *Hoffentlich geht es schnell vorbei!* Nur dieser eine Gedanke beherrschte ihn noch.

Im nächsten Augenblick wurde es finster um ihn her.

Die Finsternis hatte Bestand. Nur über dem Horizont hing ein grelles Wetterleuchten, das sich bis hoch in die Atmosphäre erstreckte.

Zu hoch, empfand Reginald Bull. Was er sah, war der Atombrand, der den Katamar wahrscheinlich schon aufgefressen hatte und sich anschickte, auch diese Welt zu vernichten. *Point of no return* – ein treffender Name, für alles.

Die Nacht kannte nur wenige Sterne und keinen Mond. Bully sah nicht, ob noch einige der Pelzwesen in der Nähe waren, er hätte sich gerne bei ihnen bedankt. Sie waren froh gewesen, die fremden Eindringlinge loszuwerden, das hatte er gespürt. Selbst für den Preis, dass sie ihre angestammte Heimat verloren.

Bostichs Silhouette zeichnete sich schwach gegen den glühenden Hintergrund ab. Bully hörte den Imperator leise reden. Zweifellos benutzte er sein Armbandfunkgerät, das Einzige außer ihrer einfachen Kombination, was ihnen geblieben war.

Und unser Leben, dachte Reginald Bull. *Ist das nichts?*

»Die ZHYM'RANTON wird in Kürze landen«, sagte Bostich unvermittelt. »Du kannst mit an Bord gehen.«

Bully glaubte, nicht richtig gehört zu haben. *Alles, nur das nicht.* »Ich hoffe doch, die ROALD AMUNDSEN steht ebenfalls im Orbit«, sagte er.

Kurze Zeit später hatte er Gewissheit.

»Bully!«, rief Jani Keitz mit bebender Stimme. »Wir hatten die Hoffnung schon beinahe aufgegeben. Nur noch zwei Stunden, dann hätte ich alles mobilisiert, was fliegen kann, um dich irgendwie da rauszuholen.«

»Unkraut vergeht nicht«, antwortete er. »Das solltest du wissen.«

»Das Beste wird sein, wir vergessen beide, wie wir zurückgekommen sind«, sagte Bostich überraschend.

Bully rieb sich das Kinn. Jetzt war er es, der vermied, den Imperator anzuschauen. »Vielleicht habt Ihr sogar Recht, Euer Erhabenheit«, antwortete er. »In diesem einen Fall pflichte ich Euch zu.« Das diplomatische Parkett wartete. Ein »du« in ihrer Hassliebe zueinander würde nur unnötige Spekulationen schüren.

Es dauerte nicht lange, dann fielen zwei Sterne aus dem wolkenlosen Himmel herab. Sie wurden rasch größer und entpuppten sich als gewaltige Kugelraumer. Noch hoch über dem Planeten schleusten die ZHYM'RANTON und die ROALD AMUNDSEN Beiboote aus.

Jani Keitz hatte den Arkoniden den Vortritt gelassen. Ob aus Berechnung heraus oder wirklich nur zufällig, wollte Bully gar nicht wissen. Er schaute Bostich hinterher, der sich wortlos umgewandt hatte und gemessenen Schritts auf den über der Ebene schwebenden Kreuzer zuging. Ein aufwärts gepoltes Transportfeld hob den Imperator in die Höhe.

Minuten später ging auch Bully, ohne sich noch einmal umzuwenden. Er wollte nicht sehen, wie diese Welt im Atombrand starb. Eine Chance, wirklich mehr über die AGLA-

ZAR-Schlachtschiffe der Inquisition herauszufinden, war vertan.

Bully dachte an die Toten. Er war es ihnen schuldig, weiter für die Freiheit der Milchstraße zu kämpfen. Für die Freiheit und eine uneingeschränkte Selbstbestimmung.

ENDE